國家社科基金重大委托項目“《子海》整理與研究”成果

山東省社科規劃重大委托項目成果

子海精華編

主編　王承略　聶濟冬

楹聯叢話　楹聯續話

（清）梁章鉅　輯　　王承略　布吉帥　點校

鳳凰出版社

圖書在版編目（CIP）數據

楹聯叢話　楹聯續話 / （清）梁章鉅輯 ；王承略，布吉帥點校. -- 南京：鳳凰出版社，2016.6（2023.4重印）
（子海精華編 / 王承略主編）
ISBN 978-7-5506-1746-9

Ⅰ. ①楹… Ⅱ. ①梁… ②王… ③布… Ⅲ. ①對聯－文學評論－中國－清代 Ⅳ. ①I207.62

中國版本圖書館CIP數據核字(2016)第090324號

書　　名	楹聯叢話　楹聯續話
著　　者	(清)梁章鉅 輯　王承略 布吉帥 點校
責任編輯	林日波
出版發行	鳳凰出版傳媒股份有限公司
	鳳凰出版社(原江蘇古籍出版社)
	發行部電話025-83223462
出版社地址	江蘇省南京市中央路165號,郵編:210009
照　　排	江蘇鳳凰製版有限公司
印　　刷	江蘇揚中印刷有限公司
	江蘇省揚中市大全路6號,郵編:212212
開　　本	890毫米×1240毫米　1/32
印　　張	8.5
字　　數	184千字
版　　次	2016年6月第1版
印　　次	2023年4月第4次印刷
標準書號	ISBN 978-7-5506-1746-9
定　　價	52.00圓
	(本書凡印裝錯誤可向承印廠調換,電話:0511-88420818)

《子海精華編》出版説明

“子海”，即“子書淵海”的簡稱。“《子海》整理與研究”課題係國家社科基金重大委托項目、山東省社科規劃重大委托項目。該課題分《珍本編》、《精華編》、《研究編》、《翻譯編》四個版塊，力圖把子部珍稀文獻、精華文獻進行深層次的整理、研究和譯介，挖掘子部文獻的價值，促進子學研究的發展。

山東大學向來以文史見長。古籍整理與子學研究，是其中的傳統研究方向。“《子海》整理與研究”，是在山東大學前輩學者高亨先生積 30 年之力陸續做成的《先秦諸子研究文獻目録》的基础上，由已故著名古籍整理與研究專家董治安先生參與策劃、設計的大型綜合研究課題。課題立項後，得到了中宣部、教育部、財政部、山東省政府和山東大學的大力支持，學界同仁踴躍參與。《精華編》的整理研究團隊近 200 人，來自海内外 48 所高校和研究機構。在組織管理上，《精華編》努力探索傳統文化研究協同創新的新體制、新機制，現已呈現出活力和實效。

華夏文明是由多元文化構築而成的。中國古代子部典籍，以歷代士人個性化作品的形式，系統性地展示了華夏民族的世界觀和方法論，立體性地反映了中華民族對世界文明發展的貢獻。其中，無論是宏篇大論，還是叢殘小語，都激蕩著歷史的聲音，閃爍著智慧的光芒，構成中國古代思想、藝術、科技和生活方式的主體内容。《精華編》通過對子部最优秀的典籍的整理，一方面擷英取粹，爲華夏文明的傳播提供可靠的資源和文本；另一方面以古鑒今，爲當下社會的發展提供智力支持和精神支撑。并希望進而梳理中華傳統文化的多元結構，繼承中華優秀傳統文化的一貫文脈。

根據漢代以後子學發展和子部典籍的實際情況，參照官私目録的分類與著録，《精華編》選取先秦諸子、儒學、兵家、法家、農家、醫家、曆算、術數、藝術、雜家、小説家、譜録、釋道、類書等十四個類目的要籍幾百種，編爲目録，作爲整理的依據，而在成果展現上則不出現具體的類目。爲統一體例，便於工作，《精華編》編有詳細的《整理細則》，并有簡明的《整理要則》，供整理者遵循使用。

《精華編》整理原則是，對每種子書的整理，突出學術性、資料性和創新性，力求吸納已有的整理成果，推出更具參考價值、更方便閱讀的整理文本。所採用的整理方式，大體有三種：一、部頭較大且前人未曾整理者，採用標點、校勘的方式整理；二、前人曾經標點、校勘者，或採用抽换更好或别具學術特色底本的方式整理，或採用集校、集注的方式整理，或採用校箋、疏證的方式整理，或綜合使用以上方式；三、前人已有較好的注本者，則採用集注、彙評、補正等方式整理。

《精華編》採用五次校審、遞進推動的管理程式，即：一、初校全稿。子海編纂中心組織碩、博研究生，修改文稿錯别字，規範異體字，調整格式，發現并標明校點中的不妥之處。二、初審文稿。子海編纂中心的編纂人員根據情況，解決初校時發現的問題，并判斷書稿的整體質量。三、匿名評審。

聘請資深教授通審全稿，全面進行學術把關，消滅硬傷，寫出審稿意見。四、修改文稿。子海編纂中心及時把專家審稿意見反饋給整理者。整理者根據審稿意見修改，做出新文稿。五、終審文稿。待新文稿返回子海編纂中心後，總編纂作最後的學術質量把關。五步程序完成後，將文稿交付出版社。

五次校審的目的是爲了保證學術質量，提高整理水平，減少錯訛硬傷。但校書如掃塵埃落葉，隨掃隨有，《精華編》雖經多道程序嚴加把關，仍難免有錯，懇請方家不吝指教。子海編纂中心將及時總結經驗，吸取教訓，把工作做得更好，以實現課題設計的初衷。

目　録

楹聯叢話

楹聯續話

整理説明

《楹聯叢話》十二卷,《楹聯續話》四卷,清梁章鉅撰。

梁章鉅(1775—1849),字閎中,又字茝林,晚年自號退庵,祖籍福建長樂縣,清初遷居福州。自明代以來,其家十五代皆爲秀才。乾隆五十九年(1794)中舉人,嘉慶七年(1802)成進士。曾任禮部主事,後因病請假回籍,執掌南浦書院講席達七年之久。銷假後,選軍機章京。道光年間,升員外郎,充内廷方略館纂修。後授湖北荆州府知府,擢授江南淮海河務兵備道,管理盤運漕糧總局。歷官江蘇、山東、江西按察使,山東、江蘇、甘肅布政使,廣西巡撫,前後五任江蘇巡撫。曾蒙道光帝連日召見六次,賞賜五次。爲官後期,曾與陳化成協力練兵練炮,防堵英軍。一生所交多當時名流賢達,其師友如紀昀、陸錫熊、翁方綱、阮元、林則徐、陶澍、魏源等,皆情誼甚篤。在學術上,梁章鉅工詩擅聯,精於鑒賞,學識淵博。林則徐在其墓志銘中記述其著作達 70 餘種之多,如《樞垣紀略》、《農候雜占》、《退庵隨筆》、《退庵詩存》、《論語旁證》、《三國志旁證》、《文選旁證》、《制義叢話》、《巧對録》、《閩川閨秀詩話》、《稱謂録》、《歸田瑣記》、《雁蕩詩話》、《浪迹叢談》等。林則徐稱"仕宦中著撰之富,無出其右"。

《楹聯叢話》是我國第一部專門的聯話著作,此書的撰寫,是爲了保存聯語,不讓這種珍貴的文學形式湮没凋零,并希望能够開創一種新的文學體式。受其影響,之後又産生了大量的聯話著作。所謂聯話,龔聯壽先生在《聯話叢編》前言中寫道:“聯話,是我國文論中的一種樣式,與人們熟知的詩話、詞話一脈相承。詩話、詞話所‘話’者,是詩與詞;聯話所‘話’者,則是楹聯,講述楹聯的故實以及楹聯作家的軼事,評論楹聯作品的得失。聯話之作,内容豐富,形式活潑,是一種漫談式的論聯體制。由於和筆記相近,因此,亦可將其看作談楹聯的筆記。”確爲的論。

《楹聯叢話》成書於清道光二十年(1840),共包括十個門類,分爲故事、應制、廟祀、廨宇、勝迹、格言、佳話、挽詞、集句(包括集字)、雜綴(包括諧語),收入聯話600餘則,楹聯1700餘副。“故事”類主要收入五代至清前期關於楹聯的掌故。“應制”類所收楹聯多爲應制而作,出當時名公大臣之手,或逢皇帝壽辰,或爲皇宫中的春聯、燈聯等。“廟祀”類主要收入各地廟宇或祠堂的楹聯,多爲歷史上名人的廟祀,如孟廟、關帝廟、朱子祠、史可法祠等等。“廨宇”類主要包括官署、書院、會館等處的楹聯。“勝迹”類包括各地名勝古迹的楹聯,包羅面較廣,資料詳實。“格言”類所收爲有益於立身處世、爲政治民而幾近格言的楹聯,能體現出濃重的儒家仁愛、修身思想。“佳話”類所收楹聯多與名公大臣取得的尊榮及相贈的壽聯有關,一時成爲被傳頌的美談。“挽詞”即挽聯,所收挽聯的相關人物多爲作者所知道的同時代人。“集句”類楹聯是從古代詩文及碑帖等已有作品中輯録出的文句作爲對聯。“集字”聯是摘録出某一碑帖中的字組成楹聯,碑帖中的字多古雅、美觀,這樣更能符合楹聯書法的審美標準。“雜綴”類所收楹聯應該是題材上不屬於以上各類的楹聯,如春聯、因某事自題或相贈之聯、行業聯等等。“諧語”聯是詼諧或具有嘲諷意味的楹聯。《楹聯續話》所分門類與《叢話》同,共收聯話 302 則,楹聯 800 餘副。

《楹聯叢話》所收楹聯都經過了作者的精心篩選,具有較高的藝術性。在《自序》中作者寫道“或有僞體,必加别裁”、“非敢謂盡之,而關涉掌故,膾炙藝林之作,則已十得六七”。在《續話》中也寫道“昔歲余初編《聯話》時,吾鄉某生有録寄其師某明經聯句者,余嫌其詞太俚,未之録也”,可見選聯要求之高。每則聯話都交代楹聯的背景,大多數聯話都寫明楹聯的作者,進而對楹聯進行評價、解釋或考證,陳繼昌在序言中所説“每聯輒手叙其所緣起,附以品題,判若列眉,瞭如指掌”,即謂此也,使每則聯話在閱讀中都像一則完整的小故事。楹聯是從古詩文、詞曲發展而來,特别是格律詩,這就要求它符合對仗、平仄、煉字等格律詩的要求,即必須要做到“工”。同時楹聯是爲某地、某人或某事而作,必須要切合所要表現的事物與場景,即應“切”。而且楹聯作爲一種題贈的文學形式,要在有限的詞句内表現盡可能豐富的意義與思想,要求它必須運用多種文學手法,達到“雅”、“莊重”、“渾成”、“驚警”等審美效果。另外,大多數楹聯需要懸挂於楹柱,這對楹聯的書法要求較高,要達到“遒勁”、“工”、“腴潤”等標準。以上這些楹聯的評價規則由其本身的特性而決定,在《楹聯叢話》的評語體系中皆有體現。與正面評價相對的是反面評價,如“俗”、“纖佻”、“鮮味”、“鈍相”、“惡道”等,這類評價較少。從排列順序上看,每類聯話的開頭似乎都是有所尊崇的,如“故事”類,首先探討楹聯的起源,“應制”類、“廟祀”類、“挽詞”類，首先探討該類楹聯的起源。再如“廟祀”類，前幾則聯話，先寫孔廟、孟廟以及帝王廟中的御題聯，後又寫到文王廟及孔子諸弟子廟，之後再寫到關帝廟等等其他廟祀中的楹聯。“廨宇”類先寫到中央機構，如内閣、翰林院、禮部、兵部等處的楹聯，再及其他。“勝迹”類先寫到泰山、嵩山、恒山、華山、衡山這五嶽的楹聯，再寫到其他。“格言”類前幾則先寫作者少時受到父親以及老師關於格言聯的教育，又寫到其他。再如“佳話”類前幾則便寫到最具代表性的與尚書、長壽等相關的楹聯。“集句”類先寫到“質種”的漢碑類的集句，再寫及後代的。“雜綴”類先寫到春聯，再及其他類。即使從總體上看，各門類的排列順序似乎也有所尊崇，如先是“故事”，寫關於楹聯史上的掌故，再寫“應制”，以體現對皇帝的尊崇，之後爲“廟祀”，最後爲“雜綴”。

袁行雲先生的《梁章鉅著述多非自撰》一文曾在學術界産生了一定影響，其中認爲《楹聯叢話》也非作者梁章鉅自撰，而“多爲梁氏出任外官時由門客代輯，間有梁氏自筆”。這種説法不甚確切，經過分析，我們認爲《楹聯叢話》實爲梁氏自撰。第一，從體例上來看，把楹聯分爲十類，並且有輕重、先後次序的排列，即使每一類中楹聯的排列順序也有一定規律，這樣的安排只能出於一個人的思考與布局，不會出自衆人之手。第二，從書中的稱謂并與《續話》的比對中可見端倪。在《楹聯叢話》中，像出現指作者的“余”以及“吾閩”、“紀聞達師”、“先資政公”、“先大父”、“章鉅”、“同年”等詞語的聯話共 130 則，占聯話總數的 1/5 有餘，這些聯話在十二卷中的每一卷都包括數則或數十則，並且是從頭到尾間隔地分布，這足以説明每一卷都是作者所撰。袁先生所説的“間有梁氏自筆”并不確切，作者不可能把帶有“先大父”、“先資政公”、“紀聞達師”等字眼的聯話穿插到别人所作的聯話中去，作者對先人及師長是極尊重的。袁行雲先生並没有否認《楹聯續話》是梁章鉅所撰，梁氏撰《續話》時僑居浦城，“徒形兀兀”，并没有門客幫他，是他自撰無疑。在《續話》中，帶有“余”、“師”、“吾”等字眼的聯話有 57 則，也占聯話總數的近 1/5，這兩種書比例相近，也足以説明《聯話》爲自撰。第三，從别人的評語中可以判斷。陳繼昌在爲《聯話》作的《序》中寫到“稿凡三易，每聯輒手叙其所緣起，附以品題”，應該特别注意“每聯”二字，説明每一則聯話作者都會寫明聯語的背景、評價等，而“稿凡三易”説明梁氏爲此下了苦功和心血。陳繼昌是梁章鉅的好友之一，在桂林時時常往來，對《聯話》的成書應該是很清楚的，並且所言也應是真實的。第四，從作者的自述中似乎也能看出《聯話》爲自撰。在《楹聯續話》卷一“廟祀”類中，有一則聯話云：“趙甌北有關廟聯，余於《聯話》前編偶遺之。”《楹聯叢話》中關於關廟的聯話達 12 則之多，並且集中在一起，應該是經過了作者的甄選。此處説“余於《聯話》前編偶遺之”，説明材料的搜集與整理都是作者一人在進行。《續話》卷四“雜綴”類中一則云：“昔歲余初編《聯話》時，吾鄉某生有録寄其師某明經聯句者，余嫌其詞太俚，未之録也。”也説明每一則聯話都是作者在篩選與編録。另外，《楹聯叢話》卷三中有一則聯語作者覺得不完美，此則聯話最後爲：“余小霞曰：‘若改“塤篪”字爲“同袍”，改“蠻觸”字爲“裂土”，則無遺憾矣。’”這裹有余小霞的評論，説明確如作者在《楹聯續話序》中所説的那樣“每得一聯，輒與陳蓮史、余小霞、陳海霞、桂舫諸君子賞析之”，而不是像袁先生所説的由余小霞等人爲梁氏代輯。綜上所述，可以肯定《楹聯叢話》是作者梁章鉅自撰。

《楹聯叢話》自刊刻後，便受到廣泛歡迎，甚至風行海内。梁氏《楹聯三話》的序中説"年來各省皆有翻刻本"。清代光緒年間林慶銓的《楹聯述録》的序文寫道："吾鄉梁茝鄰中丞《楹聯叢話》之刻，久已膾炙人口，幾乎家有其書。"到民國年間，會文堂書局刻有《詳注圈點楹聯叢話》，在本書的例言中説《楹聯叢話》"爲楹聯書之鼻祖，久已風行海内"。並且商務印書館曾將該書編入《國學基本叢書》，足見此書學術價值與地位的重要。清代宋滋蓍爲朱應鎬《楹聯新話》作的序文寫道："中多鉅公佳製，以故不脛而走。"他認爲《楹聯叢話》流行的原因是其中多收有梁章鉅自製的楹聯。但原因恐怕不止於此，梁氏在自序中道："關涉掌故，膾炙藝林之作，則已十得六七，粲然可觀。方之《禁扁》，似稍擴其成規；比諸《句圖》，亦别開之生面云爾。"可見，《楹聯叢話》搜羅的範圍廣，把當時可以見到的優秀之作大部分已囊括其中；它開拓了一種新的體制，能夠給人耳目一新的感覺。其所收入的楹聯多鴻儒碩士之作，用典居多，典故來源於經、史、子、集各種書目，由此可窺見中國傳統文化的面貌。讀者可受到聯語作者在精神、思想等方面的感染與熏陶，並且能受到儒家忠孝等觀念的影響與教育。從文學的成就上來説，除了楹聯本身的精彩之外，作者梁章鉅在描寫上也下了一番功夫，陳繼昌在《序》中説"語其壯則鯤海鵬霄，語其細則蚊睫蝸角"，并非過譽。從史料方面來説，《聯話》所收的如應制、廨宇、勝迹、挽聯、格言等類聯話，對研究當時的政治、民俗、文化、人物、文學等都具有參考價值。另外，《聯話》作爲一種新的文學體制而出現,對之後楹聯著述的出現與發展産生了巨大影響。它不僅使人們以學術的眼光關注楹聯,使之成爲一門學科,而不至於“零落湮沈”,而且使楹聯著作大量湧現。之後的聯話著作多仿其體例。《楹聯叢話》對楹聯的品評,建立了一套審美標準,可以提高閱讀者的審美能力,并能指明楹聯的創作方向。楹聯還具有實用性,或榜於楹柱,或用於題贈,或有助摹寫,并且“非淹博閎深之士弗能爲也”(清朱應鎬《楹聯新話序》),這也許是《楹聯叢話》受到歡迎的原因之一吧。

《楹聯叢話》的版本,目前所見,清代有:(1)天津圖書館藏清道光二十年(1840)桂林署齋刻本,此應爲《楹聯叢話》的初刻本,扉頁左側刻一行小字云“道光庚子夏日刊於桂林署齋”。此版本亦包括《楹聯續話》,爲道光二十三年(1843)南浦寓齋刻本,也應爲《楹聯續話》的初刻本。2002 年上海古籍出版社《續修四庫全書》影印。(2)山東省圖書館收藏海源閣清道光二十年(1840)桂林署齋刻本,扉頁左側所標刊刻時間地點與初刻本同,但左下角用紅色楷書標“續刻嗣出”四字。内容上對初刻本的個别錯字有更正,但字體并不相同,當爲初刻本出現不久之後刊刻。此書之後無《續話》。(3)清道光二十二年(1842)吕恩湛長沙府署重刊本。此書包含《續話》,爲清道光二十五年(1845)長沙省寓刻本。(4)清道光二十六年(1846)宜稼堂叢書刻本,此書刊刻精良,對初刻本的錯誤多已改正,雙黑魚尾,魚尾下方刻有“宜稼堂叢書”字樣。亦包含《續話》,但《續話》的錯誤較多,魚尾下方爲長狀墨條,無“宜稼堂叢書”字樣。(5)環碧軒刻本,此版本不能確定刊刻年代。扉頁右上刻“道光庚子春鐫”,這樣,比初刻本“道光庚子夏日”還要早。但經比較發現,此版本中的錯誤已經很少,不可能爲初刻本。理由爲:從各個版本的異文上看,1840—1842年刊刻的桂林署齋本、海源閣本以及吕恩湛重刊本多相同,錯誤較多。而環碧軒本與1846年刊刻的宜稼堂本多相同,書中的大部分錯誤已更正。因此環碧軒本出現的時間有可能與宜稼堂本相近,或在此之後。此版本亦包含《續話》,與《續話》的南浦初刻本相比,在字詞上的錯誤大多也已改正。(6)清咸豐元年(1851)刻本,藏於中國國家圖書館,形制較一般刻本要小。從内容上看,大致依桂林初刻本刊刻,但錯誤更多,且刊刻較粗糙。(7)清咸豐六年(1856)吕恩湛長沙重刊本,藏於北京大學圖書館。内容上與道光年間的長沙刻本相同,但刊刻更爲粗糙,且多用俗體字,有不少增加的錯誤,也有少量對道光本錯字的更改。此版本亦含有《續話》。(8)北京大學圖書館藏有一"道光庚寅年(1830)"刻本。此書扉頁右上刻"道光庚寅年鐫",左下爲"懷德堂梓"。但《楹聯叢話》初刻於清道光二十年(1840),此應爲版本作僞。扉頁爲藍色,但右上及左下的小字部分顔色似較淺,有作僞痕迹。每卷卷首有"福州梁章鉅編輯"以及"沭陽吕恩湛重栞"字樣,經比較发现,此書應爲清咸豐六年(1856)吕恩湛長沙重刊本。包含《續話》,亦有作僞痕迹,扉頁左側小字爲"夏日重刊於長沙省寓","夏日"上有字迹刮去痕迹。(9)《楹聯叢話五種》包含《叢話》與《續話》,此書無刊刻時間與地點,從書的内容上看,與環碧軒本相近。(10)清光緒十六年(1890)醉六堂重刊本。經過比較發現,該版本與清道光二十六年(1846)宜稼堂刻本的《楹聯叢話》與《續話》完全相同,應爲同一刻版。民國時期的有:(1)民國四年(1915)上海會文堂石印本。封面題簽爲《精校楹聯叢話》

(“精校”二字爲小字),含《續話》,每半頁15行,行36字,字體像手寫楷體。(2)民國年間上海會文堂書局排印本。封面題簽爲《詳注圈點楹聯叢話》(“詳注圈點”爲小字),含《續話》,藏於山東省圖書館。這大概是最早對《楹聯叢話》進行圈點和詳注的版本,對書中的人名、地名、楹聯所關涉的掌故等均有詳細的注釋,使讀者閲讀時更加明白易懂。(3)民國十五年(1926)商務印書館石印本,含《續話》。此書印刷美觀大方,每半頁10行,行24字,兩序之後增有目次。而據封面底頁顯示,該書應爲第三版,初版在民國十年(1921)。(4)民國二十四年(1935)商務印書館排印本,即爲“萬有文庫”中的“國學基本叢書”本,含有《續話》,爲斷句本。新中國成立後的整理本有:(1)白化文和李如鸞先生點校的《楹聯叢話》(含《續話》)。此書於1987年在中華書局初版,爲繁體字豎排本。此後,李鼎霞先生又做了很多工作,在此基礎上,又以《楹聯叢話全編》的形式在北京出版社出過簡體横排本。2000年,收入江西人民出版社出版的《聯話叢編》中,爲繁體豎排本。之後,於2006年由中華書局以《楹聯叢話(附新話)》的形式重版,爲繁體豎排本。(2)郭琳先生點校的《楹聯叢話》(含《續話》),由鷺江出版社於1996年出版。

此次點校,《楹聯叢話》以清道光二十六年(1846)宜稼堂本爲底本,《續話》以清道光二十三年(1843)南浦寓齋刻本爲底本。在點校中,對白化文、李鼎霞先生的整理本多有參考。二位先生的整理本十分嚴謹,在字詞上忠於原刻本,標點上也達到了較爲精善的程度,整理過程中也應參考了多種版本。但在今天更優越的古籍整理條件下,我們仍能發現其中的不足。

此次整理,《楹聯叢話》之所以以宜稼堂本爲底本,是因爲該版本不僅錯誤較少,而且對初刻本的某些錯誤進行了改正。如卷二第三段,有"饕乎鼓,軒乎舞"句,應由《尚書大傳》"饕乎鼓之,軒乎舞之"而來,而其他大多數版本皆作"軒乎鼓,饕乎舞"。再如卷七第六十五段,即"余過廣陵"一段,有一長聯中一句爲"便當了六一翁後","了"應爲補入之字,在刻本上能夠看出。以與上聯中的"纔領得廿四橋頭"相對。其他版本無"了"字,不能對稱。這兩處在白化文先生的點校本中亦未顯示。在各個版本中,吕恩湛本稍特殊,其《續話》中有幾處多出的語句。如卷二第二十四段,即"吾鄉林青圃先生"一段,其中有"後陳恭甫編修壽祺亦撰一長聯,意欲媲美前修,而兩小股墨卷時腔,徒成話柄而已"。吕恩湛本於"前修"後多出"乃鋪排門面腐詞,竟似兩小股",無"而"字,這樣對陳壽祺的批評更能直接地看出來。這對研究梁章鉅與陳壽祺二人的關係有重要的價值。説明吕恩湛本的《續話》可能更加接近作者梁章鉅的底稿。同時,《楹聯叢話》也有特殊之處,在每一卷的前三段中,必有其中一段被删去某句或某幾處字詞,甚至還有稍稍改動的地方。經過比較分析,發現應該是爲了在該段減少一行空間而删去或改動。因爲在每卷的首頁,吕恩湛本都比其他版本多出一行,刻有"沭陽吕恩湛重刊"字樣。這樣,爲了在之後的版面中與其他版本相同,便要在第一頁想辦法減少一行,便出現了删改的情況。這是吕恩湛本不嚴謹的地方。此次整理,還借鑒了熊言安和張小華發表於《圖書館雜志》2013 年第 2 期的論文《梁章鉅〈楹聯續話〉初刻本考論》的内容。論文中發現了藏於南京圖書館的《楹聯續話》的一個南浦初刻本,在最後比通行版本多出一則聯話,是關於靖逆將軍奕山、揚威將軍奕經的。此則聯話梁章鉅在《浪迹續談》中的《致劉玉坡督部韻珂書》中曾提到:“究之拙刻,皆信筆直書,實不免有招忌之處。即如前呈之《楹聯續話》中,有‘兩將軍難兄難弟’、‘一中丞憂國憂民’二語,經執事作信力勸而删之。”“兩將軍”二句正與所發現聯話相符。因作者本意是在刻本中删去,因此整理時便以校勘記的形式補足。此次整理得益於便利的古籍整理條件,對書中的引文大部分進行了核對,使引號的標點更加準確。並且偶爾能發現《叢話》原刻本的錯誤,如《楹聯續話》卷一第二十二段,引用《茶餘客話》中的一段文字,其中有“獨行杭州城外蔬村中”一句,所有版本皆作“蔬村”,但意義不通。查《茶餘客話》,“蔬”應爲“荒”。另外,收入其他書中的楹聯,若發現收於《叢話》中并有不同者,亦酌情出校。

《楹聯叢話》的校本爲:(1) 清道光二十年(1840)桂林署齋刻本(簡稱“桂林署齋本”);(2) 清道光二十二年(1842)吕恩湛長沙府署刻本(簡稱“吕恩湛本”);(3) 環碧軒本;(4) 民國四年(1915)上海會文堂石印本(簡稱“會文堂本”)。《楹聯續話》的校本爲:(1) 吕恩湛本;(2) 環碧軒本;(3) 會文堂本;(4) 清光緒十六年(1890)醉六堂重刻本(簡稱“醉六堂本”)。對不同版本的異文,以校勘記的形式列出。

楹聯叢話

序

茝鄰先生，八閩碩儒，吐納經範，無書不讀，有美必彰。曩者提刑山左，手輯唐五代以前名論，先之以聖賢遺訓之在諸經外者，爲《古格言》十二卷。昌既受而讀之矣。閱十年而繼李善撰《文選旁證》四十六卷，博綜審諦於唐、宋、元、明以來卅七家之言，以訂晋府、汲古之誤，而集是書之大成，美哉富矣！近復讀公二集，一爲《退庵詩存》，推本倫紀，鑒别金石，逢源於經籍，殫精於時務，詩也而政教寓焉。一爲《退庵隨筆》，則數十年拳拳於庭訓師傳，因時隨地，藉束身心，期諸實用。自謂無關乎著作，而學殖躬行，經史諸子、官常家禮、文事武功，蓋靡有弗備者。比年爲吾粵采風陳詩，徵文考獻，將有《三管英靈》之集。而公暇搜羅，孳孳未已，乃復以所輯楹帖見示，諏遍八方，稿凡三易，每聯輒手叙其所緣起，附以品題，判若列眉，瞭如指掌。夫道體之罔弗該也，文字之罔弗喻也；語其壯則鯤海鵬霄，語其細則蚊睫蝸角。須彌自成其高也，芥子不隘於納也。楹帖肇自宋、元，於斯爲盛。片辭數語，著墨無多，而蔚然薈萃之餘，足使忠孝廉節之悃，百世常新；廟堂瑰瑋之觀，千里如見。可箴可銘，不殊負笈趨庭也；紀勝紀地，何啻梯山航海也。詼諧亦寓勸懲，欣戚胥關名教。草茅昧於掌故者，如探石室之司矣；膾炙遍於士林者，可作家珍之數矣。一爲創局，頓成巨觀。惟公以蓬山耆宿入直樞垣，揚歷大邦，叠膺重寄，雖官書林立，而几案塵清。偶當詩鉢文壇，輒復露垂泉湧。兹則秉節全圻，總宏綱而理庶政，猶是思艱圖易，舉重若輕。雍容乎禮法之場，翔泳乎文藝之圃。燭武所謂智深勇沈，潁濱所稱神止氣定者非歟？故於前所著諸集，見公之綜貫百氏，取精用宏。而於斯集有以見公心源治法，以整以暇，爲天授，非人力所能及也。道光二十年庚子春正月，陳繼昌謹序。

自　序

楹聯之興，肇於五代之桃符。孟蜀"餘慶"、"長春"十字，其最古也。至推而用之楹柱，蓋自宋人始，而見於載籍者寥寥。然如蘇文忠、真文忠及朱文公撰語，尚有存者，則大賢無不措意於此矣。元明以後，作者漸夥，而傳者甚稀，良由無薈萃成書者，任其零落湮沈，殊可慨惜！我朝聖學相嬗，念典日新，凡殿廷廟宇之間，各有御聯懸挂。恭值翠華臨莅，輒荷宸題；寵錫臣工，屢承吉語。天章稠叠，不啻雲爛星暾。海内翕然向風，亦莫不緝頌剬詩，和聲鳴盛。楹聯之製，殆無有美富於此時者。伏思列朝聖藻，如日月之經天，自有金匱石室之司，非私家所宜撰輯。而名公巨卿，鴻儒碩士，品題投贈，涣衍寰區。若非輯成一書，恐時過境遷，遂不無碎璧零璣之憾。竊謂劉勰《文心》，實文話所托始；鍾嶸《詩品》，爲詩話之先聲。而宋王銍之《四六話》，謝伋之《四六談麈》，國朝毛奇齡之《詞話》，徐釚之《詞苑叢談》，部列區分，無體不備，遂爲任彦昇《文章緣起》之所未賅，何獨於楹聯而寂寥罔述。因不揣固陋，創爲斯編。博訪遐搜，參以舊所聞見。或有僞體，必加别裁。郵筒遍於四方，討源旁及雜説，約略條其義類，次其後先。第一曰故事，第二曰應制，第三、第四曰廟祀，第五曰廨宇，第六、第七曰勝迹，第八曰格言，第九曰佳話，第十曰挽詞，第十一曰集句，附以集字，第十二曰雜綴，附以諧語，分爲十門，都爲十二卷。非敢謂盡之，而關涉掌故，膾炙藝林之作，則已十得六七，粲然可觀。方之《禁扁》，似稍擴其成規；比諸《句圖》，亦别開之生面云爾。道光庚子立春日，福州梁章鉅撰於桂林撫署之懷清堂。

卷之一

故事

嘗聞紀文達師言：楹帖始於桃符，蜀孟昶“餘慶”、“長春”一聯最古。但宋以來，春帖子多用絶句，其必以對語朱箋書之者，則不知始於何時也。按《蜀檮杌》云：蜀未歸宋之前，一年歲除日，昶令學士幸寅遜題桃符版於寢門[①]，以其詞非工，自命筆云：“新年納餘慶，嘉節號長春。”[②]後蜀平，朝廷以吕餘慶知成都，而長春乃太祖誕節名也。此在當時爲語讖，實後來楹帖之權輿。但未知其前尚有可考否耳。

吴越時，龍華寺僧契盈，吾閩人也。一日，侍忠懿王游碧波亭，時潮水初滿，舟楫輻輳。王曰：“吴越去京師三千里，誰知一水之利如此！”契盈因題亭柱云：“三千里外一條水，十二時中兩度潮。”時江南未通，兩浙貢賦率由海達青州，故云。時人稱爲駢切。

浦城真西山先生嘗讀書邑之粤山，名其齋曰“學易”，即

---

① “幸”，原作“辛”，據清乾隆武英殿本《宋史》卷四百七十九列傳第二百三十八《西蜀孟氏》、乾隆五十八年昭文周氏刻本清吴任臣《十國春秋》卷五十四後蜀七《幸寅遜傳》改。

② “號”，清抄本宋張唐英《蜀檮杌》卷下作“賀”。

今南浦書院地也。有春聯云:"坐看吴粤兩山色,默契羲文千古心。"見《三才圖會》。余嘗主南浦講席,擬爲敬録此聯,懸之楹柱,而因循未果。附記於此。

朱子於紹熙五年,築滄洲精舍,時年六十有五矣。自書一聯云:"佩韋遵考訓,晦木謹師傳。"謹按,朱子之父韋齋先生,嘗自謂卞急害道,因取古人佩韋之義爲號。又朱子受業於劉屏山先生,先生有《字朱元晦祝詞》云:"交朋尚焉,請祝以字。字以元晦,表名之義。木晦於根,春榮華敷;人晦於身,神明内腴。"此朱子聯語所由出也。滄洲精舍,即竹林精舍。據年譜,時爲韓侂胄中傷,以内批罷歸,除江陵府,不拜。又乞追還新舊職名,則已無意出山,又懲於趙汝愚之貶及群小之攻僞學,故有感而爲"佩韋"、"晦木"之思焉。

滄洲精舍中尚有兩聯,一云"道迷前聖統,朋誤遠方來",一云"愛君希道泰,憂國願年豐"。又《朱子全集》卷後所附載聯語尚多,謹摘録如左,以見南宋時楹帖盛行,雖大賢亦復措意於此矣。贈人聯云:"水雲長日神仙府,禾黍豐年富貴家。"又廣信南巖寺朱子讀書處聯云:"一竅有泉通地脈,四時無雨滴天漿。"又建寧府學明倫堂聯云:"師師庶僚,居安宅而立正位;濟濟多士,由義路而入禮門。"松溪縣學明倫堂聯云:"學成君子,如麟鳳之爲祥,而龍虎之爲變;德在生民,如雨露之爲澤,而雷霆之爲威。"又知漳州日,建書舍於天寶鎮山開元寺後頂,聯云:"十二峰送青排闥,自天寶以飛來;五百年逃墨歸儒,跨開元之頂上。"又贈漳州一士子云:"東牆倒,西牆倒,窺見室家之好;前巷深,後巷深,不聞車馬之音。"又一聯云:

"鳥識元機,[①]銜得春來花上弄;魚穿地脈,挹將月向水邊吞。"至世有刻爲木榜,懸諸堂楹,人所習見者,如:"讀聖賢書,行仁義事";"存忠孝心,立修齊志";"日月兩輪天地眼,詩書萬卷聖賢心"。此類尚多,安得有心人爲之一一搜輯乎?

《墨莊漫録》云:東坡在黄州,一日逼歲除,訪王文甫,見其家方治桃符,公戲書一聯於其上云:"門大要容千騎入,堂深不覺百男歡。"

《困學紀聞》云:"攻媿先生書桃符云:'門前莫約頻來客,坐上同觀未見書。'"按,《攻媿集》,四明樓鑰大防撰。

宋韓康公宣撫陝右,太守具宴,委蔡司理持正作候館一聯云:"文價早歸韓吏部,將壇今拜漢淮陰。"韓極喜之。又京口韓香除夜請客,作桃符云:"有客如擒虎,無錢請退之。"此二事皆見蔣平仲《山房隨筆》,皆切韓姓,此亦後來贈聯切姓之濫觴也。

《稗史》載:宋洪平齋舜俞新第後,[②]上史衛王書,自宰相至州縣,無不指摭其短。大略云:"昔之宰相,端委廟堂,進退百官。今之宰相,招權納賄,倚勢作威而已。"凡及一職,[③]必如上式,末俱用"而已"二字。時相怒之,十年不調。洪自署桃符云:"未得之乎一字力,只因而已十年閒。"

《濯纓亭筆記》云:"元世祖初聞趙子昂之名,即召見之。子昂丰姿如玉,照映左右。世祖心異之,以爲非人臣之相。

---

① "元",當作"玄",避清康熙帝諱而改字。以下不再説明。

② "舜",原脱,據清乾隆武英殿本《宋史》卷四百六《洪咨夔傳》、乾隆間刻本清厲鶚《宋詩紀事》卷六十一補。

③ "職",原作"聯",據清光緒常熟瞿氏家塾刻本《鐵琴銅劍樓藏書目録》卷二十一、《宋詩紀事》卷六十一等所引此段改。

使脱冠，見其頭尖鋭，乃曰：'不過一俊書生耳。'遂命書殿上春聯，子昂題曰：'九天閶闔開宫殿，萬國衣冠拜冕旒。'又命書應門春聯，題曰：'日月光天德，山河壯帝居。'"按，"日月"十字，今率用爲新歲桃符，幾遍閭巷，而不知始自松雪翁，且非臣工所宜用也。又按，今人家門聯率用"天恩春浩蕩，文治日光華"十字，不知此乃雍正年間御賜桐城張文和廷玉桃符句，張氏歲歲懸之。後京官度歲，強半書此作大門春聯，近日則外省亦比户皆然矣。

《堅瓠集》載："趙子昂過揚州迎月樓趙家，其主求作春聯，子昂題曰：'春風閬苑三千客，明月揚州第一樓。'主人大喜，以紫金壺奉酬。"

孫季昭弈《示兒編》載："黄耕叟夫人三月十四日生，吴叔經作壽聯曰：'天邊將滿一輪月，世上還鍾百歲人。'或謂'將滿一輪'，若是十三日亦使得，不若云'猶欠一分'，便見直是十四日也。予謂'猶欠一分'非祝壽底語，終未若魏仲先壽萊公詩云：'何時生上相，明日是中元。'形容得七月十四日坦然明白矣。周益公生於丙午七月十五日，嘗壽以聯曰：'年與潞公同丙午，日臨萊國占中元。'公覽而笑曰：'賢此聯，已道盡了生年月日，只欠説出一個生時，便是一本好建生矣。'"按，此二事亦後來壽聯切日之濫觴也。

元楊元誠瑀《山居新話》載："元統間，余爲奎章閣屬官，題所寓春帖云：'光依東壁圖書府，心在西湖山水間。'時余峻山爲江浙儒學提舉，寫春帖於山居曰：'官居東壁圖書府，家住西湖山水間。'偶爾相符，亦可喜也。"

明周暉《金陵瑣事》載：太祖嘗御書春聯賜中山王徐達，云："始余起兵於濠上，先崇捧日之心；逮兹定鼎於江南，遂作擎天之柱。”按，此二十六字，乃初封信國公誥中語也。又一聯云：“破虜平蠻，功貫古今人第一；出將入相，才兼文武世無雙。”蓋亦賜中山王作。

《列朝詩集》載：學士陶安字主敬，明太祖嘗製門帖賜之曰：“國朝謀略無雙士，翰苑文章第一家。”

《簪雲樓雜説》云：“春聯之設，自明孝陵昉也。時太祖都金陵，於除夕忽傳旨：‘公卿士庶家，門上須加春聯一副。’太祖親微行出觀，以爲笑樂。偶見一家獨無之，詢知爲醃豕苗者，尚未倩人耳。太祖爲大書曰：‘雙手劈開生死路，一刀割斷是非根。’投筆徑去。嗣太祖復出，不見懸挂，因問故，答云：‘知是御書，高懸中堂，燃香祝聖，爲獻歲之瑞。’太祖大喜，賚銀三十兩，俾遷業焉。”

“洛水元龜初獻瑞，陰數九，陽數九，九九八十一數，數通乎道，道合元始天尊，一誠有感；岐山丹鳳兩呈祥，雄鳴六，雌鳴六，六六三十六聲，聲聞于天，天生嘉靖皇帝，萬壽無疆。”此明世廟齋醮對聯，乃袁文榮煒所撰。見沈德符《野獲編》。又一本云：“揲靈蓍之草以成文，天數五，地數五，五五二十五數，數生於道，道合元始天尊，尊無二上；截嶰竹之筒以協律，陽聲六，陰聲六，六六三十六聲，聲聞于天，天生嘉靖皇帝，帝統萬年。”詞句大同小異，傳是夏貴溪言手筆。

《野獲編》云：“張江陵盛時，有送對聯諂之者云：‘上相太師，一德輔三朝，功高日月；狀元榜眼，二難登兩第，學冠天人。’江陵欣然懸於廳事。先是，華亭公罷相歸，其堂聯云：‘庭訓尚存，老去敢忘佩服；國恩未報，歸來猶抱慚惶。’雖自占地步，而詞旨謙抑，勝江陵之誇詡遠矣。昔年，殷歷城罷相在里，江陵以宋詩爲對聯寄之云：‘山中宰相無官府，天上神仙有子孫。'蓋諛與嘲各半。頃者沈四明謝事居家,則直用李適之語云:'避賢初罷相,樂聖且銜杯。'又今相國福清公邸中所粘桃符則云:'但將藥裹供衰病,未有涓埃答聖朝。'尤爲渾雅。"

前明邱南鎮岳由亞卿左遷藩參,數厚遺張江陵,嘗以黄金製對聯餽之云:"日月並明,萬國仰大明天子;丘山爲岳,四方頌太岳相公。"蓋亦欲以己名時蒙記憶也。江陵喜,將驟擢之。未幾敗,岳遂罷歸。

《七修類稿》云:"吏部許尚書讚,其父亦吏部尚書也。讚先爲户部尚書,其兄詔,亦嘗爲南户部尚書也。俞子木爲作一聯云:'父冢宰,子冢宰,秉一代之銓衡;兄司徒,弟司徒,總兩京之會計。'又,陳敏之木,天台人也,任徽州歙縣訓導,書一聯於衙曰:'四萬八千丈山中仙客,三百六十重灘上閒官。'一則不可移易,一則天生切對。"

嘉靖末年,南京城守門宦官高剛於堂中書春聯云:"海無波濤,海瑞之功不淺;林有梁棟,林潤之澤居多。"蓋謂剛峰、念堂二公也。宦官亦重諫臣如此。

《堅瓠集》云:"邱仲深學博貌古,而心術不可知。嘗與劉吉不協,劉作一聯書其門云:'貌如盧杞心尤險,學比荆公性更偏。'時論頗以爲然。"

《敝帚齋餘談》云:"江陵初賜第於鄉,上御筆親勒堂對云:'忠可格天,①正氣垂之萬世;功昭捧日,休光播於百年。'可謂異典極褒。至癸未籍没,則並第宅不保矣。但對聯乃御

---

① "忠可格天",清道光七年姚氏刻同治八年補修本明沈德符《萬曆野獲編》卷九、明萬曆四十二年本王世貞《弇州史料》後集卷五十二等皆作"志秉純忠"。

製御書，不知當時在事者何以處之。"

又云："嘗於都下見一罷閒中貴堂間書一對云：'無子無孫，盡是他人之物；有花有酒，聊爲卒歲之歡。'又全用南宋喬行簡詞中語。此輩亦知達生如此。"

又云："向見王百穀家桃符云：'豈有文章驚海内，漫勞車馬駐江干。'哂其太誇。頃過陳眉公，中庭書一聯云：'天爲補貧偏與健，人因見懶誤稱高。'蓋用陸務觀語。雖謙抑，實簡傲也。去年至支硎山，范長白學使齋中懸聯云：'松風高士供，蘭夢美人圓。'其所書即所作也。時范未有子，故有'夢蘭'句。然圓夢字又作'原'，唐宋人皆已兩用之，未知孰是。范又有對云：'門前白水流將去，屋裏青山跳出來。'又用《笑林》中里童屬對語，亦奇。"

滇省南關外，前明有趙某，業屠，一日欲宰母牛，忽失其刀。時小犢在傍，仰卧哀鳴。趙鞭之起，則屠刀在焉。因感悟，棄屠刀，携子母二牛，屏迹西山，每吟"減去心頭火，要見吕洞賓"之句。有道者過訪，趙款以茶，盛以古磁。道者失手墜地，趙似動嗔念。道者忽不見，古器依然。遺片紙書云："洞賓方纔到，心頭火又生。"趙愧悔。一日憑欄觀海，遥見沐藩於昆明池習水戰，若有所羨，遂溘然逝。後提軍陳用賓來滇，偶游西山，一一如舊游。石壁記有趙没之年月日，與提軍生日適符，乃知即趙後身也。自言鎮閩時，有道者來見，款以茶，問"減去心頭火"否，不解所謂也。臨别約以鸚鵡一會。至是，詢知鸚鵡山，遂往游焉。見一痴道人，手執二瓶，兩口相對，立於山石間。笑語曰："軍門别來無恙？此時向那頭跳出？"語未竟，從者喝之，頓失所在。提軍始悟二瓶對口即"吕"字，立於山石即"巖"字，就立處爲橋曰"迎仙橋"。山半肖洞賓像，爲環翠宫。後人題聯云："春夢慣迷人，九環仙骨，誤著了一品朝衣，任雞鳴紫陌，馬踏紅塵，軍門向那頭跳出？空山曾約伴，六詔杯茶，猶記得七閩片語，看劍影横天，笛聲吹海，先生從何處飛來？"

前明工部尚書張忠定公延登以功名顯。劉理順、吴麟徵、夏允彝、周延儒皆其門下士也。家署門聯云："門多將相文中子，身係安危郭令公。"蓋門客所題贈。

《堅瓠集》云："萬曆辛丑九日，焦弱侯先生招同人登謝公樓。一友曰：嘗見欽天監柱聯云：'夏至酉逢三伏熱，重陽戊遇一冬晴。'今諺云：'夏至有風，重陽無雨。'皆訛傳耳。"按，今時占驗語，上句作"夏至有雷三伏冷"，下句亦作"重陽無雨一冬晴"，往往有驗。

明末，李忠肅都憲邦華聞外城陷，遂棄家移宿於文信國祠中。李亦吉水人，既北面再拜，復就信國公位前三揖曰："邦華鄉邦後學，合死國難，請從先生於九泉矣。"遂以白繒繫於信國之龕柱而死。後其鄉人换題新額爲"二忠祠"。又題楹柱云："後死須知無二道，先生豈願有忠名。"幾於千金莫能易一字矣。趙甌北詩所謂"故知曠世心相感，恰好同鄉迹再攀"是也。舊有邊華泉聯云："花外子規燕市月，柳邊精衛浙江潮。"

相傳吾鄉曹石倉先生學佺辭官歸里時，閑行街巷，見一陋屋，柴門不正，柱上署桃符云："問如何過日，但即此是天。"詢知宅主，乃屠者徐五也。徑入廳事，有二聯，一云："仗義半從屠狗輩，負心多是讀書人。"一云："金欲兩千酬漂母，鞭須六百撻平王。"先生爲之悚然。徘徊間，徐五已回。與語，甚契洽，因定交。甲申之變，徐五攜隻雞斗酒，徑造先生廬，排闖而入。見先生,驚曰:"吾辦此奉祭耳! 何尚在也?"先生遂拜而就義焉。盧潛溪孔昭云:相傳徐五更有一聯云:"鼠因糧絶潛踪去,犬爲家貧放膽眠。"殊有感慨。又傳曹殉節後數日,人見溪中有浮屍,著素衣冠。識者以爲即徐五也。按,徐五名英,字振烈,侯官人。余田生甸、張超然遠並爲之傳。里中人但稱爲徐五云。

《柳南隨筆》云:"王文恪公鏊祖塋在洞庭東山之化龍池,形爲鳳凰展翅,湖中案山稍偏。地師云:'可惜狀元旗不正,他年應作探花郎。'後竟如其言。越二百年,而公之八代孫世琛乃於康熙壬辰科狀元及第。聞琛於會試前三日祈夢於神,夢至一廳事,其柱聯云:'雨中春樹萬人,雲裹帝城雙鳳。'蓋藏'家'、'闕'二字,以示必中狀元也。"

山陰徐文長渭,一字天池,又字青藤。所居即名青藤書屋。青藤,其手植也。藤下有池,横一平橋,橋承以柱,上覆石臺。臺額曰"天漢分源"。柱聯云:"一池金玉如如化,滿眼青黄色色真。"柱背又一聯云:"未必串關别名教,須知書户孕江山。"承橋之柱額曰"砥柱中流"。皆文長自書,是所謂天池也。見董暘所撰《青藤書屋記》。

紹興府城外三江,濱海地也。居民每有"其魚"之嘆。明湯太守紹恩創建應宿閘,水患始息。後人立公祠,乞徐文長撰廟聯。文長疾書云:"煉石補星辰,兩月興工當萬曆,纘禹之緒;鑿山振河海,千年遺迹在三江,于湯有光。"兩用成語,一切其事,一切其姓,越人每樂述之。

常熟瞿壽明昌文《粤行紀事》云:"登伏波山,謁關壯繆廟,見王父題額曰:'學本尊王'。又題一聯云:'浩氣塞兩間,萬古綱常永賴;威靈宣八表,千秋帶礪全憑。'凛凛然鞠躬盡瘁之志，上通神明矣。”按，壽明爲督師瞿起田式耜孫。今此聯無可考，桂林人亦不能舉其詞矣。

相傳天啓間塑關帝像二尊，一大一小。時有日者甚神，熹宗指二像，令其推算。日者稱小者福壽綿遠，香火百倍於大者。熹宗遂以小像棄置正陽門左側一小廟中，而供大像於宫中，以窮日者之言。未幾，闖賊入宫，大像遂毁，而小者香火日盛。崇禎間，有卜者邢姓，設肆廟前。甲申三月初旬，卜者書一聯於廟門云：“漢封侯，晋封王，有明封帝，聖天子可謂厚矣；内有奸，外有敵，中原有賊，大將軍何以待之？”按，此語乃左忠毅劾魏奄時所上。是夕夢入前殿，見關帝坐帳中，告以明運已盡，天命有歸，不日大聖人至矣。卜者寤後告人曰：“吾設肆於此十餘年，滄桑之變，何忍見之！”明日遂縊於庭樹。今廟旁有土地祠，一白鬚神即卜者云。

客有誦王衍宫詞云：“月華如水浸宫殿，有酒不醉真癡人。”及明福王楹帖云：“萬事不如杯在手，一年幾見月當頭。”以爲“荒亡之言，如出一轍”是也。然福王楹帖是王孟津鐸所書。何良俊《四友齋叢説》謂二語乃吴中老儒朱埜航詩，孟津亦書舊句耳。

吾鄉康熙間蕭蟄庵震以御史巡鹽兩淮，假歸，值耿精忠之變，爲耿所害，籍其貲得三十萬，繯首於烏石山之鄰霄臺。先是，蟄庵倡議修復道山即烏石山，建鄰霄臺，勒百字碑紀之，並書臺柱一聯云：“但願桑麻成樂土，不妨詩酒上鄰霄。”至是，鄉人易“詩酒”二字爲“屍首”。謝古梅先生詩所謂“荒臺草木千年恨，樂土桑麻一夢中”是也。

陸稼書先生從祀文廟，初議時，或以先生家中曾延僧諷誦爲疑。其後人出先生手書廳事一聯云：“讀儒書不奉佛教，遵母命權作道場。”議遂定。

孫夏峰先生居新安，門人爲築雙柳居於學宫之東。顔乃來題聯云：“近聖人之居，教亦多術矣；守先王之道，文不在兹乎？”

耿精忠之變，李鄴園總督之芳扼守衢州，厥功甚偉。入爲兵部尚書。三衢軍民爲立生祠，聯云：“淮蔡之功茂矣，抑又過之，大難削平，重奠東南半壁；琴鶴之操凛然，於今爲烈，名賢繼起，恰符五百餘年。”

《筠廊偶筆》載：“宣武門外教子胡同永慶寺，爲僧文然所居。祖師殿前白楊、古柏二，僧室無他物，壁有聯云：‘石壓筍斜出，巖垂花倒開。’”按，五代道士石仲元，隱於桂州之七星山，自號桂華子，負詩名。世傳其警句，如“石壓木斜出，崖懸花倒生”之類甚多，爲湘源守楊徽之所稱，目爲玉方響。事詳《粤西叢載》，文然但偶書其語，其字句間有異同耳。

《柳南隨筆》載：“錢湘靈先生陸燦晚年居虞山，老屋三楹，適當石梅之下，松陰嵐翠，如眉臨目。先生兀坐其中，擁書萬卷，咿哦不輟。過其門者往往駐足覘伺，流連不去。先生咿哦自若也。室中榜一聯云：‘名滿天下，不曾出户一步；言滿天下，不曾出口一字。’爲三峰釋碩揆所書。”

卷之二

應制

楹聯之爲應制作者,昉於前明嘉靖時。然如袁文榮、夏貴溪所撰齋醮對聯,傳者不過一二,而浮夸之辭,無當大雅。良由其時載筆之臣固無巨手,亦勝朝德政不足以備揄揚,故淩夷衰微,迄於無聲若此。我朝累洽重熙,凡恭值大典慶成,皆有進御文字,靡不上動天鑒,下洽輿歡。自康熙、乾隆年間兩次編輯《萬壽盛典》,皆有"圖繪"一門,楹聯附焉。而殿廷諸聯尤足以鋪鴻藻,申景鑠,潤色洪業,鼓吹承平。自有楹聯以來,未有如此之盛者矣。謹就所見,分録如左。

康熙五十二年,恭值仁廟六旬萬壽。自大内出西直門達西苑,一路皆有牌樓壇宇。每座落必有楹聯,肅括宏深,聞皆出當時名公碩彦之手。如般若庵經棚云:"周雅賡歌,如山如川如日月;箕疇斂福,曰富曰壽曰康寧。"普慶寺諷經處云:"文德武功,兼帝王而大備;心宗性學,貫聖智以純全。"燈棚牌樓云:"輦道風清,葭管萬年調玉露;瑶池春暖,華燈五夜徹瓊霄。"龍泉寺諷經處云:"沸地笙鏞,丹鳳和鳴占景運;彌天烟靄,青鸞翔舞識禎符。"廣濟寺牌坊云:"算永東華,若木光騰春九十;祥開南極,蟠桃花放歲三千。"東三官廟牌樓云:

"保合太和，道綜乾始坤生，兩儀並久；誕膺多福，功被民熙物阜，四海皆春。"西三官廟牌樓云："帝握貞符，禹甸盡歸滄海貢；天開景運，堯封常祝紫宸朝。"慈獻寺前牌坊云："十雨五風，處處康衢歌帝力；千秋萬歲，年年華渚耀神光。"關帝廟燈棚云："敷天長戴仁天，知後天之不老；大地同游樂地，真應地以無疆。"直隸全省燈棚云："聖算無疆，矗矗鰲山開壽域；天顔有喜，溶溶魚藻漾恩波。"江南全省經棚云："皇極運而歲月日時無易；聖德大而禄位名壽竝隆。"浙江全省燈棚云："日之升，月之恒，萬年延寶祚；天所覆，地所載，億祀奠金甌。"

乾隆五十五年，恭值純廟八旬萬壽，華祝嵩呼之盛，震今鑠古，尤爲史牒所未聞。恭讀《萬壽盛典》所載楹聯，大都按切時事，臚陳實政，非若"登春臺"、"游華胥"者，徒爲揣摩想像之詞。蓋九重之福壽愈隆，功德愈盛，而承明金馬之彦，研精殫慮，其鴻筆又足以發揮之，洵頌禱之大觀，而揄揚之極軌也。謹就所見，分録如左。如四言云："四時爲柄，萬象皆春。""百順爲福，六合同春。""佛天佛日，壽世壽民。""皇建福極，位在德元。""圖成耕織，詩集攻同。""願聖人壽，近天子光。"五言云："堯齡增瑞甲，軒紀叶長庚。""九五福曰壽，八千歲爲秋。""八徵陳姒範，三祝晋堯封。""篆凝仁壽字，花發吉祥春。""祝恒河沙壽，歌大海潮音。""乾璣甄月軌，泰策衍天環。"六言云："景命壽於旗翼，淳風𢥞彼垓埏。""五福堂同五代，八旬時念八徵。"七言云："泰筊中符天地數，坤珍大闡岳川祥。""星雲麗近中秋節，山海祥開益地圖。""壽星四照環辰北，王會來同曁日南。""春秋紀合八千歲，甲子周回三萬旬。""皇嚮福錫庶民福，帝如春與四時春。""位禄名壽德惟券，高明博厚久斯徵。""八功八德無量佛，千春千秋大椿年。""軒籙正當符健順,羲文從此衍貞元。""人如夏諺歌游豫,地是春臺樂皞熙。""春臺煦育歌綏萬,化日舒長紀大千。""福由天縱超千聖,年越古稀又十春。""能以美利利天下,是用多福福一人。""獻華童子名長壽,得道仙翁住太常。"謂太常仙蝶也。"四時來備各以叙,如川方至莫不增。""皇建極,會極歸極;帝作歌,賡歌載歌。""由庚慶洽三千界,周甲重開二十春。""萬年椿壽斯爲壽,五世蘭孫又見孫。""萬衆人天歡贊佛,十方功德統遵王。""化國茝提春大共,壽人更老説從長。""渥恩蠲詔駢科詔,新慶交封暨緬封。""橋門邁漢三雍典,職貢超唐十道圖。""鳩杖作朋春宴飫,鶯衣呈舞蝦詞新。""壽址培基山萬歲,恩波釃潤水中泠。"八言云:"東西朔南,訖于四海;歲時月日,惟曰萬年。""山盈川沖,受兹介福;轅萌壤叟,同我太平。""一字一音,求合於古;萬首萬遍,均和其聲。"謂新製衢歌樂章也。"敬天勤民,以篤慶祚;揆文奮武,載揚大聲。""儒館獻歌,禮官紀典;海人憬德,緱序蒙禔。""文武聖神,在明明德;位禄名壽,得全全昌。"九言云:"花雨能仁,祝嵩齡億載;曇枝普茂,鞏海甸三乘。""五十有五年,堂開五代;八旬兼八月,璽刻八徵。""七曜燦珠囊,榮鏡宇宙;萬年綿寶籙,合撰升恒。""祝曼壽須彌,化漸印度;贊文殊師利,景麗臺懷。"十言云:"萬古希逢,豈止三四五六;一人有慶,直至億兆京垓。""久道久照久成,久徵不息;貞觀貞明貞一,貞下起元。""無我相,無人相,無邊壽相;有善緣,有德緣,有大福緣。"十一言云:"五試輪經,蕊榜宏開科甲乙;七均正樂,葩詩新訂譜宫商。""暘雨協豐,占徵念九疇之八;京垓增泰,策呼聞萬壽者三。""就如日,瞻如雲,梯航群介壽;饔乎鼓,軒乎舞,衢壤遍熙春。"十二言云:"翠籙演天元,泰策揲圖書正位;珠弧環斗柄，壽星輝角亢南纏。”“臨雍茂上儀，圜橋水與恩波渥；勒石期壽世，獵碣文從聖藻新。”謂重勒石鼓文字也。“期艾應昌禔，七旬赴宴三千叟；埏垓昭景貺，五代同堂二百家。”十五言云：“集山海梯航，東鰈西鶼，萬國圖歸王會；感風雲律吕，南兜北昧，九重樂奏鈞天。”十七言云：“八月際昌期，玉琯金鐘，譜出一十三徽律吕；億年開景福，丹緘翠籙，歌成萬八千歲春秋。”

聞乾隆五十五年八月八旬萬壽，經壇中有一長聯最爲壯麗，膾炙人口久矣。相傳爲彭文勤師元瑞所撰，而恭翻《萬壽盛典》中實未之載，謹記録之。惟所聞字句小有異同，無關體要也。句云：“龍飛五十有五年，慶一時五數合天，五數合地，五事修，五福備，五世同堂，五色斑斕輝彩服；鶴算八旬逢八月，祝萬壽八千爲春，八千爲秋，八元進，八愷登，八音從律，八風縹緲奏丹墀。”

紫禁城中各宫殿門屏槅扇皆有春聯，每年於臘月下旬懸挂，次年正月下旬撤去。或須更新，但易新絹，分派工楷法之翰林書之，而聯語悉仍其舊。聞舊語係乾隆間敕儒臣分手撰擬，皆其時名翰林所爲，典麗矞皇，允堪藻繪昇平，祓飾休美。章鉅以珥筆樞垣，出入承明者數載，千門萬户多在睹記之中。又間從清秘堂翰林處鈔録成帙，雖未全備，已成巨觀。始知王蘭泉侍郎《湖海詩傳》中所載曹習庵學士仁虎數聯，不過百分之一二也。今謹按各門編録如左。

太和左右門云：“日麗丹山，雲繞旌旗輝鳳羽；祥開紫禁，人從閶闔覲龍光。”“鳷觀翔雲，九譯同文朝玉陛；鳳樓焕彩，八方從律度瑶閶。”協和門云：“協氣東來，禹甸琛球咸輯瑞；和風南被，堯階蓂莢早迎春。”熙和門云：“景緯霞敷，星罕燦三辰珠璧；元和春盎，雲璈宣六代咸英。”上諭館云：“一代典章垂渙汗，萬年法守仰都俞。”誥敕房云：“天寵遥頒青鎖客，國恩重溢紫泥封。”繙書房云：“玉宇中朝資珥筆，金甌億載慶垂衣。”内閣前門云：“聖德醍醐，花深紅藥省；帝光糾縵，日麗紫微天。”太和殿中槅扇云：“龍德正中天，四海雍熙符廣運；鳳城回北斗，萬邦和協頌平章。”體仁閣云：“黄道天開，東壁琛圖輝玉宇；紫宸日麗，西山爽氣映瑶階。”宏義閣云：“畫棟凝熙，東望攝提輝曉日；彤庭延景，北臨棨戟動朝光。”中和殿中槅扇云：“仁壽握乾符，萬國車書會極；中和綿鼎籙，九天日月齊光。”保和殿中槅扇云：“凝鼎命而當陽，聖籙同符日月；握乾樞以御極，泰階共仰星雲。”

乾清門云：“帝座九重高，禹服周疆環紫極；皇圖千祀永，堯天舜日啓青陽。”左門云：“紫極正中央，萬國共球竝集；青陽迎左个，千門雨露皆新。”右門云：“皋應闢春陽，瑞氣常浮五雉；羲和迴日馭，卿雲時捧雙龍。”日精門云：“日麗金門，五色雲屏三島近；風和玉殿，九霄彩仗百花新。”月華門云：“瑞啓日中，霞映龍墀晴色迥；春來天上，烟融鳳闕曙光高。”坤寧宫交泰殿東西面云：“萬化轉璇樞，本天而本地；一元開瑞策，資始以資生。”“居一得元，秉神符而永極；交三成泰，捧寶勝於重華。”左右次間槅扇云：“寶瑟和瑶琴，百子池邊春滿；金柯連玉葉，萬年枝上雲多。”“珠綴繞龍屏，寶矩光連寶籙；璇題懸鳳扆，彤雲瑞應彤墀。”永祥門云：“蟠桃千歲果，温樹四時花。”穿堂槅扇云：“東華燦爛日初昇，紫氣常依曉殿；北闕輝煌雲正麗，祥光遍護春臺。”增瑞門云：“鳦鳥傳長發，蒼龍協永綏。”

寧壽宫左門云：“九重敷斂範陳箕，曼羡蕃釐共錫；萬國會歸光戴斗，蕩平軌路同遵。”右門云：“洛籌福紀慶洪延，象叶居中建五；乾策祥符徵順叙，功侔則大函三。”斂禧門云：“輝駢寶券晋雲閶，推策純常集嘏；慶衍瑶籌赢澥屋，闡珍舄奕流禔。”左門云：“重霄日月燭升恒，景運祥開久照；八表山川徵樂壽，昌期福集新韶。”右門云：“化成熙皞驗風從，治媲春孳夏育；祥迓熾昌昭德致，符呈乾絡坤維。”錫慶門云：“億萬龄錫羡延洪，保定自天孔固；三千界重熙洊洽，祥和與物同春。”左門云：“三壺景象駐恒春，釦砌環迎戩穀；六幕光華徵復旦，彤宸茂集繁祺。”右門云：“珠囊晷緯迓休徵，福界垣昭太乙；玉燭年華彰瑞應，昌辰化溥由庚。”影壁東牆門云：“川岳獻珍符，烟熅闡瑞；日星昭景貺，糺縵呈華。”西牆門云：“玉琯奏諴和，氣調九宇；璿樞徵廣運，衡正三階。”

皇極殿云：“皇圖盛際陽春，觀蒼駕日升久照；帝座高臨北極，慶紫垣星拱端居。”左右次間云：“順時宣象咸宜，瑞履青陽開左个；懋德凝禔孔厚，祥延紫氣衛中垣。”“環黼扆瑞焕星雲，共睹堯襟舜抱；萃貞符禔流幬載，長披金鏡珠囊。”東西垂花門云：“遵路傍東垣，慶霄春盎；近光瞻左掖，瑞旭晨升。”①“戴斗鎮崆峒，尊臨地軸；宣風啓閶闔，順協天樞。”昌澤門東西圍廊槅扇云：“韶序啓青陽，煦回歲籥；祥光騰紫氣，慶溢仙閶。”“福地勝三壺，延釐錫羡；融風調六琯，迺景宣韶。”“昊歲啓三元，含和籥轉；堯曦光四表，承照華敷。”“長晷麗前榮，蓬瀛春駐；清芬飄合殿，卿𧦝晴薰。”後槅扇云：“松牖春回，吉靄正臨銅晷永；芝庭日麗，祥光長擁玉樞高。”左右槅

---

① “旭”，原作“日”，據桂林署齋本、吕恩湛本、會文堂本、清光緒刻本吴振棫《養吉齋叢録》卷十九改。

扇云："瑶光東指爲春，瑞啓扶桑齊七政；黄道左旋而運，頌臚戴斗拱三階。""旭臨鳷鵲初昇，華祝騰歡連月窟；仗轉蓬萊徐引，宸居茂對洽春臺。"東西穿堂云："福緯耀微垣，瑶枝絢采；春祺凝化宇，玉樹承曦。""協氣繞南榮，蒼車獻瑞；條風來左序，青鎖含輝。"東西圍廊云："朝爽啓神霄，蓂滋左砌；青陽昇麗景，芝秀東房。""銀箭應琅璈，蓬壺晝永；銅鋪開錦繡，閬苑春濃。"

養性殿云："優游茀禄咸宜，寶籙日增侔岱華；昌熾壽耆彌固，瑶躔春茂式璣衡。"頤和軒云："静泰怡神，瑞靄光輝臨黼扆；沖融契道，祥風藹吉暢文軒。"屏門云："生意無邊，奏曲文禽諧玉琯；真機可挹，交枝仙蕚擁金鈴。"景祺閣云："寶策叶仙椿，億齡延祉；泰階昭景曜，九服均禧。"暢音閣云："琅璈逸韻應嵩呼，久矣八風從律；閶闔晴光凝嶰吹，康哉九叙惟歌。"閣後槅扇云："海宇安恬，圓嶠方壺開福地；天閶詄蕩，右平左磩上熙臺。"閲是樓云："樽飲康衢，風雨和甘均六幕；弦調寶瑟，星雲景慶亘三階。"東西配樓云："景麗瑶墀，鸞鶴翔空騰慶靄；春回瓊島，魚龍獻瑞展新圖。""幬載浹祥和，糺縵交呈旭采；智仁諧樂壽，純常懋迓春祺。"角門云："地近玉階通御氣，春回瓊管駐韶光。"直房云："承恩沾沆瀣，接武引星辰。"尋沿書屋云："千年金鑑長留，插架寶書資政要；寸晷銅儀恒惜，掞箋妙藴發幾餘。"保泰門云："六管宣和，樂奏鈞天迴暖律；三階拱極，圖呈益地迓新祺。"衍祺門云："閶闔象昭回，蘿圖衍慶；蓬萊春茂鬯，寶祀延祺。"井院門云："斟衢醲化調天醴，擊壤歡謡洽德源。"庫房門云："函三化洽歸璣鏡，吹萬風和轉玉杓。"古華軒云："星琯叶珠杓，祥開萬象；雲屏通碧漢，瑞啓三陽。"養心殿云："旭日射銅龍，上陽春曉；和風翔玉燕,中禁花濃。”東西板門云:“蘭橑香繞宜春帖,桂館花浮獻壽杯。”“三島春深雲氣暖,九霄地迥月明多。”直房云:“金闕雲晴,九華開扇彩;珠樓風細,七寶拂爐烟。”“春駕蒼龍,青陽臨左陛;雲開丹鳳,紫極麗中天。”養心殿槅扇云:“廣樂奏鈞天,萬國衣冠同瞻旭日;陽春回大地,四時橐籥首協温風。”“雉尾雲移,看玉燭光中,星扶華蓋;螭頭香動,聽金鈴聲裏,風展春旗。”毓慶宫槅扇云:“北斗回樞,紫氣迎祥雙闕曉;東風入律,彤雲獻瑞五門春。”蒼震門云:“日麗彤墀,四表光華瞻正朔;雲凝寶仗,萬方歌舞慶同春。”齋宫屏風門云:“位育本中和,曰旦曰明,至誠丕應;寅清孚上下,亦臨亦保,敬德昭宣。”

文華殿正門云:“道契松雲,心傳符赤帝;祥呈河洛,治統啓青皇。”武英殿正門云:“四庫藏書,寶笈牙籤天禄上;三長選俊,縹囊翠軸月華西。”傳心殿云:“帝典王謨昭萬有,乾苞坤絡奉三無。”咸安宫云:“行慶恩深,陽春資發育;右文典重,雲漢仰昭回。”

鑾儀衛門云:“仙仗五雲,鸞鳴和盛世;德車七宿,龍角運中天。”會典館云:“金鏡開楹,升恒光北極;珠杓映座,長養順東方。”尚衣監云:“天上垂衣明藻火,日邊珥筆頌星雲。”茶膳房云:“得氣仙蓂長應月,呈祥瑞蓮並迎風。”“五色雲英滋秀草,千年露實熟蟠桃。”“湛露凝甘盈玉瓮,光風布煦應瑶筒。”“液酌衢尊同介景,音調嶰管遍覃禧。”“神鼎上方調六膳,宫壺春色釀三漿。”

阿哥所宫門云:“旭日麗龍樓,瑞氣春融珠樹迴;卿雲籠鶴禁,祥光晴護玉階平。”“金鏡霞明,九苞開鳳籙;玉衡星正,五色協麟文。”“元象轉星杓,丹霄北拱;重門映春樹,紫氣東來。”

坤寧宫云：“麟定螽詵，叶二南於彤管；星軒月殿，配一德於丹宸。”澄瑞亭云：“景運舒長，天上慶雲環紫極；太和翔洽，日邊甘露湛瑶墀。”延暉閣云：“樹石接蓬萊，三色裔雲成幄；軒窗騫象緯，千秋寶籙凝圖。”壽康宫云：“閶闔風和，瑞應金萱輝寶籙；蓬萊日永，祥呈仙策耀春暉。”大殿云：“厚德著璇宫，禁掖常尊堯舜；修齡儲北斗，春秋永亘貞元。”槅扇云：“瑶殿凝庥，天上雲霞依舜蓮；衮衣獻壽，域中川岳捧堯尊。”慈寧宫云：“景福集璇宫，億萬斯年永登仁壽；慈雲輝寶殿，千八百國莫不尊親。”槅扇云：“興慶獻春光，瑶草金芝迎愛景；大安調暖律，朱鸞紫鳳叶仙韶。”左右門云：“玉階曉擁珩璜，天上慶雲移寶扇；金闕遥趨劍佩，春來瑞氣滿瑶池。”“麗韶景於履端，璧帶風微翔彩燕；耀春輝於復旦，簾衣晝静響銅龍。”永康門云：“藻景耀中天，瑞啓萬安殿外；裔雲垂北極，祥呈長樂宫前。”徽音門云：“淑景舒華，絳樹含芳承瑞蔭；和風叶律，紫鵷調暖奉祥噰。”佛堂云：“兜羅佛手轉金繩，永護坤維日月；優鉢曇花開寶界，增輝震旦山河。”“妙諦證拈花，萬户千門皆成寶地；明心同指月，十洲三島竝現金光。”長慶門云：“北斗泰階平，儀鳳祥雲環錦幄；西池佳氣繞，衮龍愛日侍斑衣。”咸若館云：“日耀東瀛，璇室問安雲似綺；星回北斗，珠宫寄賞物皆春。”景仁宫云：“春紀八千，和風翔壽宇；皇居九五，香露靄仙宫。”近光門云：“瑞啓青陽，軒雲承翠幄；祥開黄道，羲日展金輿。”景陽宫云：“頌啓椒花，百子池邊日暖；觴浮柏葉，萬年枝上春晴。”昌祺門云：“淑氣凝和，天上香浮簇仗；條風扇瑞，宫中日永垂裳。”延禧宫云：“紫籞迎春，瑞拂千條御柳；丹樓映日，祥開萬樹宫花。”麟趾門云：“璚雲曉護蒼龍闕，玉斗春回紫鳳城。”鍾粹宫云：“瑞雪霽南山，寒收玉宇；條風噓北斗，春滿金甌。”迎瑞門云：“麟趾春深千歲酒，鶯聲日暖四時花。”千嬰門云：“星轉璿杓，光映卿雲五色；春回玉琯，祥開彩勝千枝。”承乾宫云：“紅日初生，萬户祥雲臨複道；青陽乍轉，九天佳氣敞重樓。”永和宫云：“黄道呈祥，八表星環紫闕；青陽布澤，三階日麗丹霄。”德陽門云：“律轉璇樞，三殿星雲復旦；時調玉燭，千門花柳同春。”永壽宫云：“化日麗三陽，春回禹甸；條風和萬國，樂奏虞弦。”長春宫云：“九天淑景凝新旭，三殿晴光接彩霞。”啓祥宫云：“迎春曙色含金榜，近日晴光轉玉宸。”翊坤宫云：“化日舒長，五緯祥光連斗極；惠風和暢，六符瑞采焕台階。”儲秀宫云：“龍影玉珂聯，花明御路；鸞聲珠履度，日麗天衢。”盛京各門亦有春聯。南宫門云：“麗正凝祥，境引琅嬛開積秀；熙韶薈景，曜連奎璧啓當陽。”東西宫門云：“海甸薈珍函，沿波從朔；春陽迎綺陌，倬漢成文。”“珠笈護豐京，觀化天閶登笈富；銅鋪開兑位，同文月窟獻琛多。”獨坐門云：“繡嶺銀河環畫棟，丹書玉宇貯琅函。”“文昌氣象聯奎壁，道派淵源溯溹沮。”“典超麗正崇文上，規紹遷豳宅洛初。”“星雲照耀輝天禄，山海崇深薈地靈。”嘉蔭堂云：“仿天一藏書，豳館岡原揚大烈；應奎三懸象，沛宫父老慶同文。”文溯閣云：“天作溯前光，玉券十華徵錫極；人文觀大備，瑶籤四照見逢原。”九間殿云：“益地圖開，岳貢川珍臚寶笈；麗天文焕，豳京郜室溯仙源。”後宫東西門云：“從朔貽規，三院圖書有典；指南錫極，九霄雲漢爲章。”“日映東嵎，被光華於藝圃；源流北海，挹沆瀣之文瀾。”南北值房云：“北鎮標雲，詞林宗斗極；東瀛浴日，學海跂壺天。”“群玉成山，思文衍郜室；上奎炳耀，繩武播豳風。”

彭文勤公撰擬寧壽宫燈聯，稱旨。恭讀聖製詩云："東西次第南而北，左右分明後與前。神以通靈氣以運，六爲之儷四爲駢。"可謂極天語之褒嘉，而成文字之寵遇矣。按，此乾隆五十年事。是冬，公即被命協贊綸扉。時和珅在樞地，欲以"青詞宰相"誣公。日下輕薄子遂有"燈聯相公"之目。不知公之學問優長，一時詞臣無出其右，早結主知。燈聯一事，特會逢其適耳。當和珅侮公時，章京方葆巖維甸嘗與力爭不獲。公後有贈方詩云"半山學行吾何敢，爲我伸眉觸要人"，即指此事也。謹按，燈聯左右各八，俱以方向字冠首，而以乾隆年間實政經緯其中，洵才人之極筆，足以揄揚盛美，鼓吹休明。同時儒臣皆爲斂手。今備録於左。南前云："南斗煥珠弧，六旬御宇，萬祀頤和，堯封祝曰聖人壽；前星臨黼扆，九陛崇基，三元肇祚，周雅歌之君子寧。"北後云："北極拱皆朝，子帝有帝，曾孫有孫，五福堂前歡舞彩；後天錫難老，長春如春，元夜不夜，九華燈下壽稱觥。"東左云："東作穡關心，雪融隴麥，燭照田蠶，課雨占晴尚初志；左旋杓向角，節宴堯漿，燈詞舜軫，撫時行慶有前規。"西右云："西域被流沙，年班藩部，歲報屯田，照世杯圓里二萬；右垣通閣道，出震迪光，乘乾垂裕，和時燭朗界三千。"東南云："東國舊戎衣，吹豳有籥，作岐有鼛，小物克勤咏糠燭；南邦昔車斗，恬海如鱗，翕河如鏡，民風可觀戒燈船。"西南云："西園翰墨林，四庫積玉，七閣抽琅，太乙藜光燈以右；南宫禮樂地，兩舉制科，六開恩榜，文昌珠彩月同圓。"東北云："東揖木公朝，十年慶典，千叟恩榮，洛社畫圖鳩杖集；北迎元日詔，五代齒繁，百家算倍，康衢燈火篠驂游。"西北云："西定噶喇依，恭者我僕，俏者我俘，鑾目更番入春宴；北逾額濟勒，威曰歸降，德曰歸順，鴻臣來賀御東朝。"

以上左八聯。南前云:“南面久仔肩,求衣問夜,秉燭待章,福用敷之次五極;前盟果如意,鳥篆鐫瓊,鴻文刻玉,古惟稀矣四三皇。”北後云:“北戒拱論都,河得真源,淮得真源,九如咸頌川方至;後車勤覲岳,岱猶望幸,嵩猶望幸,萬壽宜歌山有臺。”東左云:“東箱啓儒席,論敷奥旨,雅肄古歌,詩誦壽萬千無量;左海侑賓筵,樂補吹笙,鄉觀飲酒,禮成月三五而盈。”西右云:“西敘溯成功,振以特磬,聲以鎛鐘,節序新詞卑火樹;右文圖鳴盛,風有干城,雅有髦士,科名舊事壓燈毬。”東南云:“東震旦最尊,樓湧萬佛,經譯三乘,歡喜園中法輪轉;南贍部妙勝,印寫秘文,塔飄吉帛,光明天上慧燈懸。”西南云:“西社賽春燈,市流帑鏹,whi溢倉糧,六十年逢年布惠;南榮曝朝日,户弛繆租,漕除玉粒,二十萬累萬全蠲。”東北云:“東陸烏司開,辛析紺殿,亥耤黛轅,惕若躬親奕葉守;北辰象布令,秋獮上蘭,冬嬉太液,昭哉心法髦期勤。”西北云:“西來福德,智高六帝,帝享萬年年,典盛禮隆臚舊政;北向子臣,民奉至尊,尊爲衆父父,天符人瑞遂初心。”以上右八聯。

乾隆中,每歲巡幸熱河,必於中秋後一日進哨,即木蘭圍場也。重陽前後出哨。蹕路所經,有所謂萬松嶺者,滿山皆松,爲重九日駐蹕登高之所,歲以爲常。庚戌歲,上進哨時駐此,周覽行宫,顧謂彭文勤公,令將舊懸楹帖悉易新語,期以出哨登高時親閲。公連日構思,偶於行殿正中得句云:“八十君王,處處十八公道旁介壽”,謂貼“萬松嶺”也,而難其對。因以片紙馳价,屬紀文達公成之。文達公笑曰:“芸楣又來考我乎?”即令來价立待,封紙付還。文勤公啓視,則已就餘紙寫成對語矣。句云:“九重天子,年年重九節塞上稱觴。”嘆曰:“曉嵐真勝我一籌矣!”回鑾日,此聯果大蒙稱賞,特賜文勤公以珍物八事。公跪辭曰："此出句是臣所撰，而不能對。對語實紀某所撰。請移以賞紀某。"上曰："兩邊語皆好，汝自應領賞。"即另發一分賜文達公。余聞之程蘭翹師云。

卷之三

廟祀上

廟中楹聯，宋元時絶無傳句，大約起於明代，至本朝而始盛。文昌殿、關帝廟兩處，撰者尤多，幾於雅、鄭混雜。惟文廟則未之聞。良由著筆甚難，故無人不知藏拙。憶在京師，曾游國學，得恭閲聖製大成殿聯云："氣備四時，與天地日月鬼神合其德；教垂萬世，繼堯舜禹湯文武作之師。"惟聖人能言聖人，後有作者，弗可及矣。

鄒縣孟廟中有御題聯云："尊王言必稱堯舜，憂世心同切孔顔。"蓋乾隆二十二年南巡過鄒縣時所製，奎藻昭回，當與七篇之書同壽天壤也。

京師有歷代帝王廟在阜城門外，建於明嘉靖間。本朝順治、康熙間，叠議增祀之典。至雍正二年，始親詣行禮。乾隆二十九年，始易蓋正殿黄瓦。聖製聯云："治統溯欽承，法戒兼資，洵哉古可爲監；政經崇秩祀，實枚式焕，穆矣其神孔安。"蓋廟貌雖遍寰區，惟歷代帝王廟與孔廟典極隆重，必御聯方能相稱，宜百爾臣工以及古畢儒者皆莫能贊一辭也。

甘肅文縣地極瘠僻，荒山中有文王廟。縣志謂即古羑里地，亦未見其確也。狄道吴信辰鎮有文王廟聯云："蒙難觀爻，石徑蒺藜皆卦象；拘幽作操，雲田柞棫亦琴材。”亦第切其地云爾。

錫山鄒世楠過孟廟，夢聯句云：“戰國風趨下，斯文日再中。”覺而異之。遍觀廊廡，無此十字。後數年，過蘇州，得黄野鴻集讀之，乃其集中句也。不知何以入夢，亦奇矣。田實發題孟廟云：“孔門功冠三千士，周室生當五百年。”亦佳。

曾子祠中楹聯云：“述格致誠正修齊治平之傳，萬世咸承厥訓；超德行言語政事文學而外，一人獨得其宗。”又一聯云：“衍一人忠恕之心傳，學惟省貫；開萬世治平之事業，道極明新。”

濟寧州之仲家淺，爲子路故里也。有仲氏祠，聯云：“允矣聖人之徒，聞善則行，聞過則喜；大哉夫子之勇，見危必拯，見義必爲。”

衛輝府之宜溝驛，爲子貢故里。有端木子祠，聯云：“性道在文章，深造自得；廉平稱治績，遺愛無窮。”

吴信辰有顔氏祠堂聯云：“馨香分郭外之田，夕膳晨羞，詎敢作拾塵野祭；展拜守家中之訓，左昭右穆，何須翻爭坐名書。”自注：“上聯用陸機‘拾塵惑孔顔’句，下聯用顔之推《家訓》及顔魯公《爭坐帖》事。”又樊氏祠堂聯云：“薄稼圃而不爲，宜善會先賢之意；敬鬼神而仍遠，當恪尊乃祖所聞。”

關帝廟聯最多，世人皆習用《三國演義》語，殊不雅馴。有集四書句者，云：“知我者其惟《春秋》乎？乃所願則學孔子也。”最著於時。語似正大，不知帝之好讀《春秋》，正史亦無明文，惟裴松之引《江表傳》云“公好《左氏傳》，諷誦略皆上口”而已。“學孔子”語亦泛而無當，不得謂之佳聯。若“舊官寧改漢，遺恨失吞吴”；又“漢家宫闕來天上，武帝旌旗在眼中”；又“吴宫花草埋幽徑，魏國山河半夕陽”：皆集句之渾成者。然先主閟宫、丞相祠堂未嘗不可移用，又不若“三分割據紆籌策，萬國衣冠拜冕旒”二句較爲雅切。又記有一聯云：“先武穆而神，大漢千古，大宋千古；後文宣而聖，山東一人，山西一人。”可包一切、掃一切矣。吾鄉龔海峰先生景瀚有句云：“赫厥聲，濯厥靈，無師保如臨父母；天所覆，地所載，有血氣莫不尊親。”亦尚非俗調也。

商邱宋文康公權過蒲州，①謁關廟，見一聯云：“怒同文武，道即聖賢。”公以對句不工，思有以易之。偶午睡，夢神告之曰：“何不云‘志在春秋’？”此事見《筠廊偶筆》。恐係文康托夢以神其事。按，《三國志》本傳有“威震華夏”語，似亦可對“志在《春秋》”。又記有一聯云：“聖以武成名，剛毅近仁，於清任時和中更增一席；學於古有獲，《春秋》卒業，在《詩》《書》《易》《禮》外别有專經。”語亦矜重，然究嫌“《春秋》”云云，涉稗官氣也。

西湖金沙港之關廟在南山北山之中，胡書農學士敬聯云：“聖至於神，薦馨歷千載而遥，如日月行天，江河行地；湖開自漢，崇祀値兩峰相對，有武穆在北，忠肅在南。”又岳廟之左亦有關廟，其門聯云：“德必有鄰，把臂呼岳家父子；忠能擇主，鼎足定漢室君臣。”繆昌期手筆也。

河南許州八里橋有關帝廟，壁有畫像：帝騎馬居中，曹公及張遼等分立兩旁，酌酒餞行。有長聯云：“亦知吾故主尚存乎？從今日遍逐天涯，且休道萬鍾千駟；曾許汝立功乃去耳！倘他日相逢歧路，又肯忘樽酒綈袍。”此聯最著於人口，此事

① “邱”，當作“丘”，避孔子（丘）諱而改字。以下不再説明。

亦見正史。然史但云:"吾極知曹公待我厚。然吾受劉將軍厚恩,誓以共死,不可背之。吾終不留。要當立效以報曹公乃去。"及殺顔良,曹公知其必去,重加賞賜。帝盡封其所賜,拜書告辭而奔先主於袁軍。左右欲追之,曹公曰:"彼各爲其主,勿追也。"並無酌餞贈袍之舉。此殆鋪張《演義》之言,而忘其非事實也。梁應來紹壬《兩般秋雨庵隨筆》稱其"組織本傳,别有機杼",過矣。

彭春農學士邦疇曰:"先文勤公視學江蘇,撰署中關帝廟聯云:'兵法讀《春秋》,必有文事;官箴嚴月旦,無作神羞。'又爲一刹題句,其正殿奉關帝,左右祀火神、龍神,聯云:'心之光明猶火也,神而變化其龍乎!'皆就地起義也。"

有傳關帝乩筆一聯云:"史官擬議曰矜,誤矣,視吴魏諸人,原如無物;後世尊崇爲帝,敢乎,論春秋大義,還是漢臣。"按,此才人之筆,托名於降乩者也。陳壽《三國志》評云:"關、張皆稱萬人之敵,爲世虎臣。關報效曹公,張義釋嚴顔,並有國士之風。然關剛而自矜,張暴而無恩,以短取敗,理數之常也。"此聯爲帝辨"矜"字,其意甚善。然"視如無物"云云,則仍不脱"矜"字,似非帝所欲云。至我朝順治間,封爲"忠義神武大帝"。尊崇之典,實至昭代而極隆,非臣工所得擬議,故托諸乩筆,以示謙沖,庶爲帝之所許歟?

吴信辰題關廟聯云:"惠陵烟雨,涿郡風雷,在昔塤篪興一旅;魏國山河,吴宫花草,於今蠻觸笑三分。"語頗壯麗。然亦嫌"塤篪"二字裝點,未免有《演義》語横梗胸中也。余小霞曰:"若改'塤篪'字爲'同袍',改'蠻觸'字爲'裂土',則無遺憾矣。"

《熙朝新語》載:"山東庠生張大美奉關帝甚虔,病中夢入關廟，見帝著本朝衣冠理事。有頃，呼張名語之曰：‘吾廟中楹柱對聯膚泛俚俗，甚不愜意。爾與吾有香火緣，其爲吾易之。’張跪誦一聯云：‘數定三分，扶漢室削吴吞魏，辛苦備嘗，未了平生事業；志存一統，佐熙朝伏寇降魔，威靈丕振，只完當日精忠。’帝深加嘆賞，曰：‘此四十二字，爾來歲當知好處也。’次年鄉試，首場張構思未就，倦而假寐。夢帝肘之曰：‘起，起！爾忘對聯字數乎？’張驚寤，文思沛然如夙構。榜發，中式第四十二名，適符聯字之數。”

繆蓮仙艮《塗説》載關廟一長聯云：“識者觀時，當西蜀未收，昭烈尚無尺土，操雖漢賊，猶是朝臣，至一十八騎走華容，勢方窮促，而慨釋非徒報德，只緣急國計而緩奸雄，千古有誰共白；君子喻義，恨東吴割據，劉氏已失偏隅，權即人豪，詎應抗主，以八十一州稱敵國，罪實難逃，而拒婚豈曰驕矜，明示絶強援以尊王室，寸心只在自知。”蓮仙稱此聯可泣可歌，殊爲溢美，詞費則有之，而尚不軌於正。又秦澗泉學士大士聯云：“三教盡皈依，正直聰明，心似日懸天上；九州隆享祀，英靈昭格，神如水在地中。”則四平八穩之句也。若世所傳“不愛財，不愛酒”一聯，直是委巷荒唐之語，所當亟爲别裁，而俗流頗多膾炙之者，不得不附録而辨之。世所傳乩筆聯云：“不愛財，不愛酒，不愛婦人，是個老頭陀，只因眉宇間帶兩字英雄，耽擱了五百年入山正果；又要忠，又要孝，又要風流，好場大冤孽，若非胞胎裹有三分癡鈍，險些做十八灘順水行舟。”

富陽緱嶺，即王子晋吹笙處。舊有關帝廟，邑人葺而新之，或懸一聯云：“此吴地也，不爲孫郎立廟；今帝號矣，何須曹氏封侯。”相傳爲邑之胡明經所撰，惜忘其名。孫權爲富陽産，故出句云爾。

閩浙交界仙霞嶺巔關廟最著靈異。聯扁極多，惟周櫟園先生亮工一聯熟在人口。句云："拜斯人，便思學斯人，莫混帳磕了頭去；入此山，須要出此山，當仔細捫著心來。"蓋此間閩諺本有"到來福地非爲福，出得仙霞始是仙"之句，故對語即同其意。自國初至今，有獻新聯者，即將舊聯撤去。惟此聯屢經修飾，無敢易之者，然實非雅音也。憶過甘肅之六盤山，徑路酷似仙霞，而高亦相埒。嶺巔關廟亦有此聯，却不題周款，不知此語何以不脛而走如是。

有作關夫人廟聯者云："生何氏，没何年，蓋弗可考矣；夫盡忠，子盡孝，可不謂賢乎！"頗著於人口。按，此事羌無故實，不得不用活筆。然據馮山公景所記，則關夫人自有姓，作者亦未見馮記耳。今附録《筠廊偶筆》中一條，以廣見聞云：偶得蒲州朱牧所撰《關侯祖墓碑》，事奇而文不雅馴，以示吾友馮山公。山公走筆作記一篇，庶足與侯並不朽矣。記曰："天之生聖賢也，必鍾祥於世德之家。故大孝尊親，咸思貽父母令名。予嘗慨漢壽亭侯生而忠貞，没爲明神，廟貌遍宇内，血食綿千古，而其祖若考名氏獨闕軼無考，侯在天之靈必有盡然隱痛者。予每遇河東博聞之士，必周咨之，不可得。康熙十七年戊午，解州有常平士于昌者，讀書塔廟。塔廟，侯故居也。昌晝夢侯授以'易碑'二大字，驚而寤。見濬井者得巨磚碎之，磚上有字。昌急合讀，乃紀侯之祖考兩世諱字生卒甲子大略。循山而求，得墓道焉。遂奔告解州守主朱旦。朱旦作《關侯祖墓碑記》，記中載：'侯祖石磐公，諱審，字問之，和帝永元二年庚寅生，居解州常平村寶池里。公沖穆好道，以《易》、《春秋》訓其子，卒於桓帝永壽三年丁酉，享年六十八。子諱毅，字道遠。性至孝，父没，廬墓三年。既免喪，於桓帝延熹三年庚子六月二十四日生侯。侯長，娶胡氏，於靈帝光和元年戊午五月十三日生子平。'其大略如此。昔趙宋時，劉廷翰官貴，當追封三代。少孤，其大父以上，皆不逮事，[①]忘其家諱。太宗爲撰名，親書賜之，載在《宋史》。以爲美談，亦以教孝也。而況侯之祖若考皆有名氏載壙石，章章可考，顧忍軼之哉！"

世傳張桓侯工書法，有《刁斗銘》甚工。又有流江縣紀功題名二十二字，亦侯所書。又俗傳侯之後身在唐爲張睢陽，在宋爲岳忠武。故吴信辰作廟聯云："雄猛讓一人，武善提戈文握管；精英傳萬世，唐曾顯姓宋留名。"

文昌祠之神，道家以爲張仲後身，又以爲梓潼度世。其實今所祀之文昌，則星象也。古祠屬之天神。祠廟遍天下，而列之祀典，則自我朝嘉慶六年始。儀文與關廟同，而海内私廟之多，亦與關廟等。程春海侍郎恩澤一聯最爲典切，面面俱到，無能出其右者矣。句云："宇宙大文章，源從孝友；古今名將相，氣作星辰。"蓋無一字無來歷也。

蘇州文昌宫聯云："天惟陰騭下民，止於仁，止於敬；帝乃誕敷文德，作之君，作之師。"揚州賀園之西有梓潼殿，襄平高景來士鑰聯云："積忠孝以成神，典桂籍科名，予奪後先，十五國文章司命；舉陰騭而垂訓，鑒槐區德行，權衡富貴，億萬年造化樞機。"又孫文定公嘉淦聯云："天開參井文章府，星焕山河孝友師。"又郭頻伽麐集句聯云："帝以會昌，神以建福；《文選》句。下有風雅，上有日星。唐文。"亦典重不佻。

---

① "皆不"，原誤倒，據清乾隆武英殿本《宋史》卷二百六十《劉廷翰傳》、清康熙刻本宋荦《筠廊偶筆二筆》之《二筆》卷上乙正。

蘇州有泰伯廟，而湖北亦有至德祠。聯云："違親不孝，背君不忠，敢辭瘴雨蠻烟，采藥當年心最苦；傳季而王，偕仲而霸，豈意吴頭楚尾，瓣香到處德維新。"又無錫泰伯祠聯云："勾吴分土惟三，端委垂型，梅里肇基名最古；遷史世家第一，雲仍衍緒，華陂崇祀惠無疆。"秦鶴所題也。

聞廣東省城真武廟有蘇文忠公手書一聯云："逞披髮仗劍威風，仙佛焉耳矣；有降龍伏虎手段，龜蛇云乎哉！"語意岸異，非凡手所能，而是否蘇筆，尚須向粤東人考之。

黄鶴樓中奉純陽吕祖。百文敏公百齡聯云："教孝教忠，何殊十七世士夫，顯示化身扶正道；爲溪爲谷，直把五千言文字，參同妙契指迷津。"或疑以純陽比文昌爲過，然同爲道教宗主，何必强爲分别。嘉慶年間敕各直省建立贊化宫，奉祀純陽，儀節與文昌等，則相提並論，豈爲過乎？又黄文炳聯云："遇有緣人，不枉我望穿眼孔；得無上道，只要汝立定脚跟。"

余家有魁星閣，上懸黄石齋先生所畫魁星像一軸。筆墨雄偉，迥異恒蹊。惟足踏梅花一枝，不知所取。或寓"梅占百花魁"之意。余集杜、白句爲聯云："彩筆昔曾干氣象，文昌新入有光輝。"後晤一客云："前人已有此集句也。"吴信辰魁星閣聯云："筆足代耕，不厭兼金歸掌握；文能行遠，何妨隻履上雲霄。"雖切而近俗矣。

觀音大士祠聯最多，惟京師陶然亭中數聯勝於他處，而均忘撰者姓名。聯云："法雲廣蔭無遮會，慧日高懸有相天。"又云："泡影乾坤，妝成寶相；色香世界，幻出空花。"又云："蓮宇岧嶢，去天尺五臨韋曲；蘆塘淼漫，在水中央認補陀。"則雅切陶然亭景物矣。①

張芥航河帥題大士祠聯云："真實不虚，大慈悲度一切苦厄；意識無界，空色相現五蘊光明。"又張南山郡丞維屏撰千手千眼觀音聯云："菩提今菩提，具大神通，忽現千般手眼；自在觀自在，是真佛力，總由一念慈悲。"又德清慈相寺内一聯云："即色即空，現慈悲相，吾無隱爾；是萬是一，具手眼人，自能辨之。"

燕子磯永濟寺中，亦有觀音大士像，柱聯云："音亦可觀，方信聰明無二用；佛何稱士，須知儒釋有同源。"忘却何人所題，殊有妙悟。

西湖中天竺白衣殿，即送子觀音院也。魏春松觀察成憲聯云："白衣仙人，瓶中水楊柳；朱芾男子，天上石麒麟。"語特古異。又俗傳一聯云："我具一片婆心，抱個孩兒送汝；你做百般好事，留些陰騭與他。"雖近俚語，亦是渡世慈航。百文敏公最喜述之。緣此事本近俚俗所爲，則聯語亦不妨相題而製耳。

諸葛忠武侯廟有集句一聯云："可托六尺之孤，可寄百里之命，君子人與，君子人也；隱居以求其志，行義以達其道，吾聞其語，吾見其人。"又一聯云："自任以天下之重如此，是知其不可而爲之與？"皆能恰稱身分，勝讀陳承祚史評矣。又有一聯云："伊吕允堪儔，若定指揮，豈僅三分興霸業；魏吴偏竝峙，永懷匡復，猶餘兩表見臣心。"

陳東橋孝廉爲余述靈川縣有諸葛祠聯云："《梁父吟》成高士志，《出師表》見老臣心。"又云："成大事以小心，一生謹

① "亭"，原脱，據桂林署齋本、吕恩湛本、會文堂本補。

慎；仰流風於遺像，萬古清高。”忘却撰者姓名。

京師翰林院、禮部、國子監各有土地祠，竝祀韓文公，不知起於何時。法祭酒法式善聯云：“起八代衰，自昔文章尊北斗；興四門學，即今俎豆重東膠。”彭司業定求聯云：“進學解成，閒官一席曾三仕；起衰力任，鉅製千秋本六經。”①則皆爲國學製也。

南河雲梯關爲淮、黄入海之路，余備兵淮海時屢經其地。關旁有禹王廟，廟内有臺，爲乾隆初年權河督卓亭公所建，題曰“平成臺”。公名完顔偉，其裔孫麟見亭麟慶於道光年間繼爲河督，題聯云：“與水不爭能，力盡八年惟注海；升堂思肯構，目窮千里更登臺。”

清江浦亦有禹王臺，浦中一勝景也。麟見亭聯云：“洪水想當年，幸怪鎖洪湖，十萬户飯美魚香，如依夏屋；清時思儉德，祝神來清浦，千百載泳勤沐澤，共樂春臺。”

清江浦四公祠，奉敕建，祀靳文襄公靳輔、齊恪勤公齊蘇勒、嵇文敏公曾筠、高文定公斌也。麟見亭聯云：“本來上界神仙，喜功德在民，輝聯俎豆；同是盛朝臣子，願靈明牖我，績奏江湖。”

淮瀆廟在洪澤湖心，龜山之麓。巫支祈井即在殿前，上封以石。舊有宋金臂禪師所建無梁殿及鐵羅漢百餘尊，久没於湖。道光年間，麟見亭起出羅漢二十四尊，鐘、鑊各一具，建寺奉之。紀以聯云：“巫支祈井底深潛，瀾恬洪澤；阿羅漢波間重出，福佑清淮。”

---

①“製”，桂林署齋本、吕恩湛本、清文淵閣四庫全書本梁國治《國子監志》卷六十一引此聯，皆作“學”。

権樹湖神廟在寶應縣汜光湖濱。廟門前有権樹一株，相傳乾隆三十年南巡遇大風，曾維御舟於此，遂錫封建廟。道光間，麟見亭出守新安，阻風江口七日夜。夢三神同舟，許助順風。次日，果泊西梁山。後督南河，過寶應，入廟謁神，宛然其貌。因紀以聯云："示夢記江頭，曾許我一帆風順；安瀾遍河上，願長此大樹春榮。"

蘭素亭河帥第錫撰南河風神廟聯云："聖世不鳴條，默佑湖河占利涉；神功常應律，潛調寒燠叶休徵。"

太皞陵在陳州府，郡守王掌綸聯云："泄造化之機緘，萬世文章開易象；規山川之形勝，千秋陵寢奠淮陽。"邑侯麥祥聯云："後天地而生，朱圉猶堪尋聖迹；立帝王之極，白雲常此護靈墟。"

衛輝府有比干墓，世所傳宣聖題碣者也。城北又有比干廟，有長聯云："君德難回，當此衆叛親離，若但如微子去，箕子奴，無以激億萬人忠貞之氣；臣心不死，即兹魂飛血濺，猶將以周日興，殷日喪，上訴諸六七王陟降之靈。"詞旨激昂，然頗似時文家兩小比矣。

邯鄲黄粱店有吕公祠，百文敏公聯云："萬井烟濃，人間正熟黄粱飯；四山雲起，天上應開白柰花。"

余屢過邯鄲，謁吕仙祠，記得有黄粱夢亭，中懸舊聯云："睡至二三更時，凡功名都成幻境；想到一百年後，無少長俱是古人。"亦警世語也。

汲縣白雲閣上奉吕祖像，陶雲汀宫保聯云："杯前三尺青蛇，仙會恍游蓬島路；笛外一聲黄鶴，我來猶記洞庭秋。"又聯云："卅二色神仙寶光，也似佛，也似儒，出世還入世；五千言道德真嗣，亦稱師，亦稱祖，可名非常名。"按，宫保素不喜道家言，而撰聯乃諦當如此。

永平府在商爲孤竹國，城外有夷齊廟。余於嘉慶二十三年扈蹕過此，因得入廟展謁。有舊聯云："兄讓弟，弟讓兄，父命天倫千古重；聖稱賢，賢稱聖，頑廉懦立百世師。"屬對如生鐵鑄成。

大明湖中有鐵公祠。訥近堂中丞訥爾經額聯云："大節凛東藩，四百載至今如昨；崇祠留北渚，萬千劫雖死猶生。"大明湖後有鍾離樓，不知何名聯云："養性承天，仙教源流通聖教；修真得地，濟南風景賽終南。"又千佛山中有碧霞宫，聯云："山高則配天，陽魯陰齊資化育；坤厚故載物，西河東海仰生成。"

濟南城北有北極閣，遠對千佛山，俯瞰大明湖，枕城而立，爲會垣最高處。有集句聯云："宫中下見南山盡，城上平臨北斗懸。"可謂工而切矣。

汪文端公由敦有東岳廟一聯云："雲行雨施，不崇朝而遍天下；理大物博，祖陽氣之發東方。"鎔鑄經傳之文，亦自名貴。相傳是趙甌北翼代擬，文端以之進御耳。

張文端公英未遇時，過華山，題陳希夷廟云："天下太平無一事，山中高卧有千秋。"語意便自不凡。

紹興上虞縣虞姬廟有對聯云："今尚祀虞，東漢已無高后廟；斯真霸越，西施羞上范家船。"此倪文貞公所撰也。光武時，斥吕后，而以文帝母薄太后配祀高帝，出語用之。

浙江曹娥廟大門有聯云："事父未能，入廟傾誠皆末節；悦親有道，見吾不拜也無妨。"傳爲乩筆。又或以爲徐青藤先生所作。

卷之四

廟祀下

大興朱文正師撰杭州西湖朱文公祠聯云:"由孔孟而來,二千年衛道傳經,獨振斯文統緒;當光寧之世,五十日格非陳善,允宜此地烝嘗。"

邊育之儀部廷英撰朱子祠聯云:"大哉夫子之功,百世權衡,六經羽翼;遠矣斯文之統,周程私淑,孔孟聞知。"

長沙有屈、賈二公祠,聯云:"親不負楚,疏不負梁,愛國忠君真氣節;騷可爲經,策可爲史,經天行地大文章。"①分貼二公處,渾成可喜。

岳麓寺三閭大夫祠有秦小峴侍郎瀛聯云:"何處招魂,香草還生三户地;當年呵壁,湘流應識九歌心。"

眉州三蘇祠中楹聯林立,殊少佳構,惟大門有張鵬翔一聯云:"一門父子三詞客,千古文章四大家。"最爲大雅。又乾隆中州牧蔡宗建一聯云:"是父生是子,家學一門,自昔聲名彌宇宙;難兄更難弟,象賢兩世,至今俎豆重鄉邦。"稍可。又

---

① "經天行地",吕恩湛本作"出風入雅",清光緒刻本金武祥《粟香隨筆》卷八引録此聯,作"補天浴日"。

劉錫嘏集句一聯云："江山故宅空文藻，父子高名重古今。"亦佳。

陶雲汀宫保澍云："益陽郭都賢，字些庵，前明天啓進士，巡撫江西。甲申後爲僧，自號頑石。"其名附見《明史·左良玉傳》，魏叔子之師也。叔子集中有《上郭天門先生書》，即其人。益陽各廟寺多有頑石所題楹帖。如桃花江東林寺門聯云："洗菜莫教流去葉，見桃猶記舊曾花。"又，浮邱山祖師殿聯云："中國有聖人，是祖是師，咄咄西來東土；名山藏帝子，亦仙亦佛，元元北鎮南天。"

吴中多周公瑾祠，有自誇其撰聯之工者，云："顧曲有閒情，不礙破曹真事業；飲醇原雅量，偏嫌生亮竝英雄。"余謂"既生瑜，又生亮"語出《三國演義》，史傳中竝無其事，本傳歷叙公瑾運籌決勝，絶無與諸葛交涉一言。惟《魯肅傳》載："肅迎劉備於當陽，勸備與權竝力，備甚歡悦。時諸葛亮與備相隨。肅謂亮曰：'我，子瑜友也。'即共定交。"數語而已。大抵瑜、亮之評，前明即有之，故王漁洋《古詩選·凡例》及尤西堂《滄浪亭詩序》皆襲用之。且如落鳳坡，亦出《演義》，而《廣輿志》誤收之，漁洋遂有《落鳳坡弔龐士元》詩矣，何況餘子。若《桃符綴語》中所載一聯云："大帝君臣同骨肉，小喬夫婿是英雄。"十四字，卻落落大方。

蜀中姜伯約祠有聯云："九伐竟無成，心師武侯，能繼祁山六出志；三分不可恃，計誅鄧艾，已復陰平一敗仇。"

廣東省城龍王廟，有福文襄郡王聯云："田鼓祝桑麻，丹荔黄蕉隆肸蠁；雲旗迴島嶼，珠宫貝闕奠靈長。"可謂工麗。阮芸臺先生聯云："神德庇三農，統天田以乾象；恩膏流百粵，興雲雨於雩壇。"則純用經語，陳義自高。近盧敏肅公坤亦有聯云:"嘉澍慶知時,仰神贊天功,靈噓元氣;大田歌既渥,看澤周南海,福庇東瀛。"

潮州雙忠祠祀張、許二公,聯云:"國士無雙雙國士,忠臣不二二忠臣。"本色語,顛撲不破。張南山云:"粤東文、謝二公祠中亦懸此聯。"

廣西伏波廟最多,皆祀馬文淵。或云:"路博德亦爲伏波將軍,其有功於嶺外,更在馬文淵之前。"然粤民意中皆有馬無路。張南山詩云:"伏波漢將竝流傳,銅柱勳名後勝前。都尉有靈應退讓,千秋人念馬文淵。"余小霞州判應松作横州大灘伏波廟聯云:"銅柱鎮鳶飛,顧盼生風,意氣真能吞浪泊;金門留馬式,男兒報國,姓名何必與雲臺。"同一意也。惟費衮《梁溪漫志》云:"後漢馬文淵、路博德,皆嘗爲伏波將軍,又皆有功於嶺南。海上有伏波祠,古今所傳,莫能定於一。東坡作碑,謂兩伏波均當廟食。政和中,因修《九域圖志》,以睢陽雙廟爲例。今祀兩神,蓋義理當於人心。雖是時正諱東坡議論,而亦不能廢也。"又劉克莊詩云:"緬懷兩伏波,往事可追紀。銅柱戍浪泊,樓船下湟水。時異非一朝,地去亦萬里。山頭博德廟,今爲文淵矣。"按,以路、馬當並祀,自是專指嶺南。考之史,路博德由桂陽下湟水,是今湖廣入廣東道,固未嘗至廣西。且博德下南越,於嶺外各郡,僅招集而已。而馬文淵所過嶺西,輒爲郡縣治城郭,穿渠灌溉,以利其民,條奏越律與漢律駁者十餘事,與越人申明舊制以約束之。自後駱越奉行馬將軍故事,是其澤之被於嶺西獨深,嶺西之專祀固宜,非可與嶺南一例論也。

楊紫卿明經季鸞薄游粤西,有柳侯廟楹帖云:"才與福難兼,賈傅以來,文字潮儋同萬里;地因人始重,河東而外,江山永柳各千秋。”詞意超脱。相傳柳侯廟有舊聯云：“雙柏仰清標，長憶養人如樹；一池尋故迹，同欣鑿井得泉。”蓋廟即在羅池上。又舊有雙柏，今存其一云。

柳州劉司户祠聯云：“古猶登第厚顔，安知今之必異；烏尚銜枝封隴，可以人而不如。”相傳司户以勤民野死，有烏銜枝，蟻負土，頃刻而成墳。下聯即其事也。

潮州韓文公祠聯云：“天意起斯文，不是一封書，安得先生到此；人心歸正道，只須八個月，至今百世師之。”緊切潮州，移易他處昌黎祠不得。

無錫惠山之麓，有尤文簡公袤祠，其旁爲錫麓書堂，秦小峴侍郎刻公手札，陷石祠壁。顧晴沙光旭題聯云：“依然錫麓書堂，南渡文章，上跨蕭楊范陸；允矣龜山道脈，東林弦誦，同源濂洛關閩。”

胡文昭公瑗祠有孫文靖爾準題聯云：“文宣聿啓文昭，木鐸千秋，教著江河日月；有虞肇開有宋，雲仍萬祀，道垂禮樂詩書。”邵文莊公寶祠有秦小峴題聯云：“疏許立身，一飯心常懸北闕；功存講學，半弓地已闢東林。”

無錫有四中丞祠。始爲周文襄公忱專祠，後乃增入海忠介公瑞爲周海二公祠，繼又移周公孔教祠於此。康熙末年，竝祀湯文正公斌，稱四中丞。鄒曉屏炳泰題聯云：“德澤沛三吴，百利俱興，萬姓謳歌如昨；勛名崇兩代，四賢濟美，千秋俎豆常新。”

無錫李忠定公綱祠，即公少時讀書處也。費文恪公淳題聯云：“望重三朝持亮節，書成十事秉丹心。”又有李曜聯云：“文克經邦，武克定亂，勳名過開元宰相；忠以輔主，哲以保身，理學推大宋名儒。”又有顧端文公憲成祠，顧晴芬侍郎皋題聯云:"立朝與天子宰相爭是非,悉宗社遠謀,國本重計;居恒共師弟朋友相講習,惟至善性體,小心工夫。"

顧洞陽可久祠,顧晴沙題聯云:"教成於家,溯三國六朝,光昭世德;慎追乎遠,本一門雙義,佑啓後人。"又梁山舟學士同書題聯云:"事君以道,無憚殺身,昔人稱錫谷四諫之冠;當官而行,不求利己,後世高碧山十老之風。"

謝默卿元淮令無錫時,修南門外水仙王廟,竝題聯云:"牧民資保障,自公至始築城垣,捍患禦災,當首數蓉湖名宦;守土展明禋,況我來忝同籍里,報功崇德,祗心儀枌社先賢。"又一聯云:"遺愛成神,比諸南國甘棠,蘋藻潔蠲民罔替;降康祈福,薦以西湖秋菊,梓桑恭敬我尤宜。"按,水仙王,姓王名其勤,號少月,松滋人。前明進士,嘉靖間令無錫,倭患方亟,而縣城久未建,自公至,首倡議建之。工甫竣而倭大至,民賴以全。又丈量通境,以定田賦,邑民樂業,以至於今。蓋錫山第一名宦也。默卿亦松滋人,後二百年,繼公宰是邑,故言之親切如此。

無錫惠山有鄒忠公浩祠,公弟洞始遷居無錫也。湯文正公題聯云:"六經萬户千門,只慎獨兩言,上接泗濱,下肩伊洛;三疏九年再竄,痛引裾一決,曉行嶺海,夜渡瀟湘。"

揚州梅花嶺下史忠正公可法祠,蔣心餘太史士銓題聯云:"讀生前浩氣之歌,廢書而嘆;結再世孤忠之局,過墓興哀。"又墓柱聯云:"心痛鼎湖龍,一寸江山雙血淚;魂歸華表鶴,二分明月萬梅花。"又不知姓名一聯云:"殉社稷,只江北孤城,剩水殘山,尚留得風中勁草;葬衣冠,有淮南坏土,冰心鐵骨,好伴取嶺上梅花。"

謝蕴山啓昆知揚州時,修葺史閣部祠墓畢,夢閣部來見,因問:"爲公修葺祠墓,公知之否?"曰:"知之。此守土者之責也。然要非俗吏所能爲。"問己官位,曰:"不患無位,患所以立。"問:"將來有子否?"曰:"與其有子而名滅,不如無子而名存。"因問:"公祠中少一聯,應作何語?"曰:"一代興亡關氣數,千秋廟貌傍江山。"謝爲書丹勒石,今存祠内。

明季,南都破時,江陰閻典史,孤城死守月餘,始殉難。我朝賜謚立祠,堂中有聯云:"七十日帶髮效忠,表太祖十六朝人物;三千人同心赴義,存大明一百里江山。"相傳臨難時所自題也。

西湖岳墳前,有鐵鑄秦檜夫婦及万俟卨、張俊四像,鐫姓名於胸次,跪於門外。有松江徐氏女題楹柱云:"青山有幸埋忠骨,白鐵無辜鑄佞臣。"聞丹陽陳少陽墓亦鑄鐵人,肖汪伯彦、黄潛善。嘉靖間,南安鄭普過之,題楹柱云:"丹陛披肝,千古綱常可托;荒庭屈膝,兩人富貴何爲。"二像應筆而仆。然則愧恥之心,汪、黄猶未泯矣。

彭文勤公聯云:"舊事總驚心,階前檜賊;感時應濺淚,廟側花神。"是題西湖之岳廟。吴雲樵侍郎芳培聯云:"千秋冤獄莫須有,百戰忠魂歸去來。"是題湯陰之岳廟。對語各切其地,不可移易。

西湖葛嶺下有洪忠宣公皓祠。《錢塘縣志》載:"忠宣於建炎初使金,不屈,歷十五年始放歸,賜宅西湖葛嶺後,後人因就地建祠。"我朝雍正九年,李敏達衞重修,竝書一聯云:"身竄冷山,萬死竟回蘇武節;魂依葛嶺,千秋長傍鄂王墳。"亦自確切。

杭州城隍廟在鳳凰山上,地勢高敞,西湖即在眼底。徐文長撰楹聯云:"八百里湖山,知是何年圖畫;十萬家烟火,盡歸此處樓臺。”或云紹興府城種山蓬萊閣亦有此聯。

温州府城外濱江，江中有小島，即謝康樂詩之孤嶼也。嶼中有江心寺，風景極似金山。朱滄湄文翰聯云：“長與流芳，一片當年乾淨土；宛然浮玉，千秋此處妙高臺。”寺相傳宋恭帝曾駐蹕於此。旁爲文信國公祠，有聯云：“孤嶼有鄰，喜得卓公稱後死；嚴陵在望，直呼皋父哭先生。”緣祠左即卓忠毅公敬祠也。又有一長聯云：“久要不忘平生之言，古誼若龜鑑，忠肝若鐵石；敢問何謂浩然之氣，①鎮地爲河岳，麗天爲日星。”蓋信國公大魁日，出王伯厚之門，“古誼”二句，即其卷中批語也。不獨“忠肝鐵石”信國能踐斯言，而伯厚之具眼知人，亦若龜鑑矣。又卓忠毅公祠聯云：“祠接謝亭，亦有文章驚海甸；忠符信國，並懸肝膽照江心。”

《茶餘客話》載王文成公題于忠肅祠一聯云：“赤手挽銀河，公自大名垂宇宙；青山埋白骨，我來何處弔英賢。”書法遒勁，杭人傳爲文成少時真筆。《西湖志》又載楊鶴于一聯云：“千古痛錢塘，並楚國孤臣，白馬江邊，怒捲千堆雪浪；兩朝冤少保，同岳家父子，夕陽亭裏，心傷兩地風波。”語皆悲壯。近彭文勤公亦題一聯云：“賴社稷之靈，國有君矣；竭股肱之力，死以繼之。”則史評也。

山右河津縣薛文清公瑄祠有一聯云：“開絶學於胡叔心、陳公甫、王陽明之前，享祀方堪從廟廡；集大成於西河氏、太史公、文中子之後，誕靈應不愧河津。”黄星齋宅中爲余所述如此。

吴門有許將軍遠祠堂，中一聯云：“待張巡若同胞，先死

---

① “謂”，桂林署齋本、會文堂本作“爲”。

後死，與常山平原義分一席；恨李翰不作傳，大書特書，賴紫陽涑水筆補千秋。”

余在吴中修滄浪亭，郡人士復於亭右建五百名賢祠，以五百名賢像刻石嵌諸壁，始自周季札及言子，逮我朝名宦鄉賢凡五百餘人，春秋致祭，亦一時盛事也。余曾爲之記，陶雲汀撫部爲之聯云：“非關貌取前人，有德有言，千載風徽追石室；但覺神傳阿堵，亦模亦範，四時俎豆式金閶。”又郡中後學裔孫合題一聯云：“百代集冠裳，爍古炳今，總不外綱常名教；三吴崇俎豆，維風勵俗，豈徒在科第文章。”則孫子和茂才義鈞撰句也。

蘇州虎邱新修白公祠，即顧伊人塔影園舊址也。賀耦庚方伯長齡聯云：“唐代論詩人，李杜以還，惟有幾篇新樂府；蘇州懷刺史，湖山之曲，尚留三畝舊祠堂。”

蘇州郡學之旁有名宦專祠四所，祠各有像，歲久傾阤剥蝕。余下車即屬長洲令王槐午錫蒲重修，工竣，槐午索余各紀以聯。韋公祠云：“唐史傳偏遺，合循吏儒林，讀書不礙中年晚；蘇州官似謚，本清才名德，卧理能教末俗移。”白公祠云：“諷諭豈無因，樂府正聲熟人口；行藏何足辨，名山大業定生前。”有疑“行藏”句太空者，余曰：“‘誰辨心與迹，非行亦非藏。’即用香山詩意，但非注脚不明耳。”況公鍾祠云：“姓字播弦歌，韋、白以來成别調；功名起刀筆，蕭、曹自古是奇才。”陳公鵬年祠云：“洛蜀任分門，惟楚有才，增賦肯憑官似虎；河淮方奪路，如尊乃勇，拯民忍使國無鳩。”

宋漫堂題范文正公祠聯云：“兵甲富於胸中，一代功名高宋室；憂樂關乎天下，千秋俎豆重蘇臺。”

露筋祠中聯扁林立，就余所見者，以陳曼生郡丞鴻壽所集"江淮君子水，山木女郎祠"十字爲工。黎湛溪河帥亦欲集成一聯，舉王漁洋"門外野風開白蓮"之句，屬余覓對，余以楊升庵"庭前夜雨弄孤篠"句奉應，河帥首肯，謂意境相稱，時代亦不相懸也。然王句是露筋祠本事，楊句實未能恰配，故亦未懸挂。

無錫金匱合建貞節祠，林少穆撫部則徐題聯云："盛典繼毗陵，表千秋潛德幽光，長使冰心昭煒管；新祠崇惠麓，聚兩邑貞姬淑媛，群欽風節樹香蘇。"

古無出痘之説，史傳備載人體貌，獨無言面麻者。自唐會昌中，泉州陳黯十三歲自咏痘花詩云："玳瑁應難比，斑犀定不加。天嫌未端正，滿面與裝花。"詩載《文苑英華》，此痘事之始見於書者，今則爲寰區通病矣。有作痘神廟聯云："到此日方辨妍媸，更向鴻蒙開面目；過這關纔算兒女，還從祖父種根苗。"亦未經人道語也。今人家稱出痘爲出寶，又爲天花，故吴信辰痘神廟聯云："寶痘匀圓，喜個個金丹换骨；天花消散，願家家玉樹成林。"

吾鄉汀建山村中，每數里必有關廟，廟多塑像，旁必有周將軍立像，即世稱周倉者。亦間有周將軍專祠，輒著靈異，而廟中聯語皆鄙誕不經。緣其事僅見《演義》，正史中竝無其名。考《吴書・魯肅傳》載：①"肅往益陽，與關相拒，肅邀關相見，各駐兵馬百步上。但諸將軍單刀俱會。俗傳關帝單刀赴會，自緣此語而訛耳。肅因責數關曰：'國家區區，本以土地借卿家者，卿家兵敗遠來，無以爲資故也。今已得益州，既無奉還之意，但求三郡，又不從命。'語未究竟，坐有一人曰：'夫土地

① "吴"，原作"魏"，據清武英殿本《三國志》卷五十四《吴書》九《魯肅傳》改。

者,惟德所在耳。何常之有?'肅厲聲呵之,辭色甚切。關操刀起曰:'此自國家事,是人何知?'目使之去。"按,是人姓名不傳,《演義》似即據此敷衍爲周倉事。然紀文達師《筆記》中稱元魯貞作漢壽亭侯碑,已有"乘赤兔兮從周倉"語,則其來亦已久矣。比至桂林,偶與余小霞談及。小霞述其權荔浦令時,於城外周廟題一聯云:"當蜀吴魏之交,擾攘一時能擇主;附劉關張而後,偏裨千古竟傳名。"誠雅製也。

江右管未亭學宣守常德,其鄉人爲鐵柱宫即許真君廟求楹帖,管書云:"君身自是有仙骨,我猶未免爲鄉人。"吴舫翁雲亦有句云:"微斯人吴其爲沼,賴此老海不揚波。"

閩浙分疆處爲楓嶺,景最幽峻。嶺巔祀五顯神,極著顯應,俗皆呼爲五顯嶺。李笠翁云:"盤折嵯峨,甲於諸嶺,由麓徂巔,愈轉愈勝。廟中神鬼,諸像畢備,觀者生恐怖心。故余爲之聯云:'遠看疑畫,近看似詩,及至身到其間,又覺詩畫都無著手處;善者敬神,惡者畏鬼,究竟皆非異物,須知神鬼出在自心頭。'"

乾隆十九年,周文恭公煌奉命册封琉球使,舟至姑米洋,遇颶風,觸礁柁折。時既昏黑,兼大雷雨,帆葉厨棚吹落殆盡,倏見海面一燈浮來,衆悉呼曰:"天后遣救至矣!"須臾舟定。同舟二百餘人,舉慶更生。舟進姑米港,謁廟行香,公獻"願大能成"四字扁,竝撰聯云:"神爲德其盛乎,呼吸回天登彼岸;臣何力之有也,忠誠若水證平生。"

張南山題天后宫聯云:"大海茫茫,到無岸無邊,觀於天,天高在上;飄風發發,正可危可懼,徯我后,后來其蘇。"

張南山寄録城隍廟一聯云:"百行孝爲先,論心不論事,論事貧家無孝子;萬惡淫爲首,論事不論心,論心終古少完人。”曲體人情，不失與人爲善之意。又吕仙祠一聯云：“修到神仙，看三醉飛來，也要幾杯緑酒；托生人世，算百般好處，都成一枕黄粱。”則曠達語也。

吴信辰工爲楹聯，楊蓉裳芳燦爲選刻松厓對聯一編，不乏清詞麗句，所稍欠者超脱耳。今録其佳者，如題佛寺門云：“禪門無住始爲禪，但十方國土莊嚴，何處非祇園精舍；度世有緣皆可度，果一念人心迴向，此間即慧海慈航。”又佛堂云：“西方貝葉演真經，總不出戒定慧三條法律；南海蓮花生妙相，也只消聞思修一味圓通。”又題西巖寺云：“色相出真空，眼界光明，震旦雲霞圍舍利；聲聞歸妙有，耳根清淨，乾陀鐘鼓應迦陵。”又題千手佛殿云：“一心念佛佛如來，鶴唳猿啼，都演出三生妙諦；千手示人人不悟，龜毛兔角，直指開四大疑團。”又題佛堂云：“佛言三藐三菩提，禮此莊嚴，即可承三生度脱；人貴一噴一醒豁，除他挂礙，何難證一味圓通。”又題鍾離祖師殿云：“一朝棄甲成仙，不用偏裨傳兩晋；萬劫銜杯樂聖，聊將散漢著三唐。”又題財神廟云：“藴玉函珠，善賈固皆蒙樂利；心耕筆織，寒儒亦可薦馨香。”又題臨洮常山大王廟云又稱龍神廟：“義膽大於身，陷陣摧鋒，在昔號常山虎將；忠魂符厥號，興雲降雨，至今冠洮水龍神。”又題織神廟云：“改草衣卉服之觀，人間温暖；極錯采鏤金之妙，天下文明。”

或傳揚州華陀廟楹聯云：“元龍幣聘以來，澤被廣陵，到此日青囊未燼；孟德頭顱安在，烟消漳水，讓先生碧血常新。”

卷之五

廨宇

内閣漢票籤處有舊聯云:"天下文章莫大處,龍門聲價最高時。"爲諸城劉文正公所書。道光二年毁於火,後陳荔峰閣學嵩慶重書,懸於圓明園直廬。

翰林院署有聯云:"儀鳳祥麟游集盛,金書玉字職司勤。"爲何義門學士所書。

禮部儀制司堂聯云:"在官言官,議事以制;隆禮由禮,慎乃攸司。"集經語頗渾成,然微嫌"議事"與"慎乃"作對,虚實字尚不甚匀稱也。

程春廬同文在兵部職方司最久,公正爲同署所推,有聯云:"有備師干,駕馭當資軍紀肅;不苛公過,權衡常惜將才難。"可以知其風旨矣。

兵部漢本房事繁而職要,與他部本房迥殊。凌虚臺銓聯云:"爲機務總其成,按日具題,子細上塵乙覽;與戎曹分厥任,經年繕寫,辛勤下協寅恭。"又兵部署中關帝廟聯云:"九伐威名襄夏政,千秋正統凜春王。"上句移他處不得,下句以"春王"對"夏政",亦巧而新。

《藤陰雜記》云:"彰儀門外普濟堂,順天府設以養孤獨者，今餞行者於此茶話，堂聯爲姚端恪公文然題，云：'但覺眼前生意滿，須知世上苦人多。'"

奉天爲陪都重地，竝設五部，特缺天官耳。户部大堂聯云："典領三司，會合東都儲國用；勤修六府，循行南畝贍民生。"兵部聯云："帝語如聞，惕厲官常臨北極；天威可畏，嚴明軍政肅中樞。"刑部聯云："體欽恤以明刑，秋肅春温惟國法；秉端平而弼教，青天白日見臣心。"

奉天府丞一職，實兼提督學政，故歷任悉係儒臣。吾閩陳德泉先生治滋任此最久，題大堂聯云："地重邠岐，禮樂務還醇厚；學宗鄒魯，文章須探本原。"李滄雲桑聯云："化衍西岐，佐治仰參儒雅；風清東海，掄才蔚起人文。"余叔太常公諱上國聯云："勉力爲之，正人心，厚風俗，實惟根本；文治彰矣，拔真才，加訓迪，勿懈功夫。"蓋檃括歷次奏摺中硃批天語，以爲敬謹服膺也。

彭寶臣浚視奉天學最有名，其去也，滿漢士紳撰聯送之云："名魁天下，化振陪都，本壽考作人，真教玉樹琪花，陸離珊網；兩度來游，一塵不染，藉文章造福，佇看蘭芽桂蕊，次第瑶階。"

奉天城中有瀋陽書院，蔣丹林祥墀聯云："地近聖居，洙泗宫牆瞻數仞；基開王迹，鎬豐鐘鼓振千年。"

涿州距京師百里，凡由燕薊南行者，由此分東西兩路。城樓有聯云："日邊衝要無雙地，天下繁難第一州。"

曲阜衍聖公府大門聯云："與國咸休，安富尊榮公府第；偕天不老，文章禮樂聖人家。"此前明李文正公東陽所題也。近有成哲親王贈聯云："爵列三公榮衮黻，身通六藝紹箕裘。"畢秋帆尚書沅贈聯云："恩紀金魚，永鎮東山棨戟；祥徵玉燕，常綿北海簪纓。”又承恩公恭大宗伯恭阿拉贈衍聖公聯云：“守道不移金鼎重，居身常抱玉壺清。”聞是謝薌泉侍御振定所擬。又劉雲房師視學山左時題聯云：“到此都稱香案吏，及時多種杏壇花。”

紀文達師《筆記》云：“昔李又聃先生言：有寒士下第者，焚其遺卷，訴於文昌祠，夢神語曰：‘爾讀書半生，尚不知窮達有命乎？’嘗侍先姚安公，偶述是事，姚安公怫然曰：又聃應舉之士，傳此語則可。汝輩手掌文衡，傳此語則不可。聚奎堂柱有熊孝感相國題聯曰：‘赫赫科條，袖裏常存惟白簡；明明案牘，簾前何處有朱衣。’汝未之見乎？”

彭文勤公視學浙江，撰署聯云：“天地自成文，湖山有美；國家期得士，桃李無言。”蓋學署儀門外遍植桃李，有牌樓題曰“桃李門”。今門額猶存，而聯則久失之。

吾閩汀州試院後有參天古柏，歲久通靈，歷任學使者皆致祭。紀文達師下車之始，亦循故事，瓣香甫薦，見有緋袍執笏神，隱隱樹表，因題一聯云：“參天黛色長如此，點首朱衣或是君。”

紀文達師曰：“余督學福建時，署中有筆捧樓，以左右挾雙塔也。使者居下層，其上層則複壁曲折，非正午不甚睹物，遂爲山魈所據。憶杜老‘山精白日藏’句，悟鬼魅多避明而就晦，因盡撤牆垣，使四面明窗洞啓。三山翠靄，宛在目前。題額曰‘浮青閣’，題聯曰：‘地迥不遮雙眼闊，窗虚只許萬峰窺。’自是，山魈遷於署東南隅之會經堂矣。”

桂林陳文恭公撫湘時，有題貢院堂聯云：“矮屋靜無嘩，聽食葉蠶聲，敢忘當年辛苦；文星光有耀，看凌雲驥足，相期他日勳名。”又有明遠樓一聯云：“矩令霜嚴，看多士俯仰低回,群囂盡息;襟期月朗,喜此邦江山人物,一覽無遺。”相傳爲李笠翁所作。吾閩貢院有一聯云:“場列東西,兩道文光齊射斗;簾分内外,一毫關節不通風。”江南貢院聯亦同此。余監臨桂林鄉試,亦録此聯於門屏之間。或云是黄莘田先生任所製也。

京師貢院明遠樓上有七言對聯云:“夜半文光射北斗,朝來爽氣挹西山。”此雅切京師,若移置他省,便不見佳。不知何人所撰,字則王覺斯所作也。

吕新吾先生坤陳臬中州時,有城門四聯。東延和門云:“青帝布陽春,鬱鬱葱葱,生氣溢沙隨之外;黄堂流德澤,融融液液,太和在梁苑之西。”南文明門云:“萬丈文光,北射斗牛躔魁柄;三星物采,東聯箕尾上台躔。”西寶成門云:“萬寶告成,合耕夫織婦,白叟黄童,年年歌大有;五徵來備,看東舍西鄰,南村北疃,處處樂同人。”北鍾祥門云:“洪濤來萬里恩波,遠抱崇墉浮瑞靄;元女注千年聖水,潛滋環海護生靈。”見《呻吟語·治道門》後。

衙署廳齋楹帖,有可當官箴者。如云:“當官期於物有濟,凡事求其心所安。”“吏民莫作官長看,法律要與詩書通。”汪龍莊輝祖自題云:“官名父母須慈愛,家有兒孫望久長。”袁簡齋自題云:“獄貴得情寧結早,判防多誤每刑輕。”浙江藩署聯云:“權衡江海,司牧名邦,時時思裕國澤民,何暇論湖光山色;黜陟幽明,承宣庶績,念念存戴高履厚,更須持茹檗嘗冰。”余在江蘇藩署,亦有一聯云:“爽氣挹天平,國計民生如此象;雄藩稱地户,湖光江色照余心。”撫桂林時,東偏有懷清堂,爲百文敏公題扁。余配以聯云:“懷哉惟清,既到此間須刻鵠;勤將補拙,敢云餘暇可驂鸞。”

"名場似弈無同局，吏道如詩有别裁。"亦署齋聯，卻有别致。余小霞曰："記得是無錫顧奎光句。"

張南山以名進士觀政楚北，令黄梅時作大堂楹帖云："催科不免追呼，願百姓早完國課；省事無如忍耐，勸衆人莫到公堂。"仁人之言，藹如也。

聞阮芸臺先生言，視學山東時，見臬署一對聯，極切而佳，句云："晏嬰齊仁人，一言而溥天下利；孔子魯司寇，無訟當爲百世師。"忘卻作者姓名。余陳臬時，遍覓此聯不得。蘇鰲石廷玉繼至，乃爲刊榜於二堂，竝跋所聞緣起云。

成果亭成格撫粤東，題廳事聯云："花竹一庭，是亦中人十家産；軒窗四壁，可無廣厦萬間心。"

阮芸臺先生題江西藩署大門聯云："庾匡千里開生面，章貢雙流照此心。"

浙江温處道署後有且園，是前官高韋之司寇其佩所闢。池榭清幽，花石秀野，司寇居而樂之，因以"且園"自號。粤東陳觀樓先生昌齊題聯云："隨意觀風草，無心狎海鷗。"亦自含毫邈然。

州縣署楹帖最多，非諛詞，即理語。記得一聯云："四野桑麻，不羨河陽花作縣；一腔冰雪，偏教寒谷黍知春。"語獨藴藉，此爲頌不忘規。

常州府署中有竹樓一所，某太守題聯云："未知明年在何處，不可一日無此君。"集句天成，且的是官齋中語。

成蘭生世瑄守杭州時，廳事聯云："湖山在目，玉局曾來，又七百年於兹矣；冰雪爲心，金科勿擾，斯二千石之職歟！"

伊墨卿先生秉綬守惠州，倡建豐湖書院，竝重修永福寺、準提閣、元妙觀，皆左近勝迹也。宋茝灣湘紀以聯云："萬間廣厦庇來新，問秀才老屋深燈，他日幾逢賢太守；百頃平湖游者衆，看後學洙情沂思，有人重起古循州。”又聯云：“關心一郡衣冠，在諸公鼙鼓三年，敢言勞苦；回首十弓榛莽，見多士琴書四壁，得忘由來。”自注云：“此室爲書院庀工處也，謹書其事。”又永福寺聯云：“往來資白業，談笑出紅塵。”又準提閣聯云：“文字有神揭星漢，聖賢以道證人天。”又元妙觀聯云：“此湖此水不深淺，放鶴招鶴成古今。”又豐湖書院二門聯云：“人文古鄒魯，山水小蓬瀛。”又三堂聯云：“從來此地比洙沂，況拓開近水天光，四面春宜風浴；自後何人更蘇翟，只認取前峰燈火，千秋名共湖山。”

伊墨卿先生在惠州，有惠政。嘗自題郡署大門云：“天凛旦明，尚無慚於爾室；地名循惠，用顧畏乎民嵒。”又題署中廳事云：“合惠循爲一州，江山竝美；種竹梅成三友，心迹雙清。”又題永福寺云：“雲鶴有奇翼，瑶草無塵根。”又題陳文惠公堯佐祠云：“没世不忘真宰相，荒亭猶屬舊詩人。”按，宋相國陳文惠公前守循州時，於署東建野吏亭，後人即於亭旁立公祠，歲時祀焉。

楊硯芬希銓守惠州，集禊帖字題永福寺云：“永世有因，大悲觀自在；諸天無相，極樂仰文殊。”又題元妙觀云：“蘭宇既清，竹林亦静；諸天不老，大地長春。”

惠州東坡亭有嵇二泉承志題聯云：“忠愛著朝端，即蜑雨蠻烟，魂夢仍依北闕；文章行海外，想賦詩飲酒，勾留又在西湖。”

李蘭卿都轉彦章守思恩日，重建陽明書院。又闢西邕書院，飭所屬各建勸農亭，百廢俱修，均自撰楹聯紀之。都人士集刊《榕園楹帖》一本。榕園者，即都轉公餘讀書處也。今摘録其佳者如左。講堂聯云:“率土盡同文,願此邦易俗移風,欲使偏陬如上國;登堂能講學,與多士敦詩説禮,須知太守本書生。”實學齋集句云:“剛日讀經,柔日讀史;十年樹木,百年樹人。”實用齋云:“考古證今,致用要關天下事;先憂後樂,存心須在秀才時。”道古軒集句云:“居近識遠,處今知古;研經賞理,敷文奏懷。”修志亭集句云:“清坐使人無俗氣,讀書何計策新功。”山谷、劍南。藏書樓集句云:“蓄得奇書且勤讀,忽逢佳士喜同游。”劍南、山谷。船齋云:“池邊小屋低於艇,江上青山峭似詩。”嵐漪詩屋集宋句云:“能令水石常在眼,任有閒忙不負詩。”玉帶橋集《詩品》云:“畫橋碧陰,明漪絶底;緑杉野屋,好風相從。”修禊亭集宋句云:“聊開禊席臨流水,又與風光作主人。”竹所集句云:“别開小徑連松路,忽有朱欄出竹間。”王半山、劉後村。詩嶼集句云:“樓臺四望烟雲合,草木一溪文字香。”秦少游、林景熙。明禮軒集句云:“有威可畏,有儀可象;無本不立,無文不行。”學文堂集劍南句云:“文能换骨餘無法,學到尋源自不疑。”種桂堂云:“聞木樨香,何隱乎爾;知菜根味,無求於人。”惠泉義學云:“造物遍生才,直與杭人多惠比;聖功先養正,果逢山下出泉蒙。”南城鐘鼓樓集宋句云:“句裹江山隨指顧,城南鐘鼓門清新。”西邕書院正學堂云:“儒館闢邊城,漸户多弦誦,士勵廉隅,快養人材爲世用;郡齋鄰講院,喜公暇論經,夜深聞讀,不忘書味似兒時。”王文成公祠云:“七萬人相慶更生,計農桑教化兵防,名世允推儒作將;十五卷共尊遺集,兼道學文章經濟,此邦尤願士希賢。”紫翠樓云:“頓看平地樓臺起,忽送千峰紫翠來。”豐農亭云:“載酒遍催耕,願無忘兩字豐農,爲政先勞原自近;索綯仍合力,正難得一家和氣,力田孝弟本同科。”黄山谷祠云:“直道莫能容，卻聽雨登樓，薄醉平生無此快；大名長不死，慕落星結屋，論詩異代久相師。”武緣縣小陸墟新修宣讀聖諭亭云：“聖訓敷言，知道在倫常，業先耕讀；民勞思善，願人勤守隘，俗革歌墟。”又馱閣等村勸農亭云：“加意減租徭，十二村中，爾宅爾田，保汝兒孫常足食；赴功煩版築，三百里外，某山某水，守吾條約即良民。”又林村勸農亭云：“雍睦八家，同能服先疇，頗有鄉風安古處；畬菑三歲，始永除後患，斷無地角累升科。”賓州勸農亭云：“萬二千家爲鄉，看水田再熟，洫路交流，到處爭留吾所憩；三百六旬成歲，憶春晚觀風，秋晴喜雨，連年頻與爾相親。”上林縣勸農亭云：“地利極膏腴，十萬山近繞澄江，今年喜雨足田肥，人和歲稔；邊情須體察，三百里親來行縣，到處得興農課士，問俗觀風。”賓州新設琅琊義學云：“地稱齊魯遺風，向四覽尋源，略仿古時州有序；我勸師儒設教，視三年敬業，要求初學德之門。”田州土州新設文同義學云：“合十九司猺峒人民，至今已同軌同倫，新學頓殊魋結俗；通一萬里象胥文字，到處有佩觿佩韘，邊城能識諭蒙書。”

杭州西湖之敷文書院有朱竹垞先生集句聯云：“入則孝，出則弟，守先王之道，以待後學；頌其詩，讀其書，友天下之士，尚論古人。”

崇文書院中新建仰山樓，胡書農學士集句聯云：“閉户自精，雲無心以出岫；登高能賦，文異水而湧泉。”

奉新縣馮川書院有吴邑侯鳴鳳聯云：“今科又掄元，願諸生莫存第二人想；每月來課士，即此地可作試三場觀。”按，各直省解額甚寬，又豈能人人不作第二人想？此聯雖佳，出語究於理未足也。

廣州城中學海堂爲阮芸臺先生所建，以比浙中之詁經精舍。先生自題一聯云:"公羊傳經,司馬記史;白虎德論,雕龍文心。"鄧嶰筠督部廷楨集《繹山碑》字一聯云:"繹史誦經,思在古昔;登高望遠,顯於今時。"白小山學使鎔聯云:"智水仁山,在此堂宇;經神學海,發爲文章。"又成果亭撫部聯云:"學貫九流,匯此地人文法海;秀開百粤,看群賢事業名山。"聞亦白所製也。

廣東省城粤秀書院亦人文萃集之區,道光年間,有盧生同伯、桂生文耀,同肄業其中。陳厚甫山長鍾麟最器重之。爲集句一聯曰:"盧橘夏熟,桂樹冬榮。"可謂天然湊泊,未幾二生竝捷南宫矣。

雲南府之五華書院有尹楚珍先生壯圖聯云:"魚躍鳶飛,活潑潑地;日華雲爛,糾縵縵天。"

吾閩福州府之鰲峰書院,有林青圃先生枝春聯云:"坐里門内,夕而朝教,不忘就爾事;習君子言,尊以遍學,莫便近其人。"近年吴荷屋方伯榮光新建鳳池書院,聯云:"皇國需才,看鳳翥鸞翔,天下士各憑造就;仙瀛有路,佇風騫浪吸,眼中人休便徘徊。"又孫平叔宫保聯云:"池浴文禽,從羅含夢裏飛來,覽德苑林翔吉羽;岡鳴翽鳳,向劉勰筆端拈出,遷喬阿閣聽和聲。"

廣東雷瓊道駐扎瓊山縣,其大堂楹聯暗藏瓊州全府州縣名色,組織頗自然,句云:"定安全之策,坐鎮瓊山,開樂會以會同官,統府州縣群僚,獨臨高位;澄邁往之懷,清揚陵水,佐文昌而昌化理,合萬儋崖諸邑,共感恩波。"蓋瓊州凡領十三屬,爲瓊山、澄邁、定安、文昌、儋州、昌化、會同、樂會、臨高、萬州、陵水、崖州、感恩也。

李蘭卿率所屬十二土司,同建陽明書院,自兼掌教,分十齋二十六軒，而皆統於“實學”、“實用”二齋。葉筠潭紹本題聯云：“心學揭良知，憶當年息馬投戈，頓化遐陬成頖璧；教思追大雅，欣此日橫經鼓篋，共歌樂職布中和。”又別建西邕書院，以課合郡童生。筠潭題聯云：“賀水溯遺封，八千里遠隸邊庭，文軫至今通桂管；台山留講席，二百年久陶元化，禮堂終古衍薪傳。”

有題宗祠楹聯云：“小宗人僅千家，念析支分族，仍共本源，害勿交讓，利勿交征，仁義而已矣，孝弟而已矣；大祭歲惟一舉，極展誠抒敬，不過信宿，孚可用禴，享可用簋，玉帛云乎哉，鐘鼓云乎哉。”情文兼到，頗能動人。

江右安福李氏祖祠，舊傳木刻楹帖對語云“經傳道德五千言”，出語久佚，莫能復屬。吴舫翁偶過其地，李氏乞撰出語，舫翁即於馬上答云：“臚唱兒孫三百輩。”蓋唐時曾放宗人榜三百人也。

余小霞以詩人沈滯粵西末僚，亦工作聯語。近年桂林府重修廨署，興靜山太守興仁將中外楹聯全行更换，粲然一新，多出小霞之手。如頭門云：“桂管古稱雄，聲教由來先列郡；文衣今向化，撫綏何以控諸蠻。”儀門云：“此是公門，裹足莫干三尺法；我無私謁，盟心只凛一條冰。”大堂云：“領郡愧難勝，願閭閻俗變飲羊，人除害馬；同舟須共濟，與僚寀政期馴雉，節勵懸魚。”廳事云：“昔有龔黄，千古名傳循吏去；賢如顔范，一麾我步後塵來。”得月樓云：“簿領有餘閒，退食聊爲容膝地；簪纓多俊侣，清談俱是素心人。”

余小霞任三防主簿時，自製署聯云：“與百姓有緣，纔來此地；期寸心無愧，不鄙斯民。”嘗再任大灘司巡檢，題堂楹云：“八載重來，民情愛我如當日；一枝仍借，山色迎人似舊時。”又嘗撰桂林陳文恭公祠堂聯云：“節制鄉邦，桑梓至今稱百姓；贊襄綸閣，簪纓繼起有三元。”蓋公以粵西人總制兩粵。又其元孫蓮史方伯繼昌登嘉慶庚辰科三元，皆曠世榮遇也。

毗陵周伯恬儀暐先世豐於財，[①]闢盟鷗館，結客極盛。家落，旋售去。龔定庵鞏祚來游，留一聯云：“别館署盟鷗，列兩行玉佩珠簾，幻出空中樓閣；新巢容社燕，約幾個晨星舊雨，來尋夢裏家山。”

京師福州會館之燕譽堂有舊聯云：“萬里海天臣子，一堂桑梓弟兄。”是前明福清葉文忠公所撰。余於嘉慶丙子，與同郡諸君子又創構福州新館，在虎坊橋之東，規制愈寬，人文愈盛。同郡諸君子合撰楹帖，益蔚爲巨觀。今録其佳者如左。云：“海嶠星從天上聚，長安春占日南多。”又云：“浴海烟開鰲背月，看花人步鳳城霞。”又云：“鳳窟麟洲通御氣，黄蕉丹荔憶鄉風。”又云：“冠蓋仍循鄉飲序，笙歌先醉社公觴。”又云：“室因新拓來今雨，人比分躔聚德星。”又云：“朱櫻紅杏開新宴，丹荔黄橙話故鄉。”又云：“三山佳氣瞻鰲背，九陌香塵駐馬蹄。”又云：“看花卻趁春三月，視草同依尺五天。”又云：“家園魚筍評鄉味，人海鶯花洽古春。”又云：“珂里雲開三島麗，金壺花發九衢春。”又云：“竹箭聲華當代選，梅花消息故人來。”又云：“佳日春秋來鶴蓋，深宵吟誦似鰲峰。”又集句云：“同人於門，群賢畢至；適子之館，吉事有祥。”

福州會館，每歲元宵，烟火之盛，甲於宣南。蓋自國初以來，相承不斷，其事最著，爲他郡所無。西城官民士女來觀者，喧闐街巷，直徹夜分。本館人則飲燕盡歡，都忘其爲他鄉

---

① “暐”，原作“偉”，據民國十七年排印本《清史稿》列傳二百七十三改。

異客矣。所製燈聯，合前後衆手爲之，皆流麗可喜，傳誦於時。今亦録其佳者，如云："撒荔須分海東樹，看花都向日南坊。"又云："百五春歸三五月，九重天散萬重花。"又云："玉京風月原無價，銀闕樓臺共此春。"又云："寶燭看龍銜，萬户笙歌無禁夜；香塵隨馬度，九衢烟月太平人。"又云："列樹燦銀花，璧月珠星，迸作九天麗藻；首時調玉燭，南油西漆，蔚成五夜祥雲。"又云："社火憶鄉風，海駕鰲山，萬盞燈球爭買夜；粉團仍密宴，風和鶴焰，三更春箭正傳觴。"又云："此地笙歌，恰當韋曲城南，去天尺五；吾儕觴咏，猶是越王臺畔，明月三分。"又云："碧海無波，總買來簫鼓千場，魚龍百戲；金臺不夜，看裝出琉璃世界，錦繡天街。"

京師吴江會館，陸朗夫燿所建，題聯云："來看上苑鶯花，今日幸同良會；記省松陵文獻，他年得似何人。"

京中鄉祠以浙紹爲最著，祠中聯云："鑑湖八百里，望氣遥來，書入帝城雲物；君子六千人，聞風興起，勖成王國賢材。"又戲臺一聯云："地當韋杜城南，鼓吹休明，共效謳歌來日下；人在枌榆社裏，風流裙屐，恍携絲竹到山陰。"

揚州郡署戲臺聯云："數點梅花横玉笛，二分明月落金樽。"是王夢樓太守文治所題。

廣東武林會館在歸德門外晏公街，杭人之商賈於粤者，恒集其中。有戲臺對聯云："一闋荔支香，聽玉笛吹來，遍傳南海；雙聲楊柳曲，問金尊把處，憶否西湖。"

安徽育嬰堂落成，陶雲汀宫保題聯云："父兮生，母兮鞠，俾無父母有父母，此謂民父母；子言似，孫言續，視猶子孫即子孫，以保我子孫。"

湖北漢口有長沙會館，陶雲汀宫保題聯云："隔秋水一湖耳，看岸花送客，檣燕留人，此境原非異土；共明月千里兮，記夜醉長沙，曉浮湘水，相逢好話家山。”

歙縣會館有鮑覺生侍郎題聯云：“清樽夜話黄山樹，彩筆朝題紫陌花。”又有一聯云：“九萬程中，三千道上，藉此館粲場苗，用萃東南之美；卅六峰下，廿四溪邊，移來綬花帶草，咸依日月之光。”忘卻何人所題。

卷之六

勝迹上

泰山理大物博，秀甲寰區，惜山中楹聯，殊少佳構，最著者，岱廟中"帝出乎震，人生於寅"八字，對仗天然，足以俯視一切。然是廟聯，非爲全山寫照也。惟半山壺天閣有廷曙墀郡守鏴一聯云："登此山一半，已是壺天；造絶頂千重，尚多福地。"又雨花道院中，不知何名一聯云："雨不崇朝遍天下，花隨流水到人間。"尚非俗筆。

余由東臯擢藩吴中，途出泰安，楊蓉峰太守惠元延余宿岱廟中。是夜廟中月色如晝，而絶頂白雲滃起，上下竟不相蒙。僉謂三日内必有霖雨。適廟僧索書楹聯，因爲撰句云："攬月居然凌上界，搴雲便要灑齊州。"

嵩山爲中岳，齊北瀛鯤爲河南知府時，嘗招余往游，未果。後二十年過洛陽，去山不過兩日程，亦心嚮往而弗能至也。憶吴巢松侍講慈鶴爲余談二室之勝，竝爲述所撰聯云："近四旁惟中央，統泰華恒衡，四塞關河拱神岳；歷九朝爲都會，包伊洛瀍澗，三臺風雨作高山。"

恒山各寺觀中扁額極多，其以四大字磨崖者，亦復不少。而有楹聯者，不過三四處，殊未見佳。惟南關北岳行宫一聯云："峻岳鎮幽燕，近翊黄圖，風雨永昭和會；靈山鍾畢昴，遥連紫塞，陰陽迭起貞元。"氣象尚能相稱。

華山雄奇，甲於四岳。余曾過玉泉院，聞山僧述嚴道甫侍讀長明有一聯云："三峰三霄通，寶掌千秋留蘚迹；一岳一石作，金天萬里矗蓮花。"

華岳廟在華山之麓，壯麗與岱廟同。余由秦入隴，往返信宿，皆在其中。庭中古樹極多，或爲商周，或爲秦漢，皆懸牌爲標識。碑刻林立，則多是宋以後物，絶無唐以前者，殊不可解。盧厚山宫保所重摹延熹碑，刻工早竣，尚横卧地中，爲之嘆息者久之。廟僧索留楹聯，因漫書付之云："鴛瓦貼雲霄，俯挹明星兼玉女；虎賁卧庭廡，猶强周柏與秦松。"廟僧未喻其意，亦不知其懸挂與否耳。

衡山遠在南服。讀《衡岳志》一册，亦絶少佳聯。録其詞旨莊雅，足與靈山相稱者云："居艮位而踐離躔，溥雷池風穴之功，柱鎮天南，斗横地北；列三公而配四岳，標月館露臺之勝，帆隨湘轉，雁到峰回。"又一聯云："望望七十二峰，工部游時，詩聖有誰能繼響；遥遥一千餘載，文公去後，岳雲從此不輕開。"亦未詳何人所撰也。

京師陶然亭，康熙年間水部郎江藻所建，取白香山詩"一醉一陶然"之語爲額。百餘年來，遂爲城南觴咏之地。戴菔塘璐《藤陰雜記》中，載沈東田方伯游陶然亭以楹帖："慧眼光中，開半畝紅蓮碧沼；烟花象外，坐一堂白月清風。"爲韻成詩，書壁間。余尋之，不得其處。而聯語實未佳。惟有舊聯云："窗前緑樹分禪榻，城外青山到酒杯。"亦是常語。竊謂曹慕堂宗丞學閔"穿荻小車疑泛艇，出林高閣當登山"二句膾炙人口，便可移作楹聯矣。

京師藤花最著名者，莫如海波寺街之古藤書屋，以朱竹垞舊居而重。其最古而大者，則萬善給孤寺東之吕家藤花，有元大德四年刻字，商寶意詩所謂“萬善寺旁吕氏宅，滿架古藤翠如織。鐵幹誰鐫大德年，模糊辨是元朝植”是也。倪給諫國璉聯云：“一庭芳草圍新緑，十畝藤花落古香。”今宅屢易主，而藤尚無恙，庭中菊花亦盛。楊少白庚聯云：“萬菊充庭秋富貴，雙藤蔓地古烟霞。”

《藤陰雜記》云：“座師王文莊公初寓韓家潭，七月二十五日生辰，每於中秋前後張樂，次第宴乙丑同年及門生。其戲臺對聯最爲精切，憶己丑歲則云：‘十七夕彩滿蟾宫，賡隔夜霓裳舊曲；廿五載班聯鵷序，萃當年蓉鏡群仙。’庚寅歲則云：‘壽宇覃禧，借緱山鶴舞餘籌，更譜瑶笙諧鳳吹；晚香勵節，集蓬島鵷班舊侣，重翻霓羽侑鸞觴。’”

又云：“吴文簡公襄舊宅賜額蘭藻尚存，沈東田方伯及祝芷堂、曹劍亭俱曾居此，相傳爲吴梅村祭酒故宅，湯西厓少宰亦寓焉。前後皆名流也。有舊聯云：‘旁人錯比揚雄宅，異代應教庾信居。’”

孫公園後，相傳爲孫退谷别業，吴白華司空官翰林時，曾賃住。公宴座師王文莊公，戲臺聯云：“地近春明，憶當年甥館清娱，幾聽後堂絲竹；序先秋禊，幸此日師門暇豫，共陪高閣襜帷。”蓋宅爲茶陵彭大司馬維新舊第。公乙丑及第後，於此贅姻。宅後别一第，有林木亭榭，沈雲椒侍郎寓焉。有蘭韻堂聯云：“匝地清陰三伏候，參天老樹百年餘。”

孫公園前有梁家園，康熙間，孫退谷、龔芝麓皆宴集其中。當時引涼水河入園中，亭臺花木，一時稱盛。[1] 今則殊無可觀。李雨村調元寓焉，嘗築看雲樓，聯云："檻外遠山排闥繞，樓前積水當湖看。"

趙甌北《簷曝雜記》云："金鰲玉蝀橋新修成，橋柱須鐫聯句，余在樞直擬句云：'玉宇瓊樓天尺五，方壺員嶠水中央。'自以爲寫此處光景甚切合。汪文端公爲改'尺五'作'上下'二字，乃益覺生動也。"

通州河樓正俯運渠，景極雄曠。程玉樵廉訪德潤聯云："高處不勝寒，溯沙鳥風帆，七十二沽丁字水；夕陽無限好，對燕雲薊樹，百千萬疊米家山。"

正定府龍興寺中有準提庵，梁蕉林清標題聯云："月上門圓光，示教禪心兼法味；風吹清梵樂，歸誠景福應真言。"又題東院聯云："爲定慧，爲聲聞，布金地於祇園，六通朗徹；或淨名，或緣覺，轉法輪於鹿苑，五蘊圓明。"又李致齋基和題雨花堂聯云："雲籠夜月原無礙，鳥宿秋林亦放參。"

阮芸臺先生題杭州府貢院一聯云："下筆千言，正桂子香時，槐花黄後；出門一笑，看西湖月滿，東浙潮來。"爲時傳誦。又衡州府石鼓書院中有淨緑閣，閣中有韓文公"緑淨不可唾"一詩，爲張南軒先生所書。阮先生製聯云："此真淨緑唾不可，我實薄才歌奈何。"

西湖飛來峰，相傳晉咸和元年，西天僧慧理登山，嘆曰："此是中天竺靈鷲之小峰，不知何年飛來。"因以爲名。又不知何時，於峰洞中多鐫佛像以鎮，慮復飛去，則更荒唐。峰下

① "一"，原作"時"，據桂林署齋本、吕恩湛本改。

即冷泉亭，亭扁舊傳爲董香光所題。據《西湖游覽志》，“冷泉”二字爲白樂天書，蘇子瞻續書“亭”字，今皆不可考矣。惟董香光聯云：“泉自幾時冷起，峰從何處飛來。”彼教中機鋒語也。又有書王右丞“泉聲咽危石，日色冷青松”句者，亦雅切。至《七修類稿》中又載一聯云：“飛峰一動不如一靜，念佛求人不如求己。”則鈍相矣。

靈隱寺山門有趙松雪一聯云：“龍澗風迴，萬壑松濤連海氣；鷲峰雲斂，千年桂月印湖光。”今《西湖志》不載。

西湖向無蘇公專祠，秦小峴觀察始創建之。落成後，阮芸臺先生書楹帖云：“欲共水仙薦秋菊，長留學士住西湖。”注云：“宋時杭人呼公爲學士，不稱姓。今猶然。”華秋槎瑞璜又集公詩爲聯云：“泥上偶然留指爪，故鄉無此好湖山。”先生又摹公手書“讀書樓”三字爲額。

阮先生又集白香山句，題白公祠云：“但是人家有遺愛，曾將詩句結風流。”

西湖有陸宣公祠，近年所新修者。富海帆中丞富呢揚阿聯云：“兩廡薦馨香，咸欽名相謨猷，大儒學問；六橋攬風月，猶似川雲宦迹，烟雨家鄉。”

孤山放鶴亭上有巢居閣，道光元年重建。吾鄉陳望坡尚書若霖聯云：“祠傍水仙王，北宋尚留高士躅；樹成香雪海，西湖重見古時春。”吳棣華廉訪廷琛聯云：“華表千年，遺蜕可聞元鶴語；孤山一角，暗香先返玉梅魂。”閣上聯尚多，以此二聯爲最佳。

天台之萬年寺有王藻儒閣老掞一聯云：“身比閒雲，月影溪光堪證性；心同流水，松聲竹色共忘機。”又湯敦甫尚書金釗聯云：“露氣春林，月華秋水；晴光淑景，芳草遠山。”上方廣寺朱倫瀚聯云：[1]"四山滴翠環初地，一路聽泉到上方。"阮芸臺先生聯云："以衆華爲物事，作雙樹之道場。"錢竹汀宫詹大昕聯云："身似菩提心似鏡，雲在青天水在瓶。"

西湖之聖因寺，本行宫。雍正五年，浙江巡撫李敏達始奏准改建。第一進爲彌勒殿，有敏達聯云："山外皆山，巒岫繞成清淨界；畫中有畫，笙歌譜就太平圖。"最後爲内方丈，敏達亦有聯云："聖德遐昌，北極恩光昭北闕；皇仁遠被，西朝瑞靄接西天。"然此地於康熙四十六年，恭逢鑾輿駐幸旬日，扁聯悉出御題。雲漢昭回之地，非臣工所當濡染其間。敏達之聯，實應撤去也。

理安寺之松巔閣，舊名法雨院。桂杏農觀察桂菖聯云："薄宦寄明湖，有夢難尋荆樹影；前因迷法雨，招魂空叩木樨禪。"跋云："先兄文敏公鞫獄粤西，道卒武昌，曹儷笙太傅夢兄曰：'我與公皆理安寺僧，今當歸矣。'越日，楚督奏函適至，事遂上聞。余分巡至此，因題楹柱，竝誌鴒原之感。"

宋錢臣父有書藏在西湖九里松，其故址已不可考。阮芸臺先生撫浙時，曾仿爲之。於靈隱寺華嚴閣後，創建一閣，取四部書各種，庋置其上，命僧守之。石琢堂廉訪韞玉題聯云："著作集名流，好事敦當年白傅；文章留慧業，賞音俟後世揚雲。"

朱竹垞先生曝書亭中舊有一聯云："會須上番看成竹，何處老翁來賦詩。"汪舟次檢討楫所集杜句也。嘉慶初，阮芸臺先生督學浙江，修葺是亭，爲重刻而懸於柱。

嘉興木覺寺中有空翠亭，乃唐僧初夢建寺時故迹。又有

① "瀚"，原作"翰"，據民國十七年排印本《清史稿》列傳二百九十一改。

三過堂，壁間有坡公三詩刻，蓋坡公嘗三過此堂。詩見集中。其前楹有唐石幢二，高二丈許，偉材也。芸臺先生有題句刻石柱云："惟唐代二幢，是峨嵋山人未過前屋；此壁上三律，乃空翠亭僧初夢時詩。"

温州青田縣有石門洞，洞口有天然石門，因名。傳是劉青田讀書處也。有聯云："似洞非洞，適成仙洞；無門有門，是爲佛門。"聞爲華亭沈某所題，而忘其名。

杭州有錢武肅王祠，其裔孫梅溪處士泳有聯云："功在生民，惜傳聞異辭，信史尚留曲筆；德垂奕祀，悵播遷中葉，支流莫溯真源。"此確是後裔口氣，詞旨亦落落大方。

西湖花神廟在孤山下，跨虹橋之西，雍正九年，總督李敏達所建。中祀湖山之神，旁列十二月花神及四時催花使者，無不釵飛鈿舞，盡態極妍。相傳湖山正神，即李公自塑其像。其旁列花神，皆李之姬侍，實有其人。余於嘉慶元年來游時，廟貌已敝，而花神精采，猶奕奕動人。近聞紅顔皆成黄土矣。猶記得有一舊聯云："翠翠紅紅，處處鶯鶯燕燕；風風雨雨，年年暮暮朝朝。"曼調柔情，情景恰稱。

花神廟旁有月老祠，有金書聯云："願天下有情的，都成了眷屬；是前生注定事，莫錯過姻緣。"蓋集《琵琶記》、[1]《西厢記》兩院本成句也。

葛嶺下有葛林禪院，與孤山相對。梁山舟先生集劉劭《人物志》語爲聯云："德行高妙，容止可法；威儀齊整，器盎無聲。"阮芸臺先生聯云："月似丹光出高嶺，鶴因梅樹住前山。"

蘇州城南之滄浪亭，自宋牧仲中丞犖修後，復經長洲令

---

① "琶"，原作"琵"，據會文堂本改。

許月溪遇及吴中丞存禮、覺羅中丞雅爾哈善三次修葺。今人只知有宋牧仲而已。余藩吴時，復加修治，增設臺榭，蔚成大觀。好事者合獻楹聯，而愜心貴當者實少。齊梅麓太守彦槐一聯云："四萬青錢，明月清風今有價；一雙白璧，詩人名將古無儔。"蓋前祠蘇長史，後祠韓蘄王也。可稱穩切。而"一雙白璧"字，究嫌妝點。余因輯《滄浪亭志》得集句一聯云："清風明月本無價，近水遥山皆有情。"上係歐陽文忠句，下係蘇長史句，皆滄浪亭本事也。然屢書皆不工，故此聯迄未懸挂。

宋牧仲尚書撫蘇時，爲唐六如修墓，建亭其旁，題曰"才子亭"。韓慕廬宗伯作楹聯云："在昔唐衢常痛哭，祇今宋玉與招魂。"余嘗過桃花塢訪之，其亭久圮矣。

蘇州圓妙觀七星潭閣有集唐句一聯云："千樹桃花萬年藥，半潭秋水一房山。"最熟人口。按，揚州淨香園中桃花池館亦有此聯。

虎邱亦有花神廟，聯云："一百八記鐘聲，唤起萬家春夢；二十四番風信，吹香七里山塘。"卻移作西湖之花神廟聯不得，惜不知何人所撰。

李蘭卿觀察權蘇臬時，訪得蘇文忠公爲僧卓契順書《歸去來辭》石刻於城東定慧寺，復尋得嘯軒故址，因修祠葺軒，以存舊迹。按，定慧寺及嘯軒，竝在黄州，前明正統中，蘇州巡撫周文襄公摹勒蘇書於石，太守況公捐禄建寺及嘯軒。寺僧又繪蘇像奉之軒中，遂爲郡中名勝。歷久圮蕪，鮮有知者。至是乃一一還其舊。余於道光乙未過吴門來游，留詩而去。後陶雲汀宫保爲之聯云："吃惠州飯，和淵明詩，陶云吾云，書就一篇歸去好；判維摩憑，到東坡界，人相我相，笑看二土往來同。"跋云："定慧寺有東坡書靖節先生《歸去來辭》，蓋在惠州時，寺僧欽長老遣其徒卓契順爲公子致書，臨歸，公以此贈之。其寄欽長老詩云：'初無往來相，二土同一在。'又云：'請判維摩憑，一到東坡界。'即謂是也。"同時林少穆撫部聯云："嶺海答傳書，七百年佛地因緣，不僅高樓鄰白傅；岷峨迴遠夢，四千里仙踪游戲，尚留名刹配黄州。"陳芝楣方伯鑾聯云："翰墨溯高風，輪扶大雅；椒馨薦遺愛，鼎峙前修。"蓋寺中竝祀周、況二公，葺爲三賢堂也。蘭卿題聯云："江海宿緣深，片石猶留古吴郡；軒楹遺址拓，瓣香長溯舊蘇齋。"時以覃溪師所藏文忠真像及所題舊詩，刻石供寺中。又以王虚舟所題"蘇齋"二字扁懸諸楣，竝摹覃溪師像奉之。

虎邱有景李堂，在白公祠内，以太白有《虎邱夜游序》也。堂中牡丹頗盛，彭春農學士聯云："一序證前游，太白光芒神久在；三章懷絶調，牡丹時節我剛來。"

吴季札墓在江陰縣西二十五里，墓中古篆九字，相傳爲孔子所題。碑仆中斷，一夕雷雨，碑石完好如故，但微有斷痕耳。碑亭聯云："星斗芒寒君子墓，風雷靈護聖人碑。"不知何時何人所題也。

松江上海縣城隍廟中有豫園，奇秀甲於東南，水石回環，軒亭四映，各極其勝。陶雲汀督部小駐園中，各書楹帖以紀之。湖心亭云："野烟千叠石在水，漁唱一聲人過橋。"得月樓云："樓高但任雲飛過，池小能將月送來。"三穗堂云："此即濠間，非我非魚皆樂境；恰來海上，在山在水有遺音。"一笠亭云："游日騁懷，此地有崇山峻嶺；仰觀俯察，是日也天朗氣清。"則集《蘭亭序》語也。又集前人句題西廊云："放鶴去尋三島客，約梅同醉一壺春。"

區田之法傳自伊尹，潘功甫舍人曾沂於吴下試行之。因繪圖撰説，流播遠邇。嘗於田畔臨水構課耕樓，頗饒野趣。索余楹帖，爲集成語云：“側同幽人居，水木明瑟；遂存往古務，冬夏播琴。”韓桂舲先生亟稱之。

太倉州城有曇陽觀，祀一女仙，像設姝麗。相傳前明王文肅公錫爵之女，得道沖舉。或云湯玉茗《牡丹亭》傳奇即演其事，真僞殆不可辨。祠中有集昌黎、少陵句爲聯云：“雲窗霧閣事恍惚，金支翠旗光有無。”非惟渾成，抑亦妍妙。

焦山之麓有松寥閣，俯臨大江，雄勝之概，爲江南北第一。閣中聯句以陳恪勤公“月色如畫，江流有聲”八字爲佳，惜字迹太弱，不稱其句。僧堂有伊墨卿太守聯云：“龕收江海氣，碑出魚龍淵。”下句謂《瘞鶴銘》也。語亦傑創，而分書尤奇偉，直逼漢京，當入《焦山長物志》也。

鄭板橋燮題焦山自然庵聯云：“山光撲面經新雨，江水回頭爲晚潮。”又云：“汲來江水烹新茗，買盡青山當畫屏。”

太白樓中聯句，以王有才“吾輩此中堪飲酒，先生在上莫題詩”爲最著。近人則吴山尊學士聯云：“謝宣城何如人，只憑江上五言詩，要先生低首；韓荆州差解事，肯讓階前盈尺地，容國士揚眉。”或云樓係一守一令重葺，守姓謝，令姓韓，山尊特借以寓意云。又閔中丞鶚元聯云：“千尺青山，妙句豈惟凌小謝；一龕金粟，後身須信是如來。”又李暲一聯云：“詩酒神仙，天自夢中傳彩筆；樓臺花月，人從江上拜宫袍。”至姚興㬎聯云：“狂到世人皆欲殺，醉來天子不能呼。”又徐立綱聯云：“愛國有詩儕杜曲，報君以士識汾陽。”李孚青聯云：“脱身依舊仙歸去，撒手還將月放回。”①俗傳太白捉月而死。語皆壯，然只是作太白贊耳，於

① “撒”，原作“撤”，據吕恩湛本、清乾隆十四年本袁枚《隨園詩話》卷十四改。

樓何涉乎？又聞有集太白句云："江空欲聽水仙操，壁立直上蓬萊峰。"頗佳。近胡書農學士聯云："公昔登臨，想詩境滿懷，酒杯在手；我來依舊，見青山對面，明月當頭。"

袁簡齋隨園中聯云："此地有崇山峻嶺，茂林修竹；是能讀三墳五典，八索九邱。"是李鶴峰侍郎因培所贈。又自集唐句一聯云："放鶴去尋三島客，任人來看四時花。"

金陵有名園，袁簡齋爲江寧令時，曾宴新入庠諸生於此，後歸邢氏。簡齋重游，贈園主人一聯云："勝地怕重經，記當年絲竹宴諸生，回頭似夢；名園須得主，幸此日樓臺逢哲匠，著手成春。"

《隨園詩話》云："金陵太守謝鍠抵任時，索余對聯，余贈聯云：'太守風清，江左依然迎謝傅；先生來晚，山中久已卧袁安。'陳省齋先生繼其父署守鎮江，余代作對聯云：'守郡繼先人，看江水長流，剩幾個當年父老；析薪綿世澤，願黄堂少住，留一枝此日甘棠。'"

揚州府署客廳中有一聯，甚雅切，句云："上客盡知名，杜牧詩才，鮑昭賦手；前賢有遺韻，魏公芍藥，永叔荷花。"是王夢樓太守所題。

金陵藩署本明中山王故邸，西偏瞻園，極樹石之勝，聞當時多從艮岳移來。余曾信宿其中，記得一長聯云："大江東去，浪淘盡千古英雄，問樓外青山，山外白雲，何處是唐宫漢闕；一作唐陵漢寢。小苑春回，一作西迴。鶯唤起一庭佳麗，看池邊緑樹，樹邊紅雨，此間有舜日堯天。"相傳中山王自作上半聯，而屬對不就，懸金於門，有能對者酬之。越數月，有諸生某對成，王大喜，遂鐫於柱。是此聯在勝國時已有之，今人以爲黄仲則景仁所作者，誤也。彭春農云："或又傳此聯爲錢牧齋句。上聯懷勝朝,下聯頌本朝也。"未知是否。

袁簡齋《續同人集》云:"過客贈隨園聯句可存者,如同年裘叔度侍郎云:'民不能忘,始信淵雲兼政事;敏而好學,莫疑巢許是閒人。'徐兆璜别駕云:'廉吏可爲,魯山四面牆垣少;達人知足,陶令歸來歲月多。'莊念農太守云:'著手成春,卷中著述皆千古;有官不仕,林下逍遥見一人。'家止水中翰云:'雲山金石圖書,此地可稱三絶;循吏儒林隱逸,先生自有千秋。'趙雲崧觀察云:'野王之地有二老,北斗以南只一人。'沈凡民先生云:'天爲安排看山處,風來洒掃讀書窗。'又:'曠代仙才流下界,半天人卧在高窗。'李晴江明府云:'潘安仁閒可奉親,郭林宗貞不絶俗。'郭運青侍講云:'爲官不過六百石,著書豈止五千言。'錢辛楣少詹集查初白詩云:'人指所居爲福地,天留此老應文星。'陶怡雲云:'方朔少時,二十萬言書盡讀;傅隆老去,八千餘紙手親鈔。'黄世塏云:'二十科翰林,老猶似少;一百卷文集,多而能精。'余自嘲云:'不作公卿,非無福命都緣懶;難成仙佛,爲愛文章又戀花。'"又《隨園詩話補遺》云:"上海李林松仲熙贈聯云:'真才子必得其壽,謫仙人未免有情。'"

《南野堂筆記》載:"小倉山房題句甚多,其中有可移作楹帖者,如黄之紀云:'到處自開詩世界,無人不拜老神仙。'趙雲崧云:'喬木十圍人共老,名山一席客爭趨。'丁珠云:'身閒但急千秋業,官罷還貪一縣花。'黄仲則云:'文章草草皆千古,仕宦匆匆只十年。'葉紹楏云:'偶談舊雨人俱古,能坐春風客亦佳。'蒲忭云:'六代雲山隨杖履,一園花鳥盡聰明。'汪汝弼云:'曠代誰標才子號,聞名都當古人看。'孫原湘云:'黄初詞賦空千古,白下江山送六朝。'"

隨園老人云："嘗游南明寺，見沈歸愚先生書對聯云：'瓶添澗水盛將月，衲挂松梢惹得雲。'未知是集成語，抑或先生自撰耶。"

謝默卿告余云：乾隆中，李松雲先生堯棟守金陵時，重濬莫愁湖。陳東浦方伯奉兹題一聯云："此地曾傳湯沐邑，何人錯認鬱金堂。"蓋明初以後湖賜中山王，食其租税，故至今湖樓奉王香火。若古樂府《莫愁樂》云："石城女子名莫愁，善歌謡。"石城在竟陵，其曲云："聞歡在揚州，相送楚山頭。"則莫愁在楚無疑。今石頭城下之莫愁湖，蓋因石城轉訛耳。方伯此聯最可徵信也。按，顧起元《莫愁湖考》云："莫愁村，今在承天府漢江西，石城在州西，晋羊祜所建。鄭谷詩'石城昔爲莫愁鄉，莫愁魂散石城荒'。"亦可互證。若湖上水閣，有先生手題聯云："一片湖光比西子，千秋樂府唱南朝。"自然超妙，則仍用舊説耳。

金陵淮清橋橋門，有集劉夢得、韋端己句云："淮水東邊舊時月，金陵渡口去來潮。"橋門之聯，當以此爲最工。

道光初，金陵有某大姓，葺治水榭，有客爲集宋人詞句，作楹聯贈之者。出語云："波暖塵香，看檻曲縈紅，檐牙飛翠。"上四字，玉田句；下兩句，白石詞也。對語云："醉輕夢短，在燈前欹枕，雨外熏鑪。"上四字，毛澤民句；下兩句，夢窗詞也。意匠新巧，頗傳誦於時。

金陵儀鳳門城樓聯云："聳翠流丹，千仞麗譙輝日月；縈青繚白，四圍屏障合江山。"不知何人所作。

江浦縣之浦口鎮有城，城之東門堞樓三楹，背山面江，形勢勝絶。嘉慶間，適重修工竣，陳香谷中丞桂生按閲，題一聯云："地軸轉洪濤，月湧星垂，三楚江聲分浦漵；天闗開重鎮，烟霏霧斂，六朝山色擁臺隍。”時白小山學使又自皖中寄題集杜一聯云：“雲白山青萬餘里，江深竹静兩三家。”皆爲時所稱。

燕子磯本在江中，近因沙灘日長日寬，遂離江稍遠。有高閣凌空而立，俗所稱鐵鎖鍊孤舟者，今鐵索尚存，猶令人不可方物。旁有永濟寺柱聯云：“松聲竹聲鐘磬聲，聲聲自在；山色水色烟霞色，色色皆空。”忘卻何人之款。

謝默卿云：“吴下園亭最勝，如齊門之吴氏拙政園，閶門之劉氏寒碧莊，葑門之瞿氏網師園，婁門之黄氏五松園，其尤著者，每春秋佳日，輒開園縱人游觀。釵扇如雲，蝶圍蜂繞，裙屐年少，恣其評騭於衣香人影之間，了不爲忤。金閶名姬，反以此增聲價焉。各園楹帖不少，今僅記網師園中有一聯云：‘風風雨雨，暖暖寒寒，處處尋尋覓覓；鶯鶯燕燕，花花葉葉，卿卿暮暮朝朝。’語涉纖巧，而狀艷冶之景如在目前，固自妙麗無匹也。”按，此聯與西湖花神廟一聯相仿，而簡鍊稍遜之。

蟂磯孫夫人祠有徐文長聯柱云：“思親淚落吴江冷，望帝魂歸蜀道難。”相傳修祠工甫竣，董役者夢夫人諭之云：“楹聯且緩製，須至某日時，有徐先生過此，求其撰題可矣。”至期，文長適到，遂信筆書成，夜夢夫人來謝。近楊雪茱慶琛觀察蕪湖時，亦題聯云：“空江蘋藻祠靈澤，門額爲靈澤夫人祠。故國松楸夢惠陵。”亦佳。其妙皆在不著議論，而自然雅切也。考《蜀書》云：“先主爲荆州牧，治公安，權稍畏之，進妹固好。”又云：“先主既定益州，而孫夫人還吴。”裴松之引《漢晋春秋》云：[1]“先主入益州，吴遣迎孫夫人，夫人欲將太子歸。諸葛

① “晋”，原作“魏”，據桂林署齋本、清武英殿本《三國志》卷三十四《蜀書》四《穆皇后傳》裴松之注改。

亮使趙雲勒兵斷江留太子。"孫夫人事見於正史者,不過如此。若泛及小説演義,鮮不貽笑大方矣。

《簷曝雜記》云:"江陰君山,以春申君得名。其山臨江,爲一邑勝境。有聯云:'此水自當兵十萬,昔人曾有客三千。'"

安徽城外之大觀亭祀余忠宣公,雄壯甲於皖江。鄧嶰筠督部聯云:"樽前帆影,檻外嵐光,數勝迹重重,都向江頭開畫本;樓上仙人,閣中帝子,溯游踪歷歷,又來亭畔弔忠魂。"按,督部由湖北廉使、江石藩伯,擢撫安徽,故次聯云爾。

又有汪恩一聯云:"跨太白樓之上,鴛瓦排雲,倚畫檻,一味鄉愁,[1]已漸近鍾阜晴嵐,六朝城郭;横彭蠡江而西,[2]鷺濤堆雪,唤沙鷗,共談宦迹,最難忘峨眉春水,萬里風帆。"汪蓋吴人,曾宦四川,此聯乃守安慶時所作。又陶沄一聯云:"倚檻蒼茫千古事,過江多少六朝山。"

南昌滕王閣大門有一扁云"仙人舊館",吾鄉李春園太守其宴所題。姚鐵松中丞棻初莅任,見扁極稱賞,嘗向太守乞此扁改題己名,太守不可,乃語太守曰:"扁不見讓,須爲我别撰一聯,如不佳,仍須讓扁也。"太守於次日即呈聯句云:"我輩復登臨,目極湖山千里而外;奇文共欣賞,人在水天一色之中。"上聯用韓昌黎《記》語,下聯用王子安《序》語也。中丞大加擊節,遂寢前説。至今太守之扁、中丞之聯竝存,可備滕王閣一故實矣。《湛淵静語》云:"滕王閣舊置王勃詩序碑當正位,昌黎作重修記居其旁。古心江公治隆興,遂遷韓碑居正,退勃於旁。公嘗刻碑

① "味",吕恩湛本作"訴"。
② "江",吕恩湛本作"湖"。

陰，略云：'勃八代未變之文，俳優語也。昌黎文，一變直至於道。'舊見墨本，今亡之。"

宋牧仲先生滕王閣聯云："依然極浦遥山，[1]想見閣中帝子；安得長風巨浪，送來江上才人。"阮芸臺先生聯云："帝子長洲，仙人舊館；將軍武庫，學士詞宗。"竝佳。

舒白香於臘杪游靖安之揚鶴觀，喜其高僻，遂留度歲，爲道士作春帖云："遥聞爆竹知更歲，偶見梅花覺已春。"頗有"山中無曆日，寒盡不知年"之意。

白香游廬山天池，僧屬題寺楹，信筆作長短二聯云："一水印天心，指月證三生之果；六根無我相，飲泉清萬劫之塵。"又云："天上有池能作雨，人間無地不逢年。"

虎溪三笑亭有唐蝸寄先生聯云："橋跨虎溪，三教三源流，三人三笑語；蓮開僧舍，一花一世界，一葉一如來。"

相傳阮芸臺先生於江西百花洲集句一聯云："楓葉荻花秋瑟瑟，閒雲潭影日悠悠。"既合風景，而成句又在人人意中。所謂"文章本天成，妙手偶得之"。但余又聞之彭春農學士云：此語饒州燒作磁聯，其款或署曹文恪，或署先文勤公。實乃舊句，非芸臺師集成者。

江州白太傅祠有一聯云："楓葉四弦秋，悵觸天涯遷謫恨；潯陽千尺水，勾留江上别離情。"頗近自然。

大庾嶺上雲封寺，一名挂角寺。寺門聯云："山中藏古寺，門外盡勞人。"又一聯云："驛使暫停花下騎，寺門深掩嶺頭雲。"長白觀瑞聯云："挂角何時，偶爲嶺上主人，猶想像千秋風度；舉頭欲問，可許山中置我，試管領萬樹梅花。"

---

① "山"，桂林署齋本、吕恩湛本作"天"。

李笠翁題廬山絶頂聯云:“足下起祥雲,到此者應帶幾分仙氣;眼前無俗障,坐定後宜生一點禪心。”又云:“遍廬山而扼勝者,皆佛寺也。求爲道觀,惟簡寂觀數楹而已。天下名山,強半如是。釋道應作平等觀,不知世人何厚於僧而薄於道。聊題一聯,爲黄冠吐氣云:‘天下名山僧占多,也該留一二奇峰,棲吾道友;世間好語佛説盡,誰識得五千妙論,出我仙師。’”

瑞州府治後有鳳皇山,山之左有東軒,乃蘇文定公轍謫筠州監酒稅時所建。瑞州在宋時爲筠州也。翁覃溪師爲補題“東軒”二字額,並爲之記。復集蘇詩爲聯云:“天下幾人學杜甫,當時四海一子由。”

錢裴山中丞楷巡撫湖北,甫三月,即被命内召。瀕行,留題黄鶴樓一聯云:“我去太匆匆,騎鶴仙人還送客;兹游良眷眷,落梅時節且登樓。”不脱不粘,卻一時情景俱到,他作所不能及也。

黄鶴樓聯扁極多,自以錢裴山所撰爲最。其餘彼善於此者,如魯亮儕之裕云:“到來徑欲凌風去,吟罷還思借笛吹。”薩湘林薩迎阿云:“一樓萃三楚精神,雲鶴俱空横笛在;二水匯百川支派,古今無盡大江流。”又黄虎文云:“上頭有客題詩句,隔岸何人共酒杯。”又相傳有一聯云:“何時黄鶴重來,且自把金尊,看洲渚千年芳草;今日白雲尚在,問誰吹玉笛,落江城五月梅花。”不著議論,而自擅清新。惜未詳何人所撰也。

黄鶴樓之左爲太白亭,今呼仙棗亭,游人觴宴咸集此中。余本敦聯云:“此地饒千秋風月,偶來作半日神仙。”朱咏齋士彦聯云:“此間可談風月,斯世豈有神仙。”語皆活脱。畢秋帆先生聯云："攬勝我長吟，碧落此時吹玉笛；學仙人漸老，白頭何處覓金丹。"又不知何名一聯云："宛然海上三山，藐矣安期，先我亭前探棗實；猶是江城五月，仙乎太白，與君笛裏聽梅花。"

晴川閣與黄鶴樓隔江對峙，而游人題句不及黄鶴樓之多。有李拔集經語一聯，以大字磨崖云："沱潛既道，江漢朝宗。"又蕭德宣集詩句一聯云："漢口夕陽斜度鳥，楚江燈火看行船。"又陳望之中丞淮聯云："靈瀆走雙龍，夾岸直疑銀漢落；仙踪杳孤鶴，隔江但有白雲來。"又陳大文聯云："傑觀飛甍，檻外蜀吴横萬里；風帆沙鳥，天邊江漢湧雙流。"又溧陽宋鐄新題一長聯云："棟宇逼層霄，憶幾番仙人解佩，詞客題襟，風日最佳時，坐倒金尊，卻喜青山排闥至；川原攬全省，看不盡鄂渚烟光，漢陽樹色，樓臺如畫裏，卧吹玉笛，還隨明月過江來。"

湖北石首縣有繡林山，相傳漢昭烈帝納孫夫人於此，錦幛如林，因名。舊有昭烈及夫人合祠，有爲之撰聯者云："錦繡江山，半壁雄心敵吴魏；風雲兒女，千秋佳話掩甘糜。"聯句固佳，而甘、糜連用，於古未聞，恐亦涉《演義》語。考昭烈眷屬，見於《蜀書》者，不一而足。初云："吕布襲下邳，虜先主妻子。"後云："因先主求和於吕布，布乃還其妻子。"又云："至小沛，爲高順所敗，復虜先主妻子送布。"後云："曹公助先主生禽吕布，復得妻子。"又云："曹公東征先主，盡收其衆，虜先主妻子，竝禽關公以歸。"此後不言妻子復歸之事。及當陽長坂之追，又云："先主棄妻子，與諸葛亮、張飛、趙雲數十騎走。"又云："先主爲荆州牧，治公安，權稍畏之，進妹固好。"又云："先主既定益州，而孫夫人還吴。"又《甘皇后傳》云："先主在小沛，納以爲妾。先主數喪嫡室，后常攝事，隨先主於荆州，産後主。曹公追及先主於當陽長坂，於時困逼，棄后及後主，賴趙雲保護，得免於難。”此外惟有一穆皇后，皆“合葬惠陵”。又，《糜竺傳》云：“竺迎先主於小沛，進妹於先主爲夫人。”其終亦不詳，蓋先主眷屬屢經散失，殆不乏其人。其有姓氏可考者，惟甘、穆二皇后，孫、糜二夫人而已。

岳陽樓中有一聯，頗壯闊，句云：“四面湖山歸眼底，萬家憂樂到心頭。”忘卻何人所撰。關中周元鼎聯云：“後樂先憂，范希文庶幾知道；昔聞今上，杜少陵可與言詩。”亦頗自然。余謂李西涯有岳陽樓詩句云：“吴楚乾坤天下句，江湖廊廟古人心。”似可移作聯句。近畢秋帆先生一聯云：“湘靈瑟，吕仙杯，坐攬雲濤人宛在；子美詩，希文筆，笑題雪壁我重來。”則尤見意匠也。

卷之七

勝迹下

濟南勝景，以趵突泉爲最奇，而楹聯語多粘滯。惟石琢堂廉訪一聯云："畫閣鏡中，看幻作神仙福地；飛泉雲外，聽寫成山水清音。"尚不泥於迹象也。

濟南大明湖前有匯泉寺，中有薜荔館，面湖而立，爲游人宴集之所。全湖勝概，皆在目前。今湖面爲荷塘、蘆港所隔，舟行須詰曲隨之。有舊人聯句云："舟行著色屏風裏，人在回文錦字中。"據寺僧云，是前濰縣教官郭銘盤所書，尚未知何人所撰也。劉金門先生聯云："四面荷花三面柳，一城山色半城湖。"孫淵如先生星衍集唐句聯云："地占百彎多是水，樓無一面不當山。"

大明湖中有小滄浪，湖之南岸即學使者官署。署中池水亦七十二泉之一，與湖相通，池上有小亭。吴巢松學使屬余分書"小小滄浪"一扁，賦七古一首爲謝，有"荷花如城月如斗"之句，余和答詩，有"名流作主泉作賓"之句，適成對語，因集書一小聯畀之，而學使遽歸道山，不及懸挂矣。

廷曙堀曾官温州、台州，最後守泰安，題署齋一聯云："桑麻課罷開花徑，台蕩游還拜岳雲。"

四川天回鎮，以唐明皇幸蜀，返蹕駐此，因名。驛亭中以李青蓮句爲聯云："地轉錦江成渭水，天迴玉壘作長安。"

四川嘉定府城外有淩雲山，山下有淩雲寺，爲坡公少年讀書處，有樓，塑坡公少時像。山甚峻，樓前即大江。寺門外有集句聯云："干青雲而直上，障百川而東之。"時稱其渾成切實。樓中有郭蘭石學使尚先題聯云："萬户侯何足道哉，顧烏帽青鞋，難得津梁逢大佛；三神山如或見之，問黄樓赤壁，何如鄉郡挾飛仙。"

少陵草堂中佳聯頗多。如詩史堂聯云："水石適幽居，想溪外微吟，翠竹白沙依草閣；樓臺開暮景，結花間小隊，野梅官柳接春城。"草堂集句聯云："萬里橋西宅，百花潭北莊。"獨立樓集句聯云："即今耆舊無新咏，何處老翁來賦詩。"草亭集句聯云："至今斑竹臨江活，無數春筍滿林生。"恰受航集句聯云："孤城返照紅將斂，仙侣同舟晚更移。"杜公神龕集句聯云："旁人錯比揚雄宅，日暮聊爲梁甫吟。"陸放翁配享龕集句聯云："錦里先生爲老伴，玉霄散吏是頭銜。"皆風雅可誦，以題目本好也。

河南省城有三賢祠，在梁苑古吹臺上，祀李太白、杜少陵、高達夫三公。麟見亭河帥聯云："一覽極蒼茫，舊苑高臺同萬古；兩間容嘯傲，青天明月此三人。"

道光乙酉，長懋亭將軍，楊時齋督部，克復西域四城。蘭州同官，於黄河南岸，對金城關，在金山寺下。建樓三楹，題額曰"蕩誼"。薩湘林廉訪題聯云："外域全歸，坐攬關山皆勝地；上游得據，笑談西北有高樓。"余於乙未莅蘭州，則蕩誼匾猶存，而聯不可復見矣。

蘭州城南之皋蘭山，又名五泉山。山麓有五眼泉：曰甘露，曰掬月，曰摩子，曰蒙，曰惠。清冽甲於省會諸水，故又名清泉。琳宫紺宇，蔚然巨觀。余於卸藩任後，始獨游一次。翼日即戒行，匆匆不能成詩，僅留聯句畀寺僧，亦不知懸挂與否也。句云："佛地本無邊，看排闥層層，紫塞千峰平檻立；清泉不能濁，笑出山滚滚，黄河九曲抱城來。"

蘭州城北之黄河，初從積石東下，其勢漸大。自明初建浮橋，名鎮遠橋，今因之不廢。每隆冬冰合，自成冰橋。冰泮，則以數十艘編爲浮橋。每歲二月初吉，大府率僚屬齋祓詣河瀆神，爲合橋之祀。千夫踴躍，萬民環睹，如畫圖然。余擬題橋門一聯云："天險化康衢，直如海市樓中，現不住法；河壖開畫本，安得雲梯關外，作如是觀。"雲梯關爲淮黄歸海之要區，由委溯源，幾及萬里。余曾管修防者三載，臨流回憶，夷險頓殊矣。河神廟中，有查九峰觀察廷華聯曰："曾經滄海千層浪，又上黄河一道橋。"亦自紀其所歷也。

羅浮山最深處爲酥醪觀，是安期生與神女會飲元碧酒處。觀中有樓，是道人江瀛濤所建。黄香石培芳《浮山小志》云："羅浮山中鮮精構，惟酥醪觀中一小樓，殊擅幽勝。余題爲'浮山第一樓'，竝題聯云：'萬壑烟雲浮檻出，半天松竹拂窗來。'昔楊大司馬應琚讀書洞中，恒樓居，署曰：'小樓容我静，大地任人忙。'竝足識也。"

嘉慶甲子，吴山尊、張石蘭典試粤西。揭曉後，百菊溪中丞觴之七星巖。席次，中丞曰："此間不可無一楹帖。"因口占一句云："地有七星鄰北斗。"請二君屬對。山尊衝口而應云："人如二客伴東坡。"中丞大爲擊節，因製聯，懸在七星巖壁立亭中，後署山尊名。近聞聯已不存，粤人亦無有知其緣起者。林少穆爲余述之如此。

獨秀峰爲桂林主山。顔延年守郡時，賦詩云："未若獨秀者，峨峨郛邑間。"山因以名。然此語但見唐人鄭叔齊所作《獨秀山新開石室記》，而顔遺集中未見此詩也。山麓有讀書巖，范石湖謂有便房石榻石牖，如環堵之室。顔延年讀書其中。似唐以前府治即在是。宋元祐中，郡守孫覽構五咏堂，鐫五君咏於石。今遺址皆不可考。余於道光戊戌冬，始與僚寀商復五咏堂，而以家藏黄山谷先生所書五君咏墨迹勒石堂壁，不兩月而規模大具，頓成壯觀。因撰一聯云："得地領群峰，目極舜洞堯山而外；登堂懷往哲，人在鴻軒鳳舉之中。"

獨秀峰中，磨崖詩字如林，以唐人鄭叔齊《石室記》及孟簡題名爲最古。余因五咏堂之北復添一廳事，同人索書楹帖，復撰一聯云："勝地如畫圖，是賢守遺區，雄藩舊館；前明人靖江王邸。靈山托文字，有叔齊作記，孟簡題名。"

獨秀峰下有月牙池，冬夏不涸，峰影皆倒浸其中，酈湛若《赤雅》所謂"山翠盡落"者也。峰畔有磨崖"南天一柱"四大字，極雄健。蓋用唐人張固"擎天一柱在南州"詩語。余小霞五咏堂聯云："異代景前修，想石榻攤書，竹林懷友；新堂還舊觀，對半潭秋水，一柱奇峰。"又集孟浩然、張謂句一聯云："户外一峰秀，窗前萬木低。"堂成後將一年，王孚遠方伯惟誠始到，補題一聯云："造物本無私，移來檻外烟雲，適開勝境；會心原不遠，就此眼前山水，猶見古人。"頃卞竹辰方伯士雲亦寄一聯云："光禄詩，文節書，大府來時開勝境；王公冕，將軍畫，名山何日得重游。"蓋堂初建時，方伯適奉命都轉長蘆，故次聯云爾。又卞雅堂觀察斌聯云："勝境重開，詩采書聲延古趣；生機最樂，雀喧魚戲助天和。"跋云："獨秀峰下有顔光禄讀書舊址。歲己亥，茝林中丞規度其地，即起垣宇，刻五君咏壁間，暇則集同人於此作放生樂事。因擬聯語，並識之。”三聯今竝鐫堂柱。

桂林城北仙李園，中多栗樹，故俗呼爲板栗園。前明爲靖藩别業，今爲李芸甫水部所得，仍名李園。園中巖洞之勝，爲桂郡一大觀。余屢觴咏其中，所見楹聯不一，記其尤佳者，大門聯云：“一帶林塘詩境界，四時花果隱生涯。”傳是周山茨升桓所撰。簪碧堂中舊聯云：“北院喜新成，有寒碧千層，遠青一角；東君如舊識，正庭槐垂蔭，梁燕將雛。”爲商寶意盤所題。芸甫新於水竹佳處築一茆亭，以供逭暑，自題聯云：“乍來頓遠塵囂，静聽水聲真活潑；久坐莫嫌荒僻，飽看山色自清涼。”有鏡亭在水中央，旁有舟曰恰受航。余爲集韓、杜句云：“灌池纔深四五丈，野航恰受兩三人。”

滇南黑龍潭，距省垣二十里，古稱名勝。碩慶題聯云：“兩樹梅花一潭水，四時烟雨半山雲。”有薛爾望者，昆明諸生，明末偕妻妾子女七人，同盡節於潭内，後人哀之，爲立大冢，於潭旁建亭，題聯云：“寒潭千載潔，玉骨一堆香。”

滇中華庭寺，亦勝迹也。有楊升庵慎題聯云：“一水抱城西，烟靄有無，拄杖僧歸蒼茫外；群峰朝閣下，雨晴濃淡，倚欄人在畫圖中。”

滇南省垣海心亭，頗饒勝致。黄星巖奎光題聯云：“有亭翼然，占緑水十分之一；何時閒了，與明月對飲而三。”①

勝地壯觀，必有長聯始稱，然不過二三十餘字而止。惟雲南省城附郭大觀樓，一楹帖多至一百七十餘言，傳誦海内。雖一縱一横，其氣足以舉之，究未免冗長之譏也。句云：“五

① “飲”，吕恩湛本作“影”。

百里滇池，奔來眼底。披襟岸幘，喜茫茫空闊無邊。看東驤神駿，西翥靈儀，北走蜿蜒，南翔縞素。高人韻士，何妨選勝登臨。趁蟹嶼螺洲，梳裹就風鬟霧鬢；更蘋天葦地，點綴些翠羽丹霞。莫孤負四圍香稻，萬頃晴沙，九夏芙蓉，三春楊柳”；“數千年往事，注到心頭。把酒淩虚，嘆滚滚英雄誰在。想漢習樓船，唐標鐵柱，宋揮玉斧，元跨革囊。偉烈豐功，費盡移山心力。[1] 儘珠簾畫棟，卷不及暮雨朝雲；便斷碣殘碑，都付與蒼烟落照。只贏得幾杵疏鐘，半江漁火，兩行秋雁，一枕清霜”。按，上聯之“神駿”，指金馬；“靈儀”，指碧雞；“蜿蜒”，指蛇山；“縞素”，指鶴山。皆滇中實境。然用替字，反嫌妝點。且以“縞素”爲鶴，亦似未安。聯句爲康熙中邑人孫髯所題，聯字爲陸樹堂所書。聞阮芸臺先生督滇時，曾改竄數字，另製聯板懸之。而彼都人士，嘖有煩言，旋復撤去。近先生以改本寄示，因竝録於右，[2]以質觀者：“五百里滇池，奔來眼底。憑欄向遠，喜茫茫波浪無邊。看東驤金馬，西翥碧雞，北倚盤龍，南馴寶象。高人韻士，惜抛流水光陰。趁蟹嶼螺洲，襯將起蒼崖翠壁；更蘋天葦地，早收回薄霧殘霞。莫辜負四圍香稻，萬頃鷗沙，九夏芙蓉，三春楊柳”；“數千年往事，注到心頭。把酒淩虚，嘆滚滚英雄誰在。想漢習樓船，唐標鐵柱，宋揮玉斧，元跨革囊。爨長蒙酋，費盡移山氣力。儘珠簾畫棟，捲不及暮雨朝雲；便蘚碣苔碑，都付與荒烟落照。祇贏得幾杵疏鐘，半江漁火，兩行鴻雁，一片滄桑”。

貴州省城北關外有頭橋，爲往來迎送之區。有聯云：“説

---

① “心”，吕恩湛本、清刻本張培仁《静娱亭筆記》卷十收録此聯，作“氣”。
② 依據文意，“右”，當爲“左”。

一聲去也，送别河頭，嘆萬里長驅，過橋便入天涯路；盼今日歸哉，迎來道左，喜故人見面，握手還疑夢裏身。”

揚州各勝迹楹聯，多集晋宋及唐人詩句。蓋盧雅雨都轉見曾屬金棕亭博士兆燕爲之，備載於李艾塘斗《揚州畫舫録》中，今擇其佳者，列之於左：

揚州城北，自慧因寺至虹橋，凡三段：一爲城闉清梵，一爲卷石洞天，一爲西園曲水。慧因寺外爲香悟亭，四面皆木樨。聯云：“潭影竹間動，綦毋潛。天香雲外飄。宋之問。”河邊有船房，額曰“南漪”。聯云：“紫閣丹樓紛照耀，王勃。桃溪柳陌好經過。張籍。”稍高處爲棲鶴亭，其西廳事，額曰“綠楊城郭”。聯云：“城邊柳色向橋晚，温庭筠。樓上花枝拂座紅。趙嘏。”過此爲勺園，聯云：“移花得蝶，買石饒雲。”鄭板橋所書。

卷石洞天在城闉清梵之後，即古郧園地。今歸洪氏，人呼爲小洪園。初入爲群玉山房，聯云：“漁浦浪花摇素壁，司空曙。玉峰晴色上朱欄。李群玉。”沿河可入薜蘿水榭，聯云：“雲生磵户衣裳潤，白居易。風帶潮聲枕簟涼。許渾。”水榭之後爲契秋閣，聯云：“渚花張素錦，杜甫。月桂朗沖襟。駱賓王。”又數折爲宛委山房，聯云：“水石有餘態，劉長卿。鳧鷖亦好音。張九齡。”

西園曲水，即古之西園茶肆，後歸汪氏。中有濯清堂，聯云：“十分春水雙檐影，徐寅。百葉蓮花七里香。李洞。”有新月樓，聯云：“蝶銜紅蕊蜂銜粉，羅隱。露似珍珠月似弓。白居易。”又有水明樓，聯云：“盈手水光寒不濕，李群玉。入簾花氣夢難忘。羅虬。”

元崔伯亨花園，後爲洪氏别墅。洪氏有二園：虹橋修禊，爲大洪園；卷石洞天，爲小洪園。虹橋爲王文簡賦冶春處，後盧轉運復修禊於此。北郊佳麗,推此爲最。乾隆間,賜名“倚虹園”,中有妙遠堂,聯云:“河邊淑氣迎芳草,孫逖。城上春陰覆苑牆。杜甫。”其右爲餞春堂,聯云:“鶯啼燕語芳菲節,毛熙震。蝶影蜂聲爛漫時。李建勳。”

小洪園中有流波華館,挺入湖心,清空一片。聯云:“澗道餘寒歷冰雪,杜甫。浪花無際似瀟湘。温庭筠。”其右數折,爲小江潭。聯云:“竹室生虛白,陳子昂。波瀾動遠空。王維。”

冶春詩社在虹橋西岸,臨水次爲懷仙館。聯云:“白雲明月偏相識,任華。行酒賦詩樂未央。杜甫。”水樹間爲秋思山房,聯云:“天氣涵竹氣,張説。山光滿湖光。馬戴。”其後爲槐蔭廳,聯云:“小院迴廊春寂寂,杜甫。朱闌芳草緑纖纖。劉兼。”最後爲橋西草堂,聯云:“緑竹漫侵行徑裹,劉長卿。飛花故落舞筵前。蘇頲。”其後有亭曰“雲構”,聯云:“山雨樽仍在,杜甫。亭香草不凡。張祜。”

荷浦香風,在虹橋東岸,一名“江園”。乾隆間賜名“淨香園”,中爲清華堂,正臨水際,聯云:“芰荷叠映蔚,謝靈運。水木湛清華。謝朓。”其後爲緑楊灣,聯云:“金塘柳色前溪曲,温庭筠。玉洞桃花萬樹春。許渾。”門外爲春禊亭,聯云:“柳占三春色,温庭筠。荷香四座風。劉威。”

園之左有翠玲瓏館,其旁爲蓬壺影。聯云:“碧瓦朱甍照城郭,杜甫。穿池叠石寫蓬壺。常元旦。”又其後爲江山四望樓,聯云:“山紅澗碧紛爛漫,韓愈。竹軒蘭砌共清虛。李咸用。”其左爲涵虛閣,聯云:“圓潭寫溪月,孫逖。華岸上春潮。清江。”閣後爲浣香樓,聯云:“谷靜秋泉響,孟浩然。樓深複道通。柴宿。”

四橋烟雨,一名黄園,黄氏别墅也。乾隆間,賜名“趣園”,園中有錦鏡閣三間,閣之西有小屋三間,顔曰“竹間水際”,聯云:“樹影悠悠花悄悄,曹唐。晴雲漠漠柳毿毿。韋莊。”閣之東有四照軒,聯云:“九霄香透金莖露,于武林。八月涼生玉宇秋。曹唐。”軒之後爲漣漪閣,聯云:“紫閣丹樓紛照耀,王勃。修篁灌木勢交加。方干。”漣漪閣之北有廳事二:一曰“澄碧堂”,聯云:“湖光似鏡雲霞熱,黄滔。松氣如秋枕簟涼。何士元。”一曰“光霽堂”,聯云:“千重碧樹鎖青苑,韋莊。四面朱樓卷畫簾。杜牧。”

黄園竟處有吹香草堂,聯云:“層軒靜華月,儲光羲。修竹引薰風。韋安石。”其後爲春水廊,水局極寬處也,聯云:“夾路濃華千樹發,趙彦昭。一渠流水兩家分。項斯。”旁有蓮花橋,橋邊有勝概樓,聯云:“奇石盡含千古秀,羅鄴。春光欲上萬年枝。錢起。”

虹橋之西岸,爲吴氏别墅。其北有跨紅閣,先爲酒家,後改官園,仍令園丁賣酒爲業。有聯云:“地偏山水秀,劉禹錫。酒緑河橋春。李正封。”

長堤春柳,即在虹橋之西,堤畔有濃陰草堂,聯云:“秋水纔添四五尺,杜甫。緑陰相間兩三家。司空圖。”又過曲廊三四折,盡處有小屋如丁字,謂之丁頭屋。聯云:“緑竹夾清水,江淹。游魚動圓波。潘安仁。”

北郊之白桃花,以東岸江園爲勝;紅桃花,以西岸桃花塢爲勝。桃花塢之比鄰有曉烟亭,聯云:“佳氣溢芳甸,趙孟頫。宿雲澹野川。元好問。”

曙光樓面東,以曉色爲勝,城中人每於夏月侵曉出城看露荷。聯云:“問津窺彼岸,蘇頲。把釣待秋風。杜甫。”

韓園在長堤上,國初韓醉白别墅也。園中築小山亭,聯云:"茂竹臨幽溆,李益。晴雲出翠微。權德輿。"

桃花塢額係石刻,内構廳事,曰"疏峰館",有集韋莊聯句云:"千重碧樹籠青苑,一桁青山倒碧峰。"館之西有方塘,種荷,四旁幽竹蒙翳,構響廊,庋板架水上,爲澄鮮閣。聯云:"隔沼連荷芰,杜甫。中流泛羽觴。陳希烈。"

山半桃花,每春時,紅白相間,花叢中有蒸霞堂。聯云:"桃花飛綠水,李白。野竹上青霄。杜甫。"又有縱目亭,聯云:"地勝林亭好,孫逖。月圓松竹深。無可。"又有中川亭,四面皆山,中聳重屋。聯云:"小松含瑞露,鄭谷。好鳥鳴高枝。曹植。"

梅嶺即長春嶺,在保障湖中,由蜀岡中峰出脈者也。嶺多梅樹,故有梅嶺春深之目。郡人程元恒志銓築是嶺,三年不成,費至二十萬,後夢關帝示以度地之法,旬日而竣。因構關帝廟,廟右爲嶺上草堂,全湖在望。聯云:"碧落青山飄古韻,杜牧。綠波春浪滿前陂。韋莊。"又其右一亭依麓,額曰"釣渚",聯云:"浩歌向蘭渚,徐彦伯。把釣待秋風。杜甫。"

東園即賀園舊址,中有春雨堂。張文敏照聯云:"萬樹琪花千圃藥,一莊修竹半牀書。"又鄭谷口簠聯云:"烟雲送客歸瑶水,山木分香繞閬風。"又江昱江恂聯云:"近水樓臺開梵宇,平山欄檻倚晴空。"春雨堂之北爲菱花亭,聯云:"苔色侵衣桁,李嘉祐。荷香入水亭。周瑶。"亭之北爲夕陽雙寺樓,聯云:"玉沙瑶草連溪碧,曹唐。石路流泉兩寺分。白居易。"

夕陽雙寺樓之西爲雲山閣,雍正間賀吴村君召所建,本宋陳升之吕公著舊址,今就其地重建,竝因其舊名。吴村自爲聯云:"供桑梓謳吟,幾處亭臺成小築;快春秋游覽,一隅丘壑是新開。"又聯云:"水曲山如畫,羅鄴。溪虚雲傍花。杜甫。"

又龔半千賢聯云:"定香生寂磬,空翠滴疏欞。"又魏瓜圃嘉瑛聯云:"檻前春色長堤柳,閣外秋聲蜀嶺松。"吾鄉劉鄰初敬輿亦有聯云:"宛轉通幽處,玲瓏得曠觀。"

賀園始於雍正,而對薇亭則乾隆間所增建。吴村題聯云:"夜月橋邊留畫舫,春風陌上引香車。"又汪文端聯云:"當階瑞色新紅藥,臨水文光淨緑天。"吴村又題踏葉廊聯云:"三山入望松筠在,雙樹無言水月新。"又褚空山峻聯云:"幾處好山供客座,一川寒月淨塵襟。"

東園額爲王覺斯所題,又題芙蓉沜聯云:"花間漁艇近,水外寺鐘微。"嵇文恭璜聯云:"一沜芙蓉新出水,千層芳草遠浮山。"又程午橋夢星題醉烟亭聯云:"堤畔鶯花橋畔月,竹邊歌吹柳邊舟。"董玉虬文驥亦用李雲書句作聯云:"半在山隈半水涘,亦如石屋亦濠梁。"

董彤庵權文嘗守廣陵,題駕鶴樓聯云:"竹裹登樓,風引三山不去;花間看月,溪流四序如春。"又潘松谷偉聯云:"樓臺突兀排青嶂,鐘磬虚徐下白雲。"又王護澤承先聯云:"灣過茱萸,松竹三霄水碧;階翻雲葉,亭臺四序天香。"

駕鶴樓之旁爲杏軒,震澤沈廣文斌聯云:"檻外山光,歷春夏秋冬,萬千變幻,都非凡境;窗中雲影,任東西南北,去來淡蕩,洵是仙居。"

李葂以詩畫擅名,與李鱓同時居揚州,稱二李。題凝翠軒聯云:"終古招邀山色遠,幾人愛惜月明多。"又梁聞山巘書邵康節句於凝翠軒云:"雨後靜觀山意思,風前閒看月精神。"按,凝翠軒扁爲文三橋書,又有祝枝山"四面有山皆入畫,一年無日不看花"一聯,皆真迹也。

九峰園在揚州城南,中有深柳讀書堂。聯云:"會須上番看成竹，杜甫。漸擬清陰到畫堂。薛逺。”堂後數折爲糓雨軒，聯云：“曉艷遠分金掌露，韓琪。夜風寒結玉壺冰。許渾。”軒旁有延月室，聯云：“開簾見新月，李端。倚樹聽流泉。李白。”其東南爲玉玲瓏館，聯云：“北榭遠峰閒即望，薛能。南園春色正相宜。張謂。”其旁爲雨花庵，門外嵌石刻曰“硯池染翰”，聯云：“高樹夕陽連古巷，盧綸。小橋流水接平沙。劉兼。”堤上有方亭，額曰“臨池”，聯云：“古調詩吟山色裏，趙嘏。野聲飛入硯池中。杜荀鶴。”亭旁有小廳，額曰“一片南湖”，聯云：“層軒皆畫水，杜甫。芳樹曲迎春。張九齡。”旁有小廊十餘楹，額曰“烟渚吟廊”，聯云：“階墀近洲渚，高適。亭院有烟霞。郭良。”其東斜廊直入水閣，額曰“風漪”，聯云：“隔岸春雲邀翰墨，高適。繞城波色動樓臺。温庭筠。”再進爲海桐書屋，聯云：“峭壁削成開畫障，吴融。垂楊深處有人家。盧綸。”

郡城以園勝，康熙間有八家花園，所謂八座名園如畫卷是也。卞園在小金山後，即八園之一。舊有王漁洋聯云：“梅花嶺畔三山月，宵市樓頭一草堂。”畢園亦在小金山後，用竹籬圍大樹數十株，廳事顔曰“柳暗花明村舍”，方西疇聯云：“洗桐拭竹倪元鎮，較雨量晴唐子西。”

蜀岡之東，自乾隆二十二年開蓮花埂新河，兩岸皆構名園，北岸有奇峰，刻“白塔晴雲”四字，前有高屋三間，名曰“桂嶼”，嶼後爲花南水北之堂，堂右爲積翠軒，堂聯云：“别業臨青甸，李嶠。前軒枕大河。許渾。”軒聯云：“叠石通溪水，許渾。當軒暗緑筠。劉憲。”其前爲半青閣，聯云：“纔見早春鶯出谷，韋莊。更逢晴日柳含烟。蘇頲。”

園中植芍藥處，名爲芍廳。廳後於石隙種蘭，名爲蘭渚。渚上築室三間，聯云：“名園依緑水，杜甫。仙塔儷雲莊。馬懷書。”過此竹勢始大，有小室在竹中，爲蒼筤館。聯云：“竹高鳴翡翠，杜甫。溪暖戲鵁鶄。劉長卿。”

春夏之交，草木際天，中有屋數椽，爲林香草堂。聯云：“歌繞夜梁珠宛轉，羅隱。山連河水碧氤氲。陳上美。”堂之西有小亭，爲歸雲別館。聯云：“小院迴廊春寂寂，杜甫。碧桃紅杏水潺潺。許渾。”亭之左爲望春樓，樓前有圓池，池前高屋五楹，露臺一方，金碧丹青，陸離照耀。額云“小李將軍畫本”，爲王澍書。聯云：“萬井樓臺疑繡畫，張九齡。千家山郭靜朝暉。杜甫。”

自望春樓入夾河，中有高屋數十間，爲花潭竹嶼。聯云：“天上碧桃和露種，高蟾。門前荷葉與橋齊。張萬頃。”其右爲靜香書屋，聯云：“飛塔雲霄半，劉憲。書齋竹樹中。李頎。”再進即如意門，中有清妍堂。聯云：“露氣暗連青桂苑，李商隱。春風新長紫蘭芽。白居易。”堂之後爲蒔玉居，有集杜聯云：“山月映石室，春星帶草堂。”又有閬風堂聯云：“紅桃緑柳垂檐向，王維。碧石青苔滿樹陰。李端。”又有碧雲樓，聯云：“烟開翠幌清風曉，許渾。花壓闌干春晝長。温庭筠。”

菉竹軒居蜀岡之麓，結竹爲之。四圍皆竹，蓋仿王元之竹樓遺意。聯云：“竹動疏簾影，盧綸。花明綺陌春。王維。”竹外爲藤花榭，長里許，中爲藤花書屋。聯云：“雲遮日影藤蘿合，韓翃。風帶潮聲枕簟凉。許渾。”書屋之北爲清遠堂，聯云：“窗含遠色通書幌，李賀。雲帶東風洗畫屏。許渾。”

微波峽在兩山中，波路夾轉東山，構微波館。聯云：“川源通霽色，皇甫冉。楊柳散和風。韋應物。”

蜀岡之西，由法海橋内河出口，爲扇面廳。廳後有石門，通含珠堂。聯云：“野香襲荷芰，皎然。池色似瀟湘。許渾。”池長十餘丈，與新河僅隔一堤，池上爲環翠樓。聯云："冉冉修篁依户牖，包何。曈曈初日照樓臺。薛逢。"池高於河，堤上築花籬，爲疏櫺間之，使水氣相通。上置方屋，爲玲瓏花界。聯云："花柳含丹日，宋之問。樓臺繞曲池。盧照鄰。"熙春臺在新河曲處，與蓮花橋相對。聯云："碧瓦朱甍照城郭，杜甫。淺黄輕緑映樓臺。劉禹錫。"上一層，額曰"五雲多處"，聯云："百尺金梯倚銀漢，李頎。九天鈞樂奏雲韶。王維。"臺後即爲廿四橋矣。

三賢祠即篠園，乾隆乙亥，園就圮，盧雅雨與程午橋葺而治之。祀歐陽文忠公、蘇文忠公及國朝王文簡公。復建仰止樓，以"夕陽雙寺外，春水五塘西"舊聯懸之，顧南原藹吉隸書也。旁有蘇亭，額爲鄭板橋書，盧雅雨自製聯云："良辰盡爲官忙，得一刻餘閒，好誦史翻經，别開生面；傳舍原非我有，但兩番視事，也栽花種竹，權當家園。"按，今之翠霞軒，即三賢祠舊殿。先是，祠建於康熙間，本祀韓魏公及歐陽公。太守刁公、王公、蘇文忠公，於平山堂之真賞樓，以國朝司理王文簡公、太守金公、刑部汪公爲配。後居民有祀歐、蘇二公及司理王公三賢之請，其時胡庶子潤督學江南，爲文簡門士，遂有是議。至盧雅雨始行之，而諸賢從祧。後地歸汪姓，人稱爲汪園。又撤三賢神主於桃花庵，以殿爲園中廳事。今桃花庵之神主又經更易，非其舊矣。

桃花庵之後爲飛霞樓，聯云："四野緑雲籠稼穡，杜荀鶴。九春風景足林泉。薛稷。"樓之左爲見悟堂，聯云："花藥繞方丈，常建。清流湧坐隅。元結。"樓之後爲桐軒，是軒本祀歐、蘇、王三賢神主，盧雅雨聯云："一代兩文忠，到處風流標勝迹；三賢同俎豆，何人尚友似先生。"又鄭板橋聯云："遺韻滿江淮，三家一律；愛才如性命，異世同心。"其旁植牡丹百本，構翠霞軒，聯云："日映文章霞細麗，元稹。山張屏障綠參差。白居易。"

蜀岡朝旭，李氏别墅也。中有來春堂，聯云："一片彩霞迎旭日，楊巨源。萬條金綫帶春烟。施肩吾。"其東爲曠如亭，亭外水中有雙流舫，聯云："重檐交密樹，王勃。隔岸上春潮。清江。"過此爲高咏樓，本蘇文忠公題《西江月》處，周以垂柳羃䍥，避暑最宜。樓後築屋十餘楹，如弓字。一曰"含青室"，聯云："日交當户樹，蘇頲。花繞傍池山。祖咏。"一曰"眺聽烟霞軒"，聯云："松排山面千重翠，白居易。日較人間一倍長。陸龜蒙。"一曰"承露軒"，聯云："池塘月撼芙渠浪，方干。羅綺晴嬌綠水洲。孟浩然。"一曰"青桂山房"，聯云："從此不知蘭麝貴，裴思謙。相期共鬥管弦來。孟浩然。"

萬松叠翠在微波峽西，一名吴園。廳事後多桂，又築桂露山房。聯云："迴風入座飄歌扇，李邕。冷露無聲濕桂花。王建。"前有小屋三間，颜曰"春流畫舫"，聯云："仙扉傍巖崿，皮日休。小楹俯澄鮮。張祜。"又清陰堂聯云："風生北渚烟波闊，權德輿。雨歇南樓積翠來。李澄。"清陰堂之左爲曠觀樓，凡十二間，如弓字。聯云："烟草青無際，周伯琦。溪山畫不如。杜牧。"又涵清閣聯云："雲林頗重叠，賈島。池館亦清閒。白居易。"

西岸矮屋比櫛，名爲倉房，聯云："廒庾千箱在，薛存誠。芳華二月初。趙冬曦。"其前爲報豐祠，聯云："息饗報嘉瑞，顔延年。膏澤多豐年。曹植。"祠外戲臺聯云："川原通霽色，皇甫冉。簫鼓賽田神。王維。"杏花村舍中有浴蠶房，聯云："金屋瑤筐開寶勝，崔日用。小橋流水接平沙。劉兼。"其西爲分箔房，聯云："樹影悠悠花悄悄，曹唐。羅衫葉葉繡重重。王建。"

蜀岡諸山之水，宣泄歸河，大起樓南，以池分之。千絲萬縷，五色陸離，皆從此出，謂之練池。池之東爲染色房，聯云："染就江南春水色，白居易。結成羅帳連心花。青童。"池之西爲練絲房、經絲房，聯云："軟縠疏羅共蕭屑，温庭筠。霏紅沓翠晚氤氳。孟浩然。"又聽機樓聯云："繡户夜攢紅燭市，韋莊。繅絲聲隔竹籬間。項斯。"對岸有艷雪亭，聯云："楊柳風來潮未落，趙嘏。梧桐葉下雁初飛。杜牧。"

蜀岡下陂池爲得勝湖，程氏種荷處，築水樓三楹，額曰"芰荷深處"，聯云："山翠萬重當檻出，許渾。白蓮千朵照廊明。薛逢。"又有遠帆亭，聯云："稼收平野闊，杜甫。風正一帆懸。王灣。"亭旁有臺，集許渾句爲聯云："朱閣簟涼疏雨過，遠山雲晚翠光來。"

蜀岡中東兩峰之間，有瀑布，築聽泉樓。聯云："風生碧澗魚龍躍，曹松。月照青山松柏香。盧綸。"環緑閣在石隙中，聯云："碧樹鎖金谷，柳宗元。遥天倚翠岑。韋莊。"旁有露香亭，聯云："澤蘭侵小徑，王勃。流水響空山。法振。"

余過廣陵，游蜀岡，甚草草。所有榜聯，皆未暇省記，只從《畫舫録》中擇其尤雅者，按地編列。其《畫舫録》所未及載者，惟平山堂伊墨卿太守一聯云："過江諸山，到此堂下；太守之宴，與衆賓歡。"語特壯偉，至今不忘。時墨卿正守揚州也。近閲《桃符綴語》，又載一聯云："幾堆江上畫圖山，繁華自昔，試看奢如大業，令人訕笑，令人悲涼，應有些逸興雅懷，纔領得廿四橋頭，簫聲月色；一派竹西歌吹路，傳誦於今，必須才似廬陵，方可遨游，方可嘯咏，切莫把穠花濁酒，便當了六一翁後，餘韻流風。"稍覺詞費矣。

揚州有文選巷，其南爲文選樓，考古者以爲即曹憲之故宅。憲與魏模公孫羅等同注《文選》，樓即其故址也。今樓中但奉昭明栗主，實誤。昭明文選樓之不在揚州，觀唐人李頎《送皇甫曾游襄陽》詩云"元凱春秋傳，昭明文選樓"之句可見。阮芸臺先生於文選巷之西建家廟，又别構樓以藏圖書，額曰"隋文選樓"，爲之記。伊墨卿題一聯云："七録舊家宗塾，六朝古巷選樓。"

揚州永濟寺，有詩僧題聯云："江水滔滔，洗盡千秋人物，看閒雲野鶴，萬念都空，説甚麼晋代衣冠，吴宫花草；天風浩浩，吹開大地塵氛，倚片石危欄，一關獨閉，更何須故人禄米，鄰舍園蔬。"

嚴秋槎《藥欄詩話》載，揚州某氏園戲臺對聯云："坐客爲誰，聽二分明月簫聲，依稀杜牧；主人休問，有一管春風詞筆，點綴揚州。"然則此賢主人也，惜不著其名。卞竹辰都轉云："記得是江都貢生李澄所撰。"

海州之雲臺山，即《山海經》之郁洲。余以理蝗經山下，而未暇登陟。陶雲汀宫保按部朐陽，陟其巔，撰聯語極壯麗，云："海甸湧名山，烟複雲回，位業真靈參五岳；洞天開福地，陽舒陰霄，馨香瑞應啓三元。"又題山中關帝廟聯云："義氣干霄，近指白雲開覺路；威聲走海，遥憑赤手挽洪流。"又題九龍將軍廟云："倚樹論功名，爽籟流聲清澗壑；在田占利用，甘膏灑潤普桑麻。"按，山中舊有常建極題聯云："世外憑臨，一面峰巒三面海；雲中結構，二分人力八分天。"

陶宫保云："其鄉資江南岸裴公亭，有郭頑石題聯云：'代裴公稱一日主人，風月江山，與此老平分千古；到石上問三生舊迹，宰官仙佛，想當年定許重來。'"

福州鼓山喝水崖之側，削壁深澗中有磨崖大字一聯云："爵比郭令公，歷中書二十四考；壽同廣成子，住崆峒千三百年。"字勢雄偉，每字高寬將及二尺，余嘗搨得一紙，竟無懸挂之處。按，吴炯《五總志》云：李義山嘗謂温飛卿曰："近得一聯，'遠比邵公，三十六年宰輔'，未得偶句。"温應聲曰："何不云'近同郭令，二十四考中書'。"記得宋人亦以"二十四考中書令"對"萬八千户冠軍侯"爲巧，此則以神仙對富貴語，更闊大矣。

福州鼓山之湧泉寺，建自唐時，蔚然名刹，而楹聯多彼氏家言，兹録其稍雅者，如山門彌勒座聯云："日日携空布袋，少米無錢，卻剩得大肚寬腸，不知衆檀越信心時，用何物供養；年年坐冷山門，接張待李，總見他歡天喜地，請問這頭陀得意處，是甚麽來由。"法堂聯云："於一毫端，現寶王刹；坐微塵裏，轉大法輪。"齋堂聯云："五夜工夫，鐵脊梁將勤補拙；二時粥飯，金剛屑易食難消。"

福州小西湖東偏開化寺，倚城臨水，擅湖壖之勝。黄莘田先生集句聯云："桑柘幾家湖上社，芙蓉十里水邊城。"最爲雅切自然。

余嘗再游武夷山，遍歷寺觀，而未得一佳聯，惟天游峰前之一覽臺楹柱，有"遺世獨立，與天爲徒"一聯，頗與現景相稱。又小桃源徑口有石門，兩旁鑱一集句聯云："喜無樵子復看弈，怕有漁郎來問津。"皆忘卻何人所撰。《隨園詩話》載："一覽臺庭柱有毛大周聯云：'世間有石皆奴僕，天下無山可弟兄。'"則未之見也。

邵武郡城中詩話樓，祀嚴滄浪先生，嚴本邵産也。朱幼芝郡丞景英聯云："千秋大雅扶輪手，一片寒泉薦菊心。"葉筠潭學使聯云:"百代詩材歸品藻,千秋傑閣傍溪山。"皆隱貼,然不若朱竹君先生筠一聯云:"隱釣風分七里瀨,品詩意到六朝人。"雅切其姓,且老氣紛披也。

卷之八

格言

章鉅少承庭訓，先資政公每作書，必爲章鉅講明其義。嘗自署書室曰"四勿齋"，謂"無益之念勿起，無益之事勿爲，無益之言勿説，無益之物勿食"也。每爲人書楹帖，必用格言。謂章鉅曰："人來乞書而不以格言應之，即所謂無益之事也。"一日與先伯父奉直公爲人分書楹帖，先伯父書一聯云："欲知世味須嘗膽，不識人情只看花。"公亦書一聯云："非關因果方爲善，不計科名始讀書。"呼章鉅語之曰："汝知此兩聯意義之深厚乎？汝伯父所書，乃涉世良方；我所書，乃自修要旨也。終身用之不盡矣！"

通行楹帖有云："謙卦六爻皆吉，恕字終身可行。"先資政公最喜述之，謂章鉅曰："此是經訓，非僅楹聯而已。"又集四書語示章鉅曰："敏則有功公則説，淡而不厭簡而文。"此兩語學古服官、淑身涉世皆宜，亦可當座右銘也。

余髫齡即受業於孟瓶庵師超然之門。師由吏部郎乞養歸里，時年方四十，掌鰲峰講席十餘年，終老於家。宅後有亦園亭，爲讀書靜坐之地，日以懲忿窒欲自課。製楹聯云："談性命則先賢之説已多，何似求之踐履；學考訂則就衰之年無及,不如返諸身心。”

《七修類稿》云:“弘治間,[1]吏部尚書三原王公恕署門曰:‘仕於朝者,以饋遺及門爲恥;仕於外者,以苞苴入都爲羞。’嘉靖間,藩司參議揚州錢公嶫亦自撰一聯,使所屬衙門皆帖焉。句云:‘寬一分民受一分,見祐鬼神;要一文不值一文,難欺吏卒。’王之冢宰,近世難及,而錢忤當道,不久去。余謂二對近人不知,前乃真西山奏疏,後亦古語也,惜忘之。”

楊文貞士奇有子爲横於鄉,有密友自楚中來者,每述其惡款。文貞常戒之,一日書一聯示之曰:“不畏官司千狀紙,只怕鄉民三寸刀。”毫不知改,後卒以事伏法。人謂文貞此聯可爲巨族藥石。

吕新吾先生有銓署楹帖云:“直者無庸我力,枉者我無庸力,何敢貪天之功;恩則以奸爲賢,怨則以賢爲奸,豈能逃鬼之責。”又公署楹帖云:“青天下鑒此心,敢不光明正直;赤子來游吾腹,願言豈弟慈祥。”附見《呻吟語·治道門》。

《茶餘客話》云:“申凫盟涵光自見蘇門先生後,大書於門曰:‘真理學從五倫做起,大文章自六經分來。’又題書室聯云:‘學古之志未衰,每日必擁書早起;干世之心已絶,無夕不飲酒高歌。’觀此,則飲酒高歌正非易易矣。”

桂林府之秀峰書院,爲嶺西人文萃集之區。乾隆間,武緣劉靈溪太史定逌聯云:“於三綱五常内,力盡一分,就算一分真事業;向六經四子中,尚論千古,纔識千古大文章。”吕月滄山長稱之。余謂此即從申凫盟“真理學從五倫做起,大文章自六經分來”二語衍而暢之耳。

---

① “弘”,原作“宏”,避清乾隆帝諱而改字,此條回改。

吾閩之鰲峰書院，有林青圃先生題聯云："反己有真修，須留神檢到心身界上；加工無别法，務著力打開義利關頭。"雅似先儒語録。

王少湖敬臣云："有一先輩揭《千字文》爲齋室楹聯，而各加注焉。'罔談彼短'之下，注云：'我亦有短。''靡恃己長'之下，注云：'人各有長。'此語吾人皆當服膺也。"

湯文正公答沈莒岸書云："李文節嘗言翰林官能壞人，衙門冷則易苟，體面好則易傲，無政事則易懶，無風波則易放。署中堂聯云：'人重官非官重人，德勝才毋才勝德。'真座右銘也。"

魏敏果公象樞由左僉都御史荐升户部侍郎，一歲五遷，愈用警惕。自題一聯云："欺人如欺天，毋自欺也；負民即負國，何忍負之。"載年譜中。

《柳南隨筆》云："無錫杜紫綸太史詔由詞館假歸，二十年林居，游名山殆遍。乾隆丙辰，游西湖歸，作一絶句授其子曰：'此即我遺令也。'未半月，以微疾終。詩云：'半生空自逐浮華，放浪湖山亦大差。分付兒曹無别語，讀書爲善做人家。'卒之前三日，爲其七十誕辰，張宴廳事，大書一聯榜於柱。出句爲'教子課孫完我分'，對句即用所作詩結語云。"

《隨園詩話補遺》載："或題書齋聯云：'無求便是安心法，不飽真爲卻病方。'又過潤州時，見僧壁聯云：'要除煩惱須成佛，各有來因莫羡人。'又過九華寺見一聯云：'非名山不留仙住，是真佛只説家常。'亦彼法中之格言也。"

武進趙恭毅公申喬論學，以不欺爲本。官浙藩時，自署堂聯云："君不可負，只是心難負，負心者不容於堯舜；天不可欺，誰言人易欺，欺人者如見其肺肝。"又湖南院署聯云："但願民安若堵,何妨署冷如冰。"

姚雪門頤督學湖南時,自題使院云:"虧他人便虧自己,須記朝齏暮鹽,我亦寒士;要公道還要虛心,試看畹蘭畝蕙,楚故有材。"又聯云:"才要真愛,名要略愛,總之己要自愛;天不可欺,君不敢欺,實於心不忍欺。"吴稷堂省蘭亦督學湖南,有聯云:"畏簡書並畏人言,常以無欺盟夙夜;正文風先正士習,惟將有恥勖膠庠。"吾閩沈心齋涵學使一聯云:"爾無文字當安命,①我有兒孫要讀書。"簡而有味。翁覃溪師督學山左時,亦録此十四字懸於堂楹,竝爲之跋云。

江南各州縣廳事,多同一楹聯。據王朗川《言行彙纂》,乃王玉池令金鄉時所作。句云:"眼前百姓即兒孫,莫言百姓可欺,當留下兒孫地步;堂上一官稱父母,漫説一官易做,還盡些父母恩情。"語質意真,妙在人人共曉。若《堅瓠集》所載:"胡可泉知蘇州,揭一聯于門外云:'相面者,算命者,打抽豐者,各請免見;撑廳者,鋪堂者,撞太歲者,俱聽訪拿。'"則未免村氣太甚矣。

余初歷外任,即守荆州。嘗於廳事漫題一聯云:"政惟求於民便,事皆可與人言。"石曉田郡丞煦逢人述之。未及一年,擢淮海監司,實管河防,非所習也,因題廳事云:"到此真成以政學,相逢但願由中行。"萬廉山郡丞承紀亦亟稱之。

金德山中丞在粤西藩任時,作官廳對聯云:"坐此似同舟,宦情彼此關休戚;須臾參大府,公事何妨共酌商。"用意深厚,有名臣風味。余至粤西,訪其聯已不可得矣。

---

① "當安",吕恩湛本作"休言"。

中丞復誦其鄉人徐公士林作臬司題庭柱云："看階前草緑苔青，無非生意；聽牆外鴉啼鵲噪，恐有冤魂。"亦仁人之言。若宋牧仲題豫章署齋云："雲白峰青，焕發廬山真面目；蛟騰鳳起，扢揚滕閣舊風流。"詞雖美而意近夸矣。

李恭毅公湖任通永觀察時，題廳事一聯云："人苦不自知，願諸君勤攻吾短；弊去其太甚，與爾輩率由舊章。"

聞廣州郡守署中一聯云："不要錢原非異事，太要好亦是私心。"此所謂深人無淺語也，惜忘卻何人所撰。

陳最峰景登牧晋州，自題廳事云："頭上有青天，作事須循天理；眼前皆瘠地，存心不刮地皮。"蔣南莊守潁州，自題聽事云："人原是俗非關吏，仕豈能優且讀書。"陳子瀾尹來賓，亦自題廳事云："事出於公，諸君何妨至室；吏原非俗，我輩還要讀書。"皆真樸有味。

余小霞題佐雜官廳聯云："此間只可談風月，相對何須問主賓。"渾成典切，於佐雜官廳尤有味。

甘肅藩署官廳有薩湘林集經語聯云："有孚在道明功也，同寅協恭和衷哉。"

桂林撫署二堂有同年趙文恪公慎畛聯云："爲政不在多言，須息息從省身克己而出；當官務持大體，思事事皆民生國計所關。"文恪由桂林擢督吾閩，兩地皆有遺愛，至今頌聲不衰。讀其楹聯，堪信其言行相顧也。

桂林撫署小廳中有百文敏公聯板云："行所當行，不爲已甚；慎之又慎，未敢即安。"跋云："此庚申歲集古人語以自勖者。余自京尹出膺外吏，所至不一載，必有遷除，以故湘南浙右，黔嶺滇池，次第轉徙，履任之暇，即手書榜諸楹間，以爲座右之銘。去冬於五華薇署，甫刻此聯，翼日而拜粤西之命。

涉歷愈深，策惕愈甚，請事斯語，殆將終身，以之爲封圻報稱也可，以之爲密勿陳謨也可。嘉慶甲子，重書於桂林節署之懷清堂。”

程梓庭祖洛撫吴時，於官齋中自書一聯云：“醴泉無源，芝草無根，人貴自立；流水不腐，户樞不蠹，民生在勤。”又一聯云：“無多事，無廢事，庶幾無事；不徇情，不矯情，乃能得情。”

桂林吕月滄璜郡丞，隨其父在戍所十五年，始赦歸。成進士後，觀政浙中。初知慶元縣，有大堂一聯云：“我也曾爲冤枉痛入心來，敢糊塗忘了當日；汝不必逞機謀爭個勝去，看終久害著自家。”任奉化縣，有二堂聯云：“民心即在吾心，信不易乎，敬爾公，先慎爾獨；國事常如家事，力所能勉，持其平，還酌其通。”梁山舟先生贈聯云：“蒼生自是關吾分，儒者真宜做此官。”

聞前明王文成公行部所至，必令二人肩二高脚牌前導，大書云：“求通民情，願聞己過。”議者以爲客氣不虚也。吾友林少穆爲江蘇廉訪時，嘗書此作大門楹聯，是矣。

余小霞《乙庚筆記》云：“州縣每遇命盜案出，必有蠹役陰嗾所獲之犯，使供某某爲同盜，則皆素封，且愚懦可魚肉者。被供者率以賄免，而役之橐充焉，謂之‘開花’。四川某尉署中有自撰楹帖云：‘若使子孫能結果，除非盜賊不開花。’可謂惠出一尉矣。”

吾鄉林青圃先生歷官中外，亮節高風，一宅數畝外，囊橐無餘。余黄巷之舊居，即先生故宅也。嘗自榜楹柱云：“庭餘嘉蔭，室有藏書，天下事隨處而安，即此是雕梁畫棟；卜得芳鄰，居成美境，黄巷又名新美境。田舍翁問心已足，漫言應列鼎鳴鐘。”

粤東黄翼堂紹統訓導石城，學者稱仰山先生，嘗自署楹帖云：“爲倫類中所當行之事，作天地間不可少之人。”

嘗見汪退谷先生書楹帖云：“汲水澆花，亦思於物有濟；掃窗設几，要在予心以安。”又梁山舟先生書楹帖云：“能受苦方爲志士，肯吃虧不是癡人。”

蔣心餘先生宅中大門聯云：“一代翰林風月手，六朝蘭錡謝王家。”聞是彭文勤公所贈句。其廳堂各聯，悉出先生所撰，皆格言也。大廳聯云：“至樂莫過讀書，至要莫如教子；寡智乃能習静，寡營乃可養生。”内堂聯云：“欣戚相同，爲人莫想歡娱，歡娱即是煩惱；福命不大，處世休辭勞苦，勞苦乃得安康。”饗堂聯云：“富貴無常，爾小子勿忘貧賤；聖賢可學，我清門但讀詩書。”又聯云：“垂訓一無欺，能安分者，即是敬宗尊祖；守身三自反，會吃虧者，便爲孝子賢孫。”

紀文達師曰：“門人耿守愚，喜與人爭禮數，常言‘士不貧賤驕人，則崖岸不立，恐益爲人所賤’。余曰：‘此田子方之言，朱子已駁之。即就其説而論，亦謂道德本重，不以貧賤而自屈；非毫無道德，但貧賤即可驕人也。’先師陳白崖先生嘗手題一聯於書室曰：‘事能知足心常愜，人到無求品自高。’斯真探本之論，兩言可以千古矣。”

吴門故家廳堂有一聯云：“必孝友乃可傳家，兄弟式好無他，即外侮何由而入；惟詩書常能裕後，子孫見聞止此，雖中材不致爲非。”不知何人所撰。訓詞深厚，當家家揭於堂楣。余小霞自述其舊居廳事聯云：“兄弟睦，家之肥；子孫賢，族乃大。”義亦闊大。

廣州香山書院聯云：“諸君到此何爲，豈徒學問文章，擅一藝微長，便算讀書種子；在我所求亦恕，不過子臣弟友，盡五倫本分，共成名教中人。”

姚鐵松中丞守武昌時，撰廳事聯云：“筆下留有餘地步，胸中養無限天機。”蓋因舊句而改首二字也。

石天基《傳家寶》中有一聯云：“言易招尤，對朋友少說幾句；書能益智，勸兒孫多讀幾行。”真傳家寶也。

相傳桂林陳文恭公自題其里第一聯云：“惜食惜衣，非爲惜財緣惜福；求名求利，但須求己莫求人。”或云是武進劉文定公綸所撰。然余嘗見梁山舟學士手書此對，又云是文衡山語也。

汪龍莊云：“余治刑名二十餘年，行將從宦。甥蘭啓將事讀律，請業於余，因就疇昔所究心者，書以代口，題曰《佐治藥言》，竝撤寓齋中舊聯授之，曰：‘苦心未必天終負，辣手須防人不堪。’”可謂仁恕矣。

彭文勤公少與蔣心餘同學，有題書房舊聯云：“何物動人，二月杏花八月桂；有誰催我，三更燈火五更雞。”今此聯熟於人口，而不知其爲文勤所製也。

丁自庵善慶督學粵西，誨人必先器識而後文藝，自撰一楹帖鏤板，頒之庠序。句云：“人生窮達豈能知，趁早，須立此可爲聖賢，可對帝天之志；客告是非且莫管，得閒，要讀我有益身心，有關世道之書。”亦可爲士林針砭矣。

嘗見那文毅師手書贈顧藹亭工部聯云：“鷹隼入雲睞所向，驊騮得路慎於平。”工部蓋以才自見者，故勖之如此。宦途中客皆當服膺也。

于文襄公敏中嘗治蔬圃，自題圃門聯云：“今日正宜知此味，當年曾自咬其根。”鄂文端公鄂爾泰亦有菜圃長聯云：“此味易知，但須緑野親身種；對他有愧，只恐蒼生面色多。”用意各别，皆格言也。

近人集《蘭亭序》字作楹帖，有極自然成格言者，如：“與世不言人所短，臨文期集古之長。”“人有不爲斯有品，己無所得可無言。”“盡日言文常不倦，與人同事若無能。”“一人知己亦已足，畢生自修無盡期。”“相知當不在形迹，修己豈可殊初終。”“清言每不及世事，静坐可以修長生。”“知足是人生一樂，無爲得天地自然。”“每臨大事有静氣，不信今時無古賢。”“與賢者游信足樂，集古人文亦大觀。”“信古不遷，也是昔賢知己；流陰若寄，無爲今世閒人。”又有集《聖教序》字者，如：“大本領人，當時不見有奇異處；敏學問者，終身無所爲滿足時。”又有集《爭坐位帖》字者，如：“修身豈爲名傳世，作事惟思利及人。”“大懼與衆人同數，須知保晚節尤難。”“名美尚欣聞過友，業高不廢等身書。”“業高乎衆意豈滿，澤及於人功不虚。”

閔鶴初曰：“嘗見一楹聯云：‘世間惟有讀書好，天下無如吃飯難。’語亦沈著，惜未知作者爲誰。又桑弢甫先生授徒，輒勸人加餐食，案側懸一聯云：‘放開肚皮吃飯，抖起神氣讀書。’想見豪情。然不若徐連峰岱雲‘立定脚根撑起脊，展開眼界放平心’爲倜儻有致也。”記余嘗薄游永嘉，謁陳觀樓先生昌齊於署齋，見自書一聯云：“豎起脊梁立行，放開眼孔觀書。”似更老氣無敵。

程月川中丞含章每莅一任，必以自書大字，墨搨一聯，懸挂廳事。蓋“讀書志在聖賢，爲官心存君國”十二字，款云：“敬書朱紫陽夫子家訓語。”按，此是我朝崐山朱柏廬先生用純所撰居家格言，自“黎明即起”至“庶乎近焉”，凡五百一十字,此其末段結語。通篇語皆切實,而此二句尤爲該括,允堪懸作座右銘。今人誤以此篇爲朱子所作,中丞亦未加深考耳。中丞又嘗書“好鳥枝頭亦朋友,落花水面皆文章”兩語,爲書室楹聯。旁亦注云:“書朱紫陽夫子句。”不知此乃南宋翁森所作《四時讀書樂》詩,竝非朱子,中丞亦沿訛而不知也。

卷之九

佳話

《柳南隨筆》云："嚴恪，字心萱，文靖公之父也。文靖公已晉尚書，而封翁猶康健，自書堂中一聯云：'有子萬事足，我子作尚書，足而又足；七十古來稀，我年近大耋，稀而又稀。'"

《松窗筆乘》云："尤悔庵侗著'臨去秋波那一轉'制義，流傳禁中。世祖知其爲徐立齋業師，因取觀之，嘆爲真才子。及官翰林，嘗偕諸儒臣進平蜀詩文。聖祖見其名曰：'此老名士。'悔庵以此二語刻堂柱，左曰'章皇天語'，右曰'今上玉音'。極文人之榮。"

王文成公之父海日先生華，官至南京吏部尚書，致政時，值文成公平宸濠。先生自題書室一聯云："看兒曹整頓一作旋轉乾坤，任老子婆娑風月。"如此福分，如此襟期，自當隻千古而無對。我朝桐城張文端公及見子文和公晉揆席，自題門聯云："綠水青山，任一作讓老夫消磨一作逍遥歲月；紫袍金帶，一作紫宸黄閣。看吾兒燮理陰陽。"正襲海日語。按，海日語又似從謝太傅對客語中化來，特不如其蘊藉，而張語則風味又減矣。

無錫嵇文敏公曾筠及文恭公，父子相繼爲宰相。門聯云:“主聖臣賢,兩朝宏碩輔;父先子後,一氣轉洪鈞。”桐城張文端文和,亦父子宰相。門聯云:“二世三公,太平宰相;一堂五代,富貴神仙。”按,我朝韋平濟美者,滿洲人爲多,惟尹文恪公尹泰、尹文端公尹繼善、慶文恪公慶桂三世蟬聯爲最盛。漢人則山左劉文正公統勳、文清公墉及嵇氏、張氏皆以父子相繼,此外無聞焉。記宋尤玘《萬柳溪邊舊話》載其家自文獻輝、文簡袤科名接武,嘗築圃西湖,度宗幸其堂,御筆題楹間一聯云:“五世三登宰輔,奕朝累掌絲綸。”朝紳榮之。知盛事亦自古所僅見矣。

殷彦來譽慶贈王漁洋一聯云:“天下文章,莫大乎是;一時賢士,皆從其游。”其時亦惟漁洋足以當之。聞錢名世初游京師,除夕以聯送漁洋云:“尚書天北斗,司寇魯東家。”由是知名。後送權貴句云:“分陝旌旗周太保,從天鐘鼓漢將軍。”因之謫官。

科第世家,以江南爲盛。我朝溧陽史氏、崑山徐氏,兩家祠堂長聯,熟在人口,不但今世所稀,蓋自古亦鮮遇矣。按,史氏聯云:“祖孫父子,兄弟叔侄,四世翰苑蟬聯,猶有舅甥翁婿;子午卯酉,辰戌丑未,八榜科名鼎盛,又逢已亥寅申。”考溧陽史氏,自康熙丁未,史鶴齡始入翰林。至壬戌,其子史夔繼之。庚辰,其孫史貽直繼之。乾隆乙丑,其侄孫史貽謨繼之。己酉,其曾孫史奕簪繼之。此外則其婿金壇于小謝,其甥于敏中,丹徒任蘭枝,陽湖管幹珍,竝前後爲翰林。世謂海内無第二家也。若次聯所云,則史鶴齡爲丁酉舉人,丁未進士。史夔爲辛酉舉人,壬戌進士。史夔之弟史普爲己卯舉人,庚辰進士。史隨爲戊子舉人,己丑進士。史貽直爲己卯舉人,庚辰進士。史貽謨爲甲子舉人,乙丑進士。其弟史貽簡爲癸卯舉人，甲辰進士。又史鶴齡之曾孫史奕簪爲己酉舉人，戊辰進士。史光啓爲壬申舉人。史應曜爲丙午舉人。八榜科名，彬彬可考。而合史光啓之壬申計之，實爲九榜。惟己、亥、寅三榜，尚闕有間。則末語“又逢己亥寅申”云云，亦尚須細考耳。

崑山徐氏祠堂聯云：“教子有遺經，詩書易春秋禮記；傳家無别業，解會狀榜眼探花。”按，徐健庵尚書乾學係順治甲午拔貢，庚子舉人，康熙庚戌探花。徐果亭閣學秉義係康熙己酉舉人，癸丑會魁探花。徐立齋相國元文係順治甲午經魁，己亥狀元。竝無解元會元榜眼。聯語亦不過渾括言之。然三兄弟竝登鼎甲，竝列崇班，不可謂非難能可貴耳。至上聯所云，語乃質實可風。健庵尚書著有《讀禮通考》，果亭閣學著有《經學識餘》，立齋相國著有《含經堂集》。而傳是樓藏書之富，甲於寰區，教子遺經豈虚語哉！

徐健庵先生以大司寇謝病歸，御書“光焰萬丈”扁以寵其行。時人贈聯云：“萬方玉帛朝東海，一點丹誠向北辰。”

紀文達師曰：“先師介野園先生嘗四主會試，四主鄉試，其他雜試，殆不可縷數。嘗有恩榮宴詩云：‘鸎鵡新班宴御園，摧頹老鶴也乘軒。龍津橋上黄金榜，四見門生作狀元。’于文襄公贈以聯云：‘天下文章同軌轍，門牆桃李半公卿。’可謂儒者之至榮矣。”

溧陽史文靖公貽直七十壽辰，獻聯者充門，惟許刺史佩璜云：“三朝元老裴中令，百歲詩篇衛武公。”及袁簡齋先生云：“南宫六一先生座，北面三千弟子行。”爲公所許可。

乾隆末，漳浦蔡文恭公予告歸里，小住福州，所主者爲余戚黨家。時余方齠稚，嘗從人於屏後竊覘之。記得先資政公言,有一客贈聯甚莊重切實,句云:"主恩前後三旋里,天語丁寧再入朝。"似是中朝達官所製。彼時但能述其語而已,不能舉其名矣。

乾隆六十年中,各直省奏報壽民壽婦,五世同堂,親見七代八代者,屢見邸抄,然未有如長洲蔣氏之盛者。乾隆丙申春,内閣中書應焻之祖文源,年九十,配張氏,年八十九。翰林院編修元益之祖文涵,年八十九,配顔氏,年八十八。俱五世同堂,親見八代。應焻、元益同日給假回籍祝壽,海内榮之。時徐雨峰巡撫士林製聯稱祝云:"登甲登科,七代兒孫繞膝;難兄難弟,九旬夫婦齊眉。"洵盛事也。

嘗見劉文清公爲紀文達師書聯云:"兩登耆宴今猶健,五掌烏臺古所無。"蓋吾師自撰句也。梁山舟學士贈聯云:"萬卷編成群玉府,一生修到大羅天。"

英煦齋師《恩福堂筆記》云:"先文莊公掌容臺者十二年,與達香圃、紀曉嵐、劉青垣三宗伯同事。余於嘉慶庚申追隨三先生,亦列春官。迨癸酉重任時,乃鐵冶亭、王春圃兩先生爲大宗伯,秀楚翹、胡西庚、汪瑟庵爲少宗伯。鐵出王門,胡、汪、秀三公及余前後皆出鐵門。其時有春官六座六師生之諺,因製聯留署,句云:'典禮奉寅清,粉署重來,愧説箕裘延世業;同堂聚師弟,薪傳遞衍,始知桃李屬春官。'"按,是年適爲王春圃先生八十壽辰,合署稱觴,屬章鉅爲儷體序文,中有"官分兩座,座中以座主爲尊;賓列四門,門下之門生叠至"句。時春圃哲嗣蓮甫先生亦繼爲少宗伯,每對同官亟誦之。

《恩福堂筆記》又云:"曹文敏公文埴以右庶子視學江西,適曹文恪公家居,獻一聯曰:'韓愈官爲右庶子,莊周篇有大宗師。'彭文勤公視學浙江時,杭州守爲邵公齊熊,公贈聯曰:

‘杭州太守湖山美，康節先生安樂窩。’皆可云典切。前輩於應酬文字，不苟如此。”

梁文莊公詩正既相後，嵇文恭公贈聯云：“秋圃黄花韓相國，春風紅杏宋尚書。”臺閣頌揚語，又何其妍麗也。

山左劉文清公在相位，其太夫人九十壽辰，仁廟賜壽，備極恩榮，阮芸臺先生撰聯寄祝云：“帝祝期頤，卿士祝期頤，合三朝之門下，亦共祝期頤，海内九旬真壽母；夫爲宰相，哲嗣爲宰相，總百官之文孫，又將爲宰相，江南八座太夫人。”蓋其時文清以兩江總督遥執相權，而信芳先生已官太宰也。此與崑山徐氏、溧陽史氏家祠中聯，皆無第二家足以當之。

直隸真定府試院後樓五楹，合祀關帝、文昌，乾隆中，吴白華先生省欽視學，適奉召回京，代者即令弟稷堂先生，在真定交替時，白華先生撰一聯云：“文武一龕如在上，弟兄同節此登高。”蓋恰值重九日，可云巧合。

慶蕉園宫保慶保爲廣東將軍時，王省厓尚書鼎贈聯云：“恩衍韋平，祖父子孫三宰相；家傳忠孝，弟兄叔伯四將軍。”巨製鴻題，足以稱其家乘。

揚州喬椿齡，①字樗友，善易數，雖至友不輕爲卜。詩文之格，唐以下不屑仿也。其弟子阮芸臺先生已貴，未嘗通一札，及先生視學山左，禮請衡文，乃往，卒於青州。嘗榜其齋云：“四方名士皆知己，八座門生正少年。”

英煦齋師六十壽辰，適近七夕，有呈壽聯者，最著稱人口，而忘卻何人所作。句云：“四海仰雙星，六秩衍大撓甲子；二難躋八座，九天錫媧氏笙簧。”時公子奎耀、奎照，皆躋貳

① “喬”，原作“高”，據桂林署齋本改。

卿，内府錫樂部爲壽云。

阮芸臺先生五十歲時，在漕帥任。衍聖公孔冶山先生贈以壽聯云："鼎甲連科，皆屬公門桃李下；淮揚列郡，更開軍府梓桑間。"蓋先生揚州人，正漕帥轄下也。

阮芸臺先生於道光十八年以大學士引年予告，返居廣陵里第。瀕行，奉恩諭，有怡志林泉之語，舉朝羡之。潘芝軒相國贈聯云："四海具瞻，尊爲山斗；同朝欽羡，望若神仙。"

吴興沈坳堂世楓由湖北方伯告歸，其子希人學士官内閣，亦請假歸省。有同人以聯贈行云："鶴鳴在陰其子和，鴻飛遵渚我公歸。"

朱建三生於七月七日，所居之里名百花巷，李笠翁壽以聯云："七夕是生辰，喜功名事業從心，處處帶來天上巧；百花爲壽域，羡玉樹芝蘭繞膝，人人占卻眼前春。"

笠翁五十歲生男，自題楹聯志喜云："一生好事無雙日，百歲閒身得半時。"

康熙間，有某相國家擅園林之勝，相國亦雅有文望。李笠翁贈之聯云："朝罷獨行春，踏去不知三徑遠；公餘時讀史，坐來便覺五雲多。"

李笠翁贈李坦庵相國聯云："名世天生五百年，爲福黎民，特使早居黄閣上；元老人稱二十載，宜增華髮，誰知正在黑頭時。"蓋相國年未及三旬，即登揆席也。

李笠翁有壽方太夫人七十聯，自爲之序云："夫人爲何芝嶽相國之女，方坦庵宫詹之配，樓岡學士、邵村侍御與三孰四世五孝廉，暨謙六任子之母。茹齋奉佛，兼禮列仙。"句云："出宰相之門，入宫詹之室，居學士侍御孝廉胄子之堂，足不履民家户閾者，七十年於此；繼麻姑之迹，追王母之踪，證如來觀音文殊普賢之果，口偏食人間烟火者，八千歲猶然。”

又壽陳太夫人八十聯，自爲之序云：“此蕉鹿先生之母也，時書錦歸來，專爲稱觴一事。太夫人七十時，令子猶爲外吏，今則内擢司農矣。句云：‘逾古稀又十年，喜當時令子高遷，幾度錦衣歸閥閲；去期頤尚廿載，看後兹文孫繼起，滿堂牙笏頌岡陵。’”

梁文莊公乞假養親，賜“萊衣晝永”四字扁額，又賜詩云：“翻祝還朝晚，卿家慶更深。”天語肫摯如此，可謂備極恩榮。嵇文恭公贈聯云：“花宴瓊林，温仲舒由大魁秉政；堂開晝錦，王文獻以宰相養親。”亦莊麗得體。

無錫鄒小山宗伯一桂有門生某，弟兄皆詞林，二子並登甲科，而其母則以側室受封者也。七十誕辰，求公撰壽言，公令諸門生擬之，俱不稱意。蓋不難於頌揚，而難於得尊者之口氣也。公乃自撰聯句云：“有子有孫，都成名進士；多福多壽，是謂太夫人。”於是執筆者咸嘆服。又張船山太守問陶爲吴穀人先生錫麒之太夫人撰壽聯云：“惟善人現壽者相，有令子爲天下師。”亦質樸有味。時先生方爲國子祭酒也。

《隨園詩話補遺》云：“乾隆庚寅，余在杭州，訪蔣苕生太史，聞寓湖州太守張公處，即具名紙往投。蔣未見，乃先有一峨冠者拱出，心知是太守，素無交，而其意甚親，未免愕然。太守笑曰：先生不識我耶？我早識先生，並識先生之夫人，貌作何狀，令姊貌作何狀，歷歷如繪。余益驚問故，太守曰：‘當年公作翰林，住前門外横街。我年九歲，與公陸氏二甥同在蒙館讀書，每放學後，嬉游公家。公姊及夫人梳頭，常在旁，手進梳篦，公過，猶呼餅餌啖我。公竟忘耶？’余謝曰：‘事實未忘，不料昔日聖童，今爲公祖也。惜二甥早亡矣。’相與唏歔者久之。從此遂别。更二十年,太守之子惠堂孝廉來權知溧水,又是余改官江南第一次捧檄之所,重重春夢,思之憮然。其前事迹,已作古詩一首贈蔣,梓入集中矣。今年衰不能再贅,乃作一聯留惠堂廳事云:'後我卌年,同爲此地親民宰;通家兩代,曾見而翁上學時。'蓋實叙平生佳話,非敢挾長也。"

梁山舟學士於嘉慶十六年冬患髮疽,危篤中,見有人持楹帖入,其句云:"萬里烟雲開瘴户,一天風雨護神鑪。"病遂愈,因自號新吾長翁。後九十誕辰,夫婦齊眉清健。張岐山問萊贈壽聯云:"人近百年猶赤子,天留二老看元孫。"時人稱其工切。

梁山舟學士最工爲壽聯,得之者無不樂其雅切。如壽吴太夫人八十云:"八座起居,令子宫袍慈母綫;重闈燕喜,南陽仙菊北堂萱。"自注:"令子方開藩河南,故用南陽菊事。"又壽嵇文恭公八十云:"螭坳舊齒符天壽,雁塔新題冠佛名。"時公以萬壽年生日,重宴瓊林也。又壽王述庵侍郎昶八十云:"盾鼻弓衣,行世文章皆事業;屏風團扇,還山官府即神仙。"又壽許小范六十云:"甲子從頭開上壽,神仙自古有曾孫。"時許已有曾孫也。又壽趙次乾云:"東方先生善諧謔,南極老人應壽昌。"又壽汪西灝沆云:"國門舊價千金重,鄉社新圖九老尊。"又壽博羅蘇明府云:"會翻李委南飛曲,曾領朱明大洞天。"又壽博羅成明府云:"鼓琴自擅寰中手,飛舄來看海上山。"又壽姚宗伯是年與千叟宴者云:"履舄殿庭千叟上,台光角亢兩星間。"又壽陝西何中丞未及年而與千叟宴者云:"家傳玉節仍分陝,天賜瓊筵預杖期。"又壽袁簡齋先生云:"藏山事業三千牘,住世神明五百年。"又壽直隸梁制軍云:"旌麾畿甸尊宗衮，杖履耆英壽國楨。”又壽閔中丞奉使本籍讞獄者云：“玉節承天南斗静，錦衣行晝使星明。”又壽尹文端之子爲福州將軍者云：“龍門世澤華跗盛，鯨海威名草木知。”

廣東馮潛齋成修幼牧牛，夢有持扇爲障日者，扇上有“貴州學政”四字，因奮志讀書。年三十四，始游庠。逾年登賢書，聯捷成進士，由庶常改部曹，典蜀試，又典閩試。嗣督學貴州，旋罷歸。好論文，有“馮八股”之目。年九十餘，始卒。乾隆壬寅八秩，與夫人同庚，康健無恙。届結褵周甲之期，親友門生，駢集稱慶，重行花燭交拜之禮。自署門聯云：“子未必肖，孫未必賢，屢忝科名，只爲老年娱晚景；夫豈能剛，妻豈能順，重諧花燭，幸邀天眷錫遐齡。”至乾隆壬子，重赴鹿鳴，洵美談也。

趙甌北先生早賦歸田，不與外事，惟以著作自娱。劉石庵先生手書贈聯云：“務觀萬篇，半皆歸里作；啓期三樂，全是達生言。”趙得之甚喜。

顔魯輿伯燾巡撫滇南，署堂聯云：“彩雲見處，先後六十年中，三世建牙，宜何如效涓埃以肯堂構；湛露承來，縱横八千里外，百蠻稽首，所願與興禮讓而廣農桑。”王霞九觀察贈芳云：“出語公自紀實，殆黔國公後所僅見者。”

廬陵劉古庵上舍宗輝買舟滕王閣，爲舟子書聯云：“有客臨舟懷帝子，何人下榻學陳公。”時商邱陳望之爲江西巡撫，見之笑曰：“奇士也。”命延之入，且曰：“爲君下榻矣。”一聯之遇合亦奇。

陶雲汀宫保開府大江南北者，十有餘年，名位兼隆，吏民翕服。潘功甫舍人有祝五旬壽聯云：“能文翰林，能言御史，能任封疆贊翊聖化，有真經濟才，公論出朝士口；爲國籌運，爲民興利，爲我鄉里表彰賢達，得大光明壽，妙法現宰官身。”又齊梅麓太守祝六旬聯云：“八州都督，五柳先生，經濟文章，千古心傳家學遠；六甲初周，一陽來復，富貴壽考，百年身受國恩長。”蓋宫保誕辰在黄鐘之月也。又程春海侍郎寄贈一聯云：“海涵地負之才，文章博辨，議論雄偉；春温秋肅之政，動用縣解，静專直方。”合諸名流之語觀之，其人之生平可定矣。

歙縣曹文正公由户部侍郎晋工部尚書時，其門下士徐訪巖廉訪寶森贈聯云：“再世宫銜，太保少保；兩朝宸眷，司徒司空。”

卷之十

挽詞

《秋雨庵隨筆》云:“挽聯不知起於何時,古則但有挽詞,即或有膾炙人口二句者,亦其項腹聯耳。惟《石林燕語》載:韓康公得解過省殿試,皆第三人,後爲相,四遷,皆在熙寧中。蘇子容挽之云:‘三登慶曆三人第,四入熙寧四輔中。’此則的是挽聯之體耳。”

《恩福堂筆記》云:紀文達師挽朱笥河先生一聯云:“學術各門庭,與子平生無唱和;交情同骨肉,俾予後死獨傷悲。”二公所學,具見於此,而語尤真摯。且非笥河先生不能當斯語,非文達師亦不敢作斯語也。

《恩福堂筆記》又云:“乾隆戊戌,余隨侍先文莊公赴閩撫任,道出杭州。值先文莊公六十壽辰,中丞學使,分日爲賀。此余得瞻彭文勤公之始也。迨余入詞垣,適公爲大教習,勖余曰:‘向讀之經書,不可抛荒,已讀之詩文,仍未足用。應將《文選》及《唐宋詩醇》、《文醇》盡卷熟讀,可爲好翰林矣。’余因是加勵。迨嘉慶壬戌,遂與公同掌院事。一日,公告余曰:‘内子昨問新院長爲誰,答曰:乃曩在杭州汝亦見過甫八歲之英世兄也。’二老同深嗟嘆。故癸亥公捐館時,余哭之痛,獻聯云:‘榕嶠奉行輿,道出臨安,絳帳摳衣纔八歲;蓬山陪末座,職猶弟子,玉堂撰杖忽千秋。’蓋紀實也。”

紀文達師挽劉文正公統勳聯云:“岱色蒼茫衆山小,天容慘淡大星沈。”句奇語重,非文正公不足以當之。

成親王挽福文襄郡王福康安聯云:“大名諸葛身先死,異姓汾陽帝不疑。”我朝以異姓封王者,如定南王孔有德、義王孫可望、靖南王耿繼茂、襲義王孫徵淳、平南親王尚可喜、海澄公贈王爵黄芳度,皆在國初年間。雍正、乾隆以來,惟福文襄一人而已。

福郡王薨於湖南軍營,時苗疆所在建祠。紀文達師撰聯云:“汾陽王名位相同,功業常新,萬里有將軍壁壘;忠武侯經綸未盡,英靈如在,百蠻拜丞相祠堂。”

彭春農曰:“先文勤公,出董文恪公邦達之門。嘉慶丁巳,文恭公誥丁太夫人憂,高廟遣官奠酒,加賞陀羅經被。文勤公挽聯云:‘心愴老門生,執饋縫衣憐雪立;恩醲賢宰相,酹卮經被報春暉。’時紀文達師亦文恪門生,挽聯亦以‘老門生’與‘賢宰相’作對。歸語其孫薌林曰:‘惟我兩人,所見略同也。’”

董文恪公之夫人没於京師,時文恭公已登揆席。文達師作挽聯云:“富春江萬古青山,阡表長留,慈訓能成賢宰相;聽雨堂九年絳帳,食單親檢,舊恩最感老門生。”《桃符綴語》載此聯,以爲陶太史撰,蓋誤。

紀文達師因誦某詩云“浮沈宦海如鷗鳥,生死書叢似蠹魚”,戲謂此二句可作我他年挽聯。劉文清公云:“此惟陸耳山副憲足以當之。”未幾而陸訃至,蓋方被命赴瀋陽覆校四庫書,以天氣驟寒,裘衣未到,凍僵於旅寓中也。時以爲語讖。

紀文達師挽彭文勤公聯云："包羅海岳之才，久矣韓文能立制；繪畫乾坤之手，惜哉堯典未終篇。"蓋文勤方專司高廟實録稿本，未能竣事而薨也。

沈歸愚尚書德潛挽桑弢甫調元云："文星酒星書星，在天不滅；金管銀管斑管，其人可傳。"

畢秋帆自營生壙於鄧尉山，並自作挽聯云："讀書經世即真儒，遑問他一席名山，千秋竹簡；學佛成仙皆幻相，終輸我五湖明月，萬樹梅花。"

昌平陳紫瀾宫詹浩與錢唐陳句山太僕兆崙並負重名，時有南北二陳之目。宫詹有挽吴湛山中丞士功聯云："使節轉閩疆，舊雨追思，鄂渚蘭言如昨夢；耆英推洛社，生芻遥奠，謝庭玉樹總層霄。"中丞爲香亭侍郎之父，曾撫吾閩，與宫詹爲摯好。此聯淒婉動人，寫作雙美。侍郎爲裁截成卷，遍徵同人題識，新建曹文恪公、仁和胡文恪公、富陽董文恭公及吴白華、褚筠心廷璋、陸費丹叔墀、謝蘊山啓昆諸公皆有跋。以一聯而集成巨觀，蔚爲墨寶，宜中丞之孫紅生舍人葆晋珍秘若球璧矣。

梁山舟學士所撰挽聯極多，兹擇其尤著者録之。挽梁文定公國治云："天北掩台垣，聞説槐音中夜斷；江東失宗衮，心傷荆樹一時摧。"時其弟沖泉亦没也。挽其姑夫張藻川侍郎云："朝無諫草，家有賜書，卅載清聲光簡册；公應騎箕，我悲陟岵，一時血淚灑葭莩。"挽藍素亭河督云："帝畀以河，三策勤勞著淮北；臣心似水，四知風節媲關西。"挽錢竹汀宫詹云："名在千秋，服鄭説經劉杜史；神歸一夕，仙人骨相宰官身。"

錢籜石先生載以上書房侍郎致仕，山舟學士挽以聯云："青宫授几，洛社圖形，官府神仙皆慧業；達尊備三，絶藝擅四,儒林文苑竝傳人。”自注云:“昔人以文與可‘騷、書、詩、畫’爲四絶也。”

山舟學士之妹夫湯晝人,辛未庶常,未及散館而没,年僅四十。生母猶在堂,學士挽以聯云:“四十年生有自來,身到蓬瀛天遽召;三千里没而猶視,心傷桑梓母何依。”又挽其師莊對樵云:“孝思盡宦海家園,榮親養親,一笑生天證佛果;道望齊太山梁木,吾仰吾放,幾人入座哭春風。”又挽陶篁村云:“萬里兒啼,此日愁攀賢令轍;卅年老淚,隔江空盼少微星。”時篁村之子方宦黔中也。挽其兄春淙云:“一品承恩,魂魄長依華屋;九重念舊,馨香宜徹幽泉。”挽明中和尚云:“畫裏傳衣,夙契偶同永長老;山中獻蓋,前塵誰證衲禪師。”自注云:“余畫過去僧像,師爲補衲。又師與先人同入詩社。”挽佛裔和尚云:“竹萎蕉枯,此日是師真面目;焚香灑水,當年惟我舊朋儔。”自注:“次句指恒公寂時事。”

山舟學士挽孔谷園繼涑聯云:“臨去詩成,寫照髯仙,明月清風人已遠;平生墨妙,瓣香冰叟,虹樓瀛海世爭傳。”自注:“谷園没之前數日,有題蘇尺牘詩,‘明月清風’即詩中語。天瓶居士張文敏公爲谷園婦翁。玉虹樓,谷園齋名。《瀛海仙班帖》,天瓶書也。”

邱南屏侍郎樹棠以事降調,未補官而卒,時辛卯上元日也。是日值月食,彭春農以聯挽之云:“大雲暫作閒雲,風規自在;元夜頓成長夜,月魄同虧。”

陳荔峰侍郎爲内閣學士,閲二十年,始擢少宗伯。旋攝少宰少農,駸駸乎大用矣。以病乞假調理,已就痊癒。是日,宴客至中夜,衆賓甫退,始就寢。不逾時,起坐,咯血數口而没。彭春農挽聯云:“撒手了無難,夜宴方闌歸碧落;傷心將大用，夕陽雖好近黄昏。”

平湖吴臺卿顯德，松圃協揆之猶子，山舟學士之甥也。幼聰敏，年十六受知於朱文正師，補博士弟子員，才藻冠時，謂取青紫如拾芥矣。乃十上鄉闈，未離席帽，鬱鬱不得志，遂遁而學仙，日從事乩鸞，叩長生之術。年未四十，以瘵卒。太夫人猶在堂也。學士挽聯云：“天道何知，不許阿奶留李賀；神仙安在，翻教老淚哭羊曇。”讀之令人酸鼻。

山舟學士與其德配汪恭人俱登大年。恭人長學士一歲，先學士二年卒。學士挽聯云：“一百年彈指光陰，天胡靳此；九十載齊眉夫婦，我獨何堪。”逾二年，學士始卒，年九十三。没前數日，手書訃稿，遺命“不治喪，不刻行狀”。同里衆紳士挽聯云：“朵殿奉絲綸，四百紙述事記言，史館猶傳大手筆；明湖思俎豆，九十載清風儉德，邦人長想古衣冠。”

鮑覺生先生桂星才氣冠時，徒以傲兀凌人，爲世所嫉。臨終自撰挽聯云：“功名事業文章，他生未卜；嬉笑悲歌怒駡，到此皆休。”遺命懸於靈几之前，則仍是本色語也。

浙中蘇子齋繹由翰林改官侍御，以公過鐫級，捐復刑部副郎，轉正郎，出守山西朔平，以憂歸。起復，守山東青州，卒於官。有素交官於廣東者，聞其訃痛之，寄聯挽之云：“譽美西清，望重西臺，又威肅西曹，出治懋勳猷，兩省春風思太守；耗傳東浙，心傷東魯，奈身羈東粤，招魂長嘆息，一江秋水哭先生。”

徐秋崖孝廉廷烺於會試場中得病，十四日而没於邸舍。時令嗣訪齋亦以會試隨侍京寓。封翁來若先生年八十，猶在堂也。梁小槎比部挽以聯云：“十四日病莫能興，幸喬梓相依，屬纊尚能親含玉；三千里没而猶視，痛桑榆垂暮，倚閭猶自盼泥金。”

道光乙酉，德清徐倪氏之案，自巡撫以至典史，一城之官，盡挂吏議。王小華廉訪惟詢以急欲平反此案，遂至自裁。蔡生甫學士之定挽以聯云：“剛毅木訥近仁，生原無忝；聰明正直而一，没則爲神。”頗肖其爲人。然以三品大員爲此無名之死，論者惜之。

許周生駕部宗彦病中語人云：“夜來曾作詩，記得二句，頗切近狀。句云：‘厭聞家事常如客，愛看名山悔不僧。’”今翻《鑑止水齋集》，無此二句，蓋偶得句而未成篇也。駕部没前三日自撰挽聯云：“月白風清其有意，斗量車載已無名。”可謂了然於去來者矣。

《秋坪新語》載：“紀文達公長子汝佶，中乾隆乙酉孝廉。卒時，公甚爲之神傷。語客曰：‘今乃知因果之説，或亦有之。’蓋孝廉病絶而蘇者屢矣。忽一日，聞其聲宛山西人也，問故，曰：‘某來索逋，兹已償清，仍欠若干，可亟焚楮鏹如數，當去。’家人輩如言焚之，遂瞑。方環哭間，又蘇，張目曰：‘所乘馬後足顛蹶，弗良於行，可易一匹，則乘之去矣。’衆茫然。公之三女哭告曰：‘誠有之，兄氣絶時，所焚馬，吾見其後足紙損，或即其故歟？’因别製一具焚之，乃不復蘇。公於靈帷書一挽聯云：‘生來富貴人家，卻怪怪奇奇，只落得終身貧賤；賴有聰明根器，願生生世世，莫造此各種因緣。’蓋孝廉素性揮霍，錢刀到手輒盡。又緣事被褫，公以其過不檢攝，禁弗使出。日給資用，無少溢。孝廉深苦其拘，罄所有付之質庫。卒之日蓋不餘一物云。”

紀文達師與龔匏伯先生褆身同校四庫書，最相契。後先生以軍機章京觀察滇南，終於位。師寄挽聯云：“地接西清，最難忘樞密院旁，公餘茶話；恩深南徼，惜空留昆明池畔，去後棠陰。”

彭文勤公挽鍾碧溪大令聯云：“匪特蔦蘿親，髩同筆研相將老；空懷松菊志，家少田園竟不歸。”

粵東張儀坡庶常翺恃才放蕩，未及三十，即以酒色殞其生。其師花曉亭方伯杰甚慟之，挽以聯云：“與人何尤，可憐白髮雙親，養子聰明成不幸；自古有死，太息青雲一瞬，如君摇落更堪悲。”

余撫桂林，延吕月滄郡丞主秀峰書院講席，士論翕服。余常就諮地方利弊，兼以政暇談藝，皆獲益良多。惜其驟歸道山。繼主講者爲黄春亭邑侯暄，亦佳士，有挽吕聯云：“德合荀君，久以範模孚梓里；文追白傅，豈惟政事在杭州。”爲時所稱。余既爲撰墓志，亦挽以聯云：“三管失斯人，癸水辰山都闇淡；千秋存定論，鄉賢名宦佇馨香。”蓋月滄品學俱優，曾官兩浙，有循聲，尤長治獄也。時合省之士大夫以請祀鄉賢祠環籲，余已爲擬定疏稿，適同官有違言，遂閣不行，亦可嘆矣。

盧厚山宫師嘗總督兩廣、兩湖，巡撫江南、山西，觀察廣東、山東、湖南。又於丁憂伏處時，奉特旨起家，管西域軍需局，駐扎肅州。凱撤後遂巡撫陝西。其没也，由宫保晋宫師，加輕車都尉世職，謚敏肅。余甲寅同年中，勳名之盛，未有如公者也。裕魯山廉訪裕謙寄聯挽之云：“曠典邁千秋，帶礪台衡，天錫殊綸榮衛、霍；仁恩周十省，韜鈐黼黻，人從華屋仰皋、夔。”

劉星槎司馬台斗，寶應名進士也。由水部通守烏鎮，以督運終於官。舒白香哭以聯云：“學究天人，只曾博文章一第；才堪公輔，僅試官丞倅三年。”

同年李服齋廉訪文耕，雲南人，由山左縣令起家，清節循聲，上達宸聰。不數年，遂秉臬齊魯，移官黔中，以老病引退，終於家。余壬戌同榜中，不乏俊異之才，而言坊行表，必推公爲巨擘。詢之滇人士，亦無間言。王孚遠方伯挽以聯云：“道學風高，望推南詔；循良績著，念切東人。”方伯山左人，故抒其去思如此。

四川李墨莊太史鼎元客死揚州，貧無以斂。吴山尊挽以聯云：“百金囊盡揚州死，萬里魂歸蜀道難。”

鄭雲軒孝廉天衢，與余同肄業鰲峰書院，復同舉甲寅恩榜，實余之妻叔外舅，鄭蘇年師之弟也。甫逾四十而没，時節母廖太孺人尚在堂。師哭以聯云：“緣盡先離，傷心卌載荆枝，漫説來生還有約；事多未了，回首七旬萱蔭，敢言已死便無知。”一字一淚，情深於文矣。

徐兩松中丞嗣曾撫閩，有惠政。其培植鰲峰書院士子，尤繫去思。聞其易簀前數日，自撰挽聯云：“仗我佛慈悲指示，方悟得無我無人；做吾儒切實工夫，巴結到而今而後。”可謂來去分明矣。①

薩檀河邑侯玉衡雄於文，尤工詩，皆不屑拾人牙慧。嘗爲一縣令之母挽聯云：“民是賈兒，甘棠歌衆母母；官真佛子，妙蓮現法身身。”可云别致。余嘗借以應一達官之求，遽遭齒冷而置之。

紀文達師於乾隆癸未甲申間督閩學，時余家自先大父及先嚴，暨諸伯父、叔父，皆及門受業。師訪知余家自前明以

① “來去分明”，桂林署齋本、吕恩湛本作“了然於去來者”。

來，十五代秀才相繼不斷，特書“書香世業”一扁爲贈。先資政公因製堂聯云：“近承十五葉囊箱，闡發金書玉字；遥印千乘侯矩矱，優游聖域賢關。”“千乘侯”爲聖門七十二賢叔魚公鱣封號，實吾家遠祖也。余於嘉慶壬戌成進士，適又出文達師之門。一門三代，皆爲門生，皆登詞館，師每對人舉爲美談。是秋聞先資政公之訃，設位於京邸，師親來拜奠，竝手製挽聯云：“十五傳蘭玉相承，授硯三看入芸館；六千里泥金甫報，撫楹一笑返蓉城。”

道光乙未入都，以所撰《樞垣紀略》質之長懋亭公相齡。公閲之甚喜，爲辨析疑滯數事，且爲述乾隆年間樞直舊聞，娓娓不倦。蓋是時軍機老輩，無有在公之前者。丙申再入都，見公益矍鑠，堅坐久談，有後生所不逮者。因叩公調攝之方，公笑曰：“十年前有星士相我，將來名位，可及阿文成，惟年壽少遜耳。文成年八十一，今我已七十九，雖矍鑠又可恃乎？”余以他語解之，而公果於次年元旦告終。聞除夕向家人查詢歙縣曹文正公終於何日，衆對曰：“正月二日。”公曰：“我不可居其後。”逾日遂逝。故徐星伯松挽聯云：“易簀預知時，一日期先曹太傅；蓋棺先定論，千秋名竝阿文成。”時余在桂林，接公訃書，亦寄聯挽之云：“出將入相，垂五十年，功比汾陽，壽同潞國；掃穴犁庭，越三萬里，昔追定遠，今媿章佳。”亦紀實也。

彭春農曰：“曹文正公自勝衣即受業於先文勤公，故與賓從談時，輒舉文勤公詩文言行，以示後進。諸君皆以爲聞所未聞。公之没也，賜謚之旨，專舉睢州湯公、大興朱公作配。予挽公聯句云：‘帝眷老成人，直追溯昭代前賢，當之克配；師承先大父，從此問昔年遺事，知者其誰。’上聯舉國恩之大，下聯述私交之密也。”

彭文勤公有女，許字同里曹文恪公之子。曹氏子殤時，女年甫十齡，即矢志守貞。生平究心經傳，不似閨秀之僅以詩文表著者。文勤公病篤，曾刲股以進，故奉仁廟特旨旌獎，誠異數也。未幾遂没。劉金門先生挽聯云：“名父名翁名女士，大貞大孝大完人。”

余秋室學士集悼亡聯云：“濟艱辛，嘗險阻，貧家婦信難爲，痛今朝鏡破釵分，欲圖夢影重圓，除異世再同青玉案；習荆布，厭綺羅，半生儉應可法，奈塵海飆馳電掣，贏得褶痕如舊，到秋宵怕檢縷金箱。”哀怨纏綿，不愧才人之筆。

黄蕉卿巽，錢唐梁紹壬之室，隨梁入粤，間關度嶺，未及半年而没。梁挽以聯云：“四千里累爾遠來，父在家，母在殯，翁姑在堂，屬纊定知難瞑目；廿三年棄余永訣，拜無兒，哭無女，繼承無侄，蓋棺未免太傷心。”蕉卿有《聽月樓詩》，不減慧業文人，宜紹壬之有餘痛也。

靖安天香居士舒夢蘭，字白香，負才名，其配李湘弦亦婉慧，有才子佳人之目。李以中秋夜化去，白香悼傷甚至，所作《秋心集》中有《挽辭録》一篇，稱堂中挽聯，以龔西原太守爲最。句云：“仙去何之，燒鼎白雲棲斷壑；神傷已甚，著書黄葉冷空山。”真才子筆也。又載陳果堂聯云：“千佛禮鳩摩，名士案頭賡昧旦；五更驚蜕羽，天香館畔咽秋風。”胡果泉中丞聯云：“蟾鏡掩清輝，嘆當年玉宇瓊樓，難覓靈丸延壽藥；鹿車隨大隱，知此後故奩遺挂，重哦寒夜悼亡詩。”劉星槎司馬聯云：“家有詩仙，惜到處名山，未能偕隱；身常禮佛，覺往生淨域，確有明徵。”吴蘭雪中翰聯云：“奔月訪姮娥，忍令天香虚舊館；持花歸淨土，徒煩松雪禮中峰。”汪巽泉學士聯云：“仙娥明月是前身，想歸真翠水丹林，桂蕊靈香同郁烈；名士秋風添別恨，漫寄意繩牀經案，蟲絲落葉共淒清。”皆名筆也。

韓芸舫中丞克均巡撫吾閩，其夫人以四月八日卒於官廨。僚屬公挽多頌揚語，先生俱不愜意。惟孫平叔督部一聯云：“解脱拈花剛佛日，證明因果在仙霞。”韓見而嘆曰：“畢竟名士，吐屬與衆不同。”

余由蘇藩引疾假歸，後一年，即遭亡室鄭夫人之痛。百事俱廢，不但悼亡詩不能成一字，竝挽聯亦無之，惟手書“影徂心在”四字於靈帷而已。憶程春海侍郎寄聯云：“淑德稱女師，孝著鄭經，禮修梁案；令名相夫子，澤流三黨，絮被萬家。”語特矜重，足令泉壤生輝。又林少穆撫部寄聯云：“相夫垂四十載辛勤，出處同心，晝錦歸來猶竝轡；濟世具萬千緡功德，熾昌啓後，夜臺化去合生天。”則隱括余行狀語也。又門人祝秋臺侍讀春熙長聯云：“千里蒓羹，方偕歸隱，三間茆屋，幸免賃舂，卅八載鴻案相莊，痛半世釵荆，彤史遽亡賢德曜；鑑鞶才思，葭末心欽，書帶家聲，蘭猷耳熟，廿六年鯉庭陪侍，對後堂絲竹，絳帷望斷老彭宣。”亦紀實之詞，尚非挽聯俗套。

陶雲汀宫保由徽撫蘇撫晋督兩江，前後將二十年，以勞瘁終於金陵。賜謚“文毅”，入祀賢良祠。余壬戌同年中，勳名之盛，未有如公者也。卓海帆尚書秉恬哭以聯云：“天下大事公可屬，江南遺愛民不忘。”京中同人皆以爲切當。余亦寄聯挽之云：“尹文端厚澤深仁，重見江鄉説遺愛；陳恪勤精心果力，方知楚産信多才。”蓋宫保狀貌雄偉，方口豐髯，酷似其鄉陳恪勤公。余藩吴日，因修陳公祠，拜像而知之。曾紀以詩云：“省識鬚眉如有悟，始知從古楚才優。”宫保聞之，亦頗自喜。此聯猶前詩意也。

朱咏齋太宰士彦亦余壬戌同年，一生以樸誠爲上所倚任。其直上書房時，尤以嚴氣正性自持，齗齗辨論之聲，達於中外。上在乾清宫時，每遥識之。比年奉命讞獄，周歷各省，不敢告勞。甫還朝，未久即卒。賜謚"文定"，加宫保銜，可謂備極哀榮矣。余寄聯挽之云："師範重三天，謦欬聲猶留殿陛；皇華周四國，樸誠望早式班聯。"無溢美也。

陳芝楣中丞鑾由鼎甲翰林，出爲江南郡守，初權江寧府，補授松江府，旋調蘇州府，取白香山詩句，鐫一小印曰"自出承明三領郡"。余藩吴時，芝楣適守蘇州，文采風華，傾其流輩。以於余有推薦之誼，執弟子禮甚恭。逾年，即擢監司都轉，陳臬開藩，遂被開府豫章之命。旋移吴中，權江督，兼河督。近科詞臣名場之快利，未有如公者也。聞其擢浙臬時，初覲京師，引對甚稱旨，有此後前程不可限量之褒，乃向用方殷，而修文遽召，年實限之，謂之何哉。余以聯寄挽之云："儀表稱科名，帝許雲程難限量；文章兼政事，我慚風義托淵源。"

哀挽通用之聯，亦有佳者。如悼亡云："春江桃葉鶯啼濕，夜雨梅花蝶夢寒。""寶瑟無聲弦柱絶，瑶臺有月鏡奩空。""繐帷忍痛安仁句，椎髻難忘德曜風。"戚友云："氣數不言仁者壽，性情猶見古之愚。""誄文作自先生婦，遺稿歸於後死朋。""蘭亭少長悲陳迹，玉局風光嘆化身。""素車有客奔元伯，絶調無人繼廣陵。""雲深竹徑樽猶在，雪壓芝田夢不回。""文章卓犖生無敵，風骨精靈没有神。"白傅句。"事業已歸前輩録，典型留與後人看。"坡公句。"稱觴尚憶登堂事，挂劍難爲過墓情。""十載名場成勁敵，九重泉路盡交期。"達官云："峴山碑墮羊公淚，浚縣圖留陸子型。"處士云："桃花流水杳然去，明月清風何處游。""上界由來足官府，西風何處哭文章。""墨雲香冷來禽館,薤露寒生賦鵩文。""不作風波於世上,别有天地非人間。"又八字云:"未弭前思,頓作永别;追尋笑緒,皆爲悲端。""一代傳人,鄭虔三絶;十年循吏,楊震四知。"又十二字云:"象應少微星,彩落蕭辰悲夜月;名傳耆舊傳,芳流梓里憶春風。""小别遽招魂,始信憂勞能損壽;高堂久忘世,那堪遲暮轉摧心。"叔挽侄云:"别室具銅盤,期爾從容光素業;中庭摧玉樹,愁余遲暮哭窮途。"兄挽弟云:"同氣遽分途,原隰秋風魂不返;異時誰共被,池塘春草夢難通。"兄挽妹云:"勁節勵冰霜,定卜瀧岡終有表;衰年鮮兄弟,可堪雷岸更無書。"甥挽舅云:"有淚灑州門,千古白眉增太息;無才成宅相,廿年青眼益酸辛。"婿挽翁云:"浮白自慚蘇子美,垂青空憶李文公。"弟挽師云:"問字感當年,重謁元亭空灑淚;傳經珍此地,載瞻絳帳暗摧心。"

曹薺原宫保文埴於乾隆末乞養里居,歿於嘉慶三年。彭文勤師挽聯云:"人爵貴,天爵更尊,解組學烏巢反哺;帝星升,臣星先隕,騎箕爲龍馭前驅。"

富陽董文恭公身爲太平宰相三十年,曾兩次畫像紫光閣,勳名之盛,一時罕有倫比。而身後清況,乃似寒門。潘芸閣學士錫恩有挽聯云:"珠玉自天題,計兩番紫閣圖形,早有丹青傳相業;樓臺無地起,綜卅載黄扉翊化,惟將清白表臣心。"

卷之十一

集句集字附

漢碑句皆質重，蔚然古香。余齋所藏頗多，因偶集爲楹聯云："蘭石之姿，清少之行；魯峻。珪璋其質，芳麗其華。熹平殘碑。""蹈規履信，立德隆禮；范式。根道核藝，抱淑守真。景君。""佐時理物，天與厥福；夏承、韓敕。含和履仁，帝賴其勳。夏承、孔宙。""德惠旁流，鬯芳遠布；劉熊。雅度宏綽，廣學甄微。魯峻。""敦詩悦禮，藐然高厲；耿勳、魯峻。琢質繡章，耀此聲香。校官、衡方。""紹聖作儒，貢登王室；孔宙。鈎河摘洛，象與天謨。史晨。""學爲儒宗，行爲士表；魯峻。冠乎群彦，簡乎聖心。鄭固。""聲無細聞，雖遠猶近；張遷。勞而不伐，有實若虚。孔彪。""純和之德，仁義之操；魯峻。孝弟於家，忠謇於朝。衡方。""含和履仁，天與厥福；見上。發號施憲，民説無疆。孔彪、華山。""含和履仁，見上。永享年壽；孔宙。應期作弼，入參文昌。倉頡、韓敕。""下民康濟，順如流水；尹宙、孔彪。群公憲章，穆若清風。衡方、魯峻。""温然而恭，慨然而義；婁壽。忠以自勖，清以自修。鄭固。"

近人集句楹帖，有可喜者。五言云："山公惜美景，小謝有新詩。"獨孤及、李嘉祐。"即事已可悦，賞心還自怡。"杜甫、劉方平。“脚著謝公屐，身披萊子衣。”李白、岑參。“名香播蘭蕙，妙墨揮巖泉。”岑參、張九齡。“江山助磅礴，文物照光輝。”陸堅、許景光。“深情托瑶瑟，逸興横素襟。”賈至、李白。“閲古宗文舉，臨風懷謝公。”盧綸、李白。“跌宕孔文舉，風流賀季真。”儲光羲、李白。“誰將佳句竝，真與古人齊。”楊巨源、李白。“雅琴飛白雪，逸翰懷青霄。”杜正倫、高適。“智勇冠當代，卓犖觀群書。”盧湛、左思。“結交指松柏，述作凌江山。”孟浩然、李白。“朗抱開曉月，高文激頹波。”孟郊、韋應物。“學業醇儒富，文章大雅存。”杜甫、韓愈。“積照涵德鏡，素懷寄清琴。”孟郊、權德輿。“鵬鶚勵羽翼，龍鸞炳文章。”儲光羲、李白。“草木含新色，①巖廊挹大猷。”儲光羲、高適。“知音在霄漢，高步躡華嵩。”郎士元、孟浩然。“江山澄氣象，冰雪淨聰明。”高適、杜甫。“汲古得修綆，開懷暢遠襟。”韓愈、褚亮。“文章輝五色，心迹喜雙清。”李白、杜甫。“端居喜良友，獨立占古風。”韋應物、孟郊。“披雲鍊瓊液，坐月觀寶書。”李群玉、李白。“聲華滿冰雪，節操方松筠。”高適、儲光羲。“酒香留客住，詩好帶風吟。”白居易、姚合。“名香播蘭蕙，雕藻邁瓊琚。”岑參、褚遂良。“蘊真愜所遇，振藻若有神。”杜甫、儲光羲。“溪静雲生石，窗虚日弄紗。”姚合、李商隱。“心同孤鶴静，節效古松貞。”吕渭、沈佺期。“名香泛窗户，達岫對壺觴。”許渾、錢起。“墨研清露月，琴響碧天秋。”李洞、許渾。“地迥雲偏白，亭香草不凡。”高適、張祜。“接垣分竹徑，微路入花源。”張説、儲光羲。“美花多映竹，喬木自成林。”杜甫、孟浩然。“丘壑趣如此，鸞鶴心悠然。”錢起、李

---

① “新”，原作“清”，據清康熙四十六年揚州詩局本《全唐詩》卷一百三十六改。

白。"柳深陶令宅，月靜庾公樓。"李白、杜甫。"苔石隨人古，山花拂面香。"張九齡、李白。"長笑對高柳，貞心比古松。"李頎、李白。"願持山作壽，常與鶴爲群。"武三思、杜甫。"荷鋤修藥圃，煮茗就花欄。"王維、喻鳧。"澗松寒轉直，碧海闊逾澄。"王績、杜甫。"誰知大隱者，乃是不羈人。"王維、韓愈。"詩思竹間得，道心塵外逢。"元稹、岑參。"暗水流花徑，清風滿竹林。"杜甫、崔峒。"從來多古意，可以賦新詩。"杜甫。"徑隱千重石，園開四季花。"杜甫、周繇。"隔沼連香芰，緣巖覆緑蘿。"杜甫、李德裕。"琴將天籟合，幔卷浪花浮。"趙冬曦、杜甫。"野翠生松竹，潭香聞芰荷。"李赤、①孟浩然。"頗得湖山趣，不知城市喧。"劉長卿、吴筠。"短歌能駐日，閒坐但聞香。"宋之問、王維。"高松來好月，野竹上青霄。"李白、杜甫。"松風清耳目，蕙氣襲衣襟。"孟郊、張九齡。七言云："川原繚繞浮雲外，臺榭參差積翠間。"盧綸、薛逢。"松間明月長如此，身外浮雲何足論。"宋之問、白居易。"窗含遠樹通書幌，風颭殘花落硯池。"李賀、高九萬。"四野緑雲籠稼穡，一庭紅葉掩衡茅。"杜荀鶴、雍陶。"常愛此中多勝事，更於何處學忘機。"劉長卿、周樸。"松持節操溪澄性，山展屏風花夾籬。"李洞、李白。"閒看秋水心無事，靜聽天和興自濃。"皇甫冉、劉禹錫。"陽羡春茶瑶草碧，蘭陵美酒鬱金香。"錢起、李白。

楹帖中亦有所謂臺閣體者，五言集句云："大賢秉高鑒，上德表鴻名。"孟郊、虞世南。"天與三台坐，儒開百代宗。"張九齡、司空曙。"謀猷歸哲匠，詞賦引文雄。"王維、唐玄宗。"羽儀

① "赤"，原作"亦"，據清康熙四十六年揚州詩局本《全唐詩》卷四百七十二改。

呈鸞鷟，藻思焕瓊琚。”劉禹錫、權德輿。“麟筆删金篆，霓裳侍玉除。”盧綸、王維。“一經傳舊德，八座起文昌。”張説、唐玄宗。“雲山起翰墨，星斗焕文章。”王琚、杜甫。“三光懸聖藻，一氣轉洪鈞。”沈佺期、杜甫。“道爲詩書重，心緣啓沃留。”杜甫、高適。七言云：“功名待寄凌烟閣，霄漢常懸捧日心。”杜牧、錢起。“千秋籙紀朱鸞誥，五色光生彩鳳毛。”李義府、聶夷中。“瑞氣迴浮青玉案，清名合在紫微天。”耿湋、白居易。“仰賀斯文歸朗鑒，惟將直道歷崇班。”齊己、張籍。“聖代科名酬志業，中朝品秩重文章。”方干、羅隱。“勳業定應歸鼎鼐，文章誰得到罘罳。”徐寅、貫休。“三千士裏文章伯，十二樓前侍從臣。”盧綸、許渾。“彩筆只宜天上用，五雲多繞日邊飛。”貫休、鮑溶。“瑞草惟承天上露，繡衣卻照禁中花。”王建、方干。“萬卷圖書天禄上，四時雲物月華中。”李白、許渾。“更傍紫微瞻北斗，還將彩服咏南陔。”薛逢、蘇頲。“花迎彩服離鶯谷，閣倚晴天見鳳巢。”羅隱、劉禹錫。“七德龍韜開玉帳，三千犀甲擁朱輪。”駱賓王、陳陶。“身應山河分岳瀆，功銘鼎吕繪麒麟。”于尹耕、封益紳。

梁山舟學士所書楹帖多係集句，有鈔輯成本者，今録其佳者如左。四言云：“斧藻其德，《法言》。竹柏之懷。《水經注》。”五言云：“名隨市人隱，心與古佛閒。”蘇句。“竹石得幽秉，壺觴多雅游。”文同句。六言云：“讀書不求甚解，陶靖節句。鼓琴足以自娱。《莊子》。”七言云：“我書意造本無法，蘇句。此老胸中常有詩。陸句。”“眉宇之間見風雅，笑談與世殊臼科。”山谷句。“文章或論到閫奥，梅聖俞句。笑談與世殊臼科。見上。”“萬卷藏書宜子弟，山谷句。三田聚寶真生涯。蘇句。”“官如草木吾如土，東坡句。舌有風雷筆有神。見上。”“胸中已無少年事，門外猶多長者車。”山谷句。“張顛草聖雄千古，焦遂高談驚四筵。”遺山句。“名高北斗星辰上，王廷珪句。詩在千山烟雨中。張孝祥句。”“輕鷗白鷺定吾友，山谷句。緑竹高松無俗塵。劉公是句。”“繅成白雪三千丈，荆公句。淨掃清風五百間。蘇句。”“更築園林負城郭，荆公句。先安筆研對溪山。放翁句。”“蹙踏鮑謝跨徐庾，蘇句。網羅秦漢近唐虞。傅蔡句。”八言云：“行道有福，能勤有繼；居安思危，在約思純。”《左傳》。“冰生於水，而寒於水；《荀子》。雲出其山，復雨其山。《詩》疏。”“如此風神，惟須飲酒；《北史》。既佳光景，當是劇棋。《南史》。”“小窗多明，使我久坐；入門有喜，與君笑言。”《易林》。“德有潤身，禮不愆器；顔延年句。玉韞庭照，蘭生室香。庾子山句。”“平理若衡，照辭若鏡；動墨横錦，摇筆散珠。”《文心雕龍》。“山水有靈，亦驚知己；《水經注》。性情所得，未能忘言。庾子山句。”“閉户自精，開卷有益；任彦昇句。垂露在手，清風入懷。柳子厚句。”“碧山人來，幽鳥相逐；①金尊酒滿，奇花初胎。”《詩品》。“脂粉簡編，冠纓圖史；李義山句。糠粃禮義，錙銖功名。王績句。”九言云：“如良金美玉，無施不可；《張説傳》。非精墨佳筆，未嘗輒書。《裴行儉傳》。”十言云：“無江海而閒，不導引而壽；《莊子》。乃邦家之光，非閭里之榮。歐文。”

吴青士郡丞廷榕自吴中録寄集句八字聯，皆古雅可愛。今擇録其尤佳者如左云：“赤野生姿，青田矯翰；唐婁師德《契苾明碑》。白雲怡意，清泉洗心。李邕《葉有道碑》。”“蘊智成囊，含明作鏡；唐劉待價《獨孤仁政碑》。② 憑春灑翰，席月抽琴。北魏

① “幽鳥相逐”，桂林署齋本、吕恩湛本作“明月作畫”。按，“明月作畫”不見於《二十四詩品》，當誤。

② “獨孤”，原作“令狐”，據清嘉慶内府本《全唐文》卷二百七十八、清嘉慶十年刻同治錢寶傳等補修本王昶《金石萃編》卷六十九改。

《高湛碑》。”“如篘斯清，比蕙又暢；唐宋儋《報友書》。逢岑愛曲，值石憐欹。魏姜質《亭山賦》。”“器重南金，才横東箭；《高后碑》。辨雕春囿，德瑩秋天。唐太宗《訪才能詔》。”“綴響蘭深，緝言瓊秘；謝莊《武帝册》。沈思泉湧，華藻雲浮。魏卞蘭《贊述太子賦》。”“鳥囀歌來，花濃雪聚；庾信《馬射賦》。雲隨竹動，月共水流。陳後主《夜庭度雁賦》。”“春水兩派，晴山數曲；《大隱賦》。朱輪十乘，紫誥千篇。《幽居賦》。”“薜引山茵，荷抽水蓋；王勃《東臺山池賦》。① 琴號珠柱，書名玉杯。庾信《小園賦》。”“激揚碩學，誘接後進；《南史·張融傳》。甄明政術，曉達公方。唐太宗《訪才能詔》。”“經緯區宇，彌綸彝憲；《文心雕龍》。抑揚人傑，雕繪士林。《契苾明碑》。”“綴響蘭深，緝言瓊秘；謝莊《武帝册》。秉仁岳峻，動智淵明。《崔敬邕碑》。”“修風曉逸，德星夕映；謝莊《武帝册》。祥禽輩作，瑞木朋生。鮑照《河清頌》。”“澤雨無偏，心田受潤；簡文《上大法頌表》。慈雲既擁，智海亦深。簡文《與廣信侯書》。②”“抗心希古，任其所尚；③含毫命素，動必依真。隋姚最《名畫記》。④”“溥露飛甘，舒雲結慶；謝莊《武帝册》。貞篘抽箭，潤璧懷山。王融《贈叔詩》。”“壯思風飛，沖情雲上；⑤謝朓《七夕賦》。朗姿玉暢，惠風蘭披。宋孫康《團扇賦》。”

謝默卿邑侯元淮自梁溪録寄集句各聯，皆工穩。附録於

---

① “臺”，原作“屋”，據清嘉慶内府刻本《全唐文》卷一百七十七、《四部叢刊》影明本《王子安集》卷一改。

② “廣信侯”，原作“智炎”，據《四部叢刊》影明本唐釋道宣《廣弘明集》卷十六、明婁東張氏刻本《漢魏六朝百三家集》卷八十二上改。

③ 按，此句出於嵇康《幽憤詩》。

④ “最”，原作“察”，據《津逮秘書》本唐張彦遠《歷代名畫記》卷七、《四部叢刊》三編影宋本李昉《太平御覽》卷七百五十一改。

⑤ “沖”，原作“逸”，據明末毛氏汲古閣影寫宋刻本《謝宣城詩集》卷一改。

左云:“井竈有餘處,林園無俗情。”“揮兹一觴,未知明日事;遠之八表,正賴古人書。”以上集陶詩。“精義測神奥,清機發妙理;遠想出宏域,高步超常倫。”集《文選》句。“謳吟坰野,金石雲陛;棟梁文囿,冠冕詞林。”《文心雕龍》、《庾開府集》。“芝洞秋房,檀林春乳;桂深冬燠,松疏夏寒。”庾開府句。“舉頭望明月,蕩胸生層雲。”集李、杜句。“楓葉荻花秋瑟瑟,浴鳧飛鷺晚悠悠。”集白、杜句。“家醖滿瓶書滿架,山花如繡草如茵。”集唐句。“蝶銜花蕊蜂銜粉,犀辟塵埃玉辟寒。”集李義山句。“碧苔芳暉,如有佳語;緑杉野屋,良殫美襟。”集司空表聖《詩品》,下同。“隔溪漁舟,幽鳥相逐;亂山喬木,奇花初胎。”“妙機其微,是有真宰;遠引莫至,忽逢幽人。”“娟娟群松,上有飛瀑;蕭蕭落葉,人聞清鐘。”“紅杏在林,幽鳥相逐;碧桃滿樹,清露未晞。”“蓄素守中,所思不遠;返虚入渾,其聲愈希。”“神化攸同,控物自富;性情所至,著手成春。”“與古爲新,載瞻星氣;其曰可讀,如寫陽春。”

《焦氏易林》中,語多吉祥。有集句爲聯語云:“砥德礪才,爲國藩輔;布政施惠,生我福人。”“含和履中,駕福乘喜;年豐歲熟,政樂民仁。”“論仁議福,保我金玉;達性任情,樂其安閒。”“道德神仙,增榮益譽;福禄歡喜,長樂永康。”

余小霞有集句聯云:“隨遇而安,因樹爲屋;會心不遠,開門見山。”又云:“天半朱霞,雲中白鶴;山間明月,江上清風。”予曾集蘇句爲聯贈之云:“勸子勿爲官所腐,知君欲以詩相磨。”又一聯云:“筆老詩新疑有物,水清石瘦亦能奇。”

聞有集前人句題酒家樓者云:“勸君更盡一杯酒,與爾同消萬古愁。”可謂工絶。

黎湛溪河帥廳事,有桂未谷馥分書集句一聯云:“天根月窟閒來往，粗沙大石相磨治。”余每進謁，屢目之，河帥曰：“君賞其書乎？惜集句殊不倫不類也。”余曰：“桂作此時，初不爲公。自今觀之，則所集殊雅切。”何帥詰其説，余曰：“上語謂公治《易》，對語謂公治河耳。”同僚尚未喻，余曰：“上語謂作《河上易注》，對語謂辦碎石坦坡耳。”衆始囅然。

吴信辰集司空曙、李頎一聯云：“翠竹黄花皆佛性，清池皓月照禪心。”以題佛寺恰好。

李蘭卿守思恩時，於賓州建聽荷小閣，集句聯云：“眼明小閣浮烟翠，身在荷香水影中。”跋云：“道光丁亥六月，按試賓州，以是月二十四日作荷花生日。”時阮春畬刺史重葺是閣方成，而申漁溪、陳紫瀾、劉夢庭三明府皆不期而會，一時之盛，衆賓俱歡。余題扁榜曰“荷花世界”，竝集東坡、誠齋詩句，懸於閣柱。

達誠齋達三榷税粤關，喜談文字，頗通《易》學，有别業在署旁，名“淨芳園”。榷使自爲集句一聯云：“閒坐小窗讀《周易》，每依南斗望京華。”

相傳徽州城中有戲臺初成，徽之巨商撰聯，得一句云：“聲爲律吕身爲度。”久不能對，曰：“有能集成語對者，當厚酬之。”時方朴山先生命其子德往對曰：“雲想衣裳花想容。”徽商酬以百金。先生笑曰：“七字百金，李太白惠我無疆也！”按，對句勝於出句，出句“吕”字添出，“身爲度”三字亦無著，適成其爲徽商本領也。

近人有集句楹帖云：“大兒孔文舉，小兒楊德祖；前身陶彭澤，後身韋蘇州。”以東坡詩對《禰衡傳》，天然比偶。惜無人能當此語耳。

石墨文字以《石鼓文》爲最古，近有集爲篆聯者云：“道藝工於寫華柳，秀靈時或載淵魚。”“不華不樸同所好，既安既寧樂乃時。”“寧樸毋華，以康我道；既安乃樂，共寫其天。”“道旨淵微，深於四子；詞華工秀，大如六朝。”

桂林城中巖洞以風洞山爲最，即叠彩山也。山中座落又以景風閣爲最。葉琴柯中丞紹楏集《禊帖》字爲聯云：“林間虚室足觴咏，山外清流無古今。”余亦擬集韓句一聯云：“粉牆丹柱動光彩，高崖巨壁爭開張。”

余編梓《聯話》將竣，適賀耦庚中丞郵信來，以集句兩聯索書。集四書云：①“行不得則反求諸己，躬自厚而薄責於人。”又經語云：②“視履考祥，其旋元吉；清明在躬，氣志如神。”因附識之。以下集字。

《西岳華山碑》前明已毁，今海内只有三拓本。余所藏者《華陰》，郭允伯舊物，曾歸朱笥河先生者也。碑爲蔡中郎所書。近人有集《碑》字爲楹帖者，如云：“漢璧秦璆千歲品，光風嘉月四時春。”“和平峻望中書令，典則高文太史公。”“歲星仙氣原方朔，璧月新詞是義山。”“玉堂修史文皆典，香案承書望若仙。”

陳曼生郡丞有集《三公山碑》字一聯云：“老屋三間，可蔽風雨；空山一士，獨注《離騷》。”

柳誠懸所書《元秘塔銘》，雄偉奇特，最宜於作楹聯。有集字成句者云：“山静日長仁者壽，荷香風善聖之清。”“窮經安有息肩日，學道方爲絶頂人。”“情詞超邁高常侍，書法清圓趙集賢。”

---

① “集四書”，桂林署齋本、吕恩湛本作“一七字”。

② “經語”，桂林署齋本、吕恩湛本作“八字”。

敬客所書《王居士磚塔銘》，乃褚派也。近人喜學之，姿態横生，惟以作大字，則規模稍有不足。亦有集字爲楹帖者云："天然文吐春雲潤，悟後心如秋月超。""明月超然懷遠鑒，緒風和處覺春生。""書求往迹得其化，文有真宗鑒乃神。""風節爲貞金樂石，心神如秋月春雲。"

顔魯公《爭坐位帖》字不及寸，而拓作大字，則有雄偉之觀，勝於臨摹他迹。近有集帖字爲楹聯者，語亦岸異不群。七言云："身向尺天崇位業，人從香海望才名。""恬然清行同南部，①積有文才是左思。""一誠有定同葵向，百故皆恬若海容。""校書長愛階前月，品畫微聞座右香。""清時盛治人同仰，名世高文衆所師。""其書莫廢文明道，不爵而尊禮衛身。""畏友恨難終日對，異書喜有故人藏。""月寮烟閣標清興，文府書城縱古今。""書到右軍難品次，文如開府得縱横。""滿室古香人有會，當階清蔭月初中。""立志須如三古盛，爲書自起一家言。"八言云："立功德言，有三不朽；尚齒爵位，無一非尊。""功冠凌烟，紀綱文武；才高晝日，損益古今。""立德立功，居之以敬；友直友諒，尊其所聞。"有集顔魯公《多寶塔碑》字爲楹帖者，近刻成板聯，墨搨亦頗可觀。句云："天然深秀檐前樹，自在流行檻外雲。""脱俗書成一家法，寫生卷有四時春。"

顔魯公書《東方朔像贊》，字莊嚴合矩，在《多寶塔》之上。有集字成聯者云："德星人是東方朔，雄辨文如石曼卿。""作者多大方家數，望之如神仙中人。""清而不矯心無滓，儉以爲節家之肥。""學以精神通廣大，家從清儉足平安。"

---

① "部"，吕恩湛本作"郡"。

《嶧山碑》原石已不可考，今所傳本，乃五代鄭文寶重刻。而典型具在，殊可臨摹。近有集碑字爲聯云："追古思今，道在作者；登高望遠，時復樂之。""爲樂及時，令德無極；去古不遠，直道在斯。""日有所思，經史如詔；久於其道，金石爲開。""山澤高下理所著，金石刻作臣能爲。"

王右軍《蘭亭叙》字，執筆者無不奉爲矩型。近人有集字爲楹聯者，亦自巧思綺合。五言云："暢懷年大有，極目世同春。""室有山林樂，人同天地春。""惠日朗虚室，清風懷古人。""風竹引天樂，林亭集古春。"六言云："今趣豈異於古，天聽可期諸人。""文情生若春水，弦咏寄之天風。"七言云："有足春隨惠風至，無懷人合盛時生。""游春人若在天坐，聽曲情隨流水生。""文生於情有春氣，興之所至無古人。""情文俯仰懷遷固，述作風流契老彭。""流水永無風浪作，春情時以管弦和。""絲竹放懷春未暮，清和爲氣日初長。""寄興在山亭水曲，懷人於日暮春初。""遇事虚懷觀一是，與人和氣察群言。""與弦作契風生竹，列坐爲情水抱山。""觀水期於無盡地，生天當是有情人。""隨群流觀極盛事，欣樂歲述古初言。""得趣在形骸以外，娱懷於天地之初。""流水情文曲有致，至人懷抱和無同。""極清閒地是蘭若，觀自在春於竹林。""追隨永日情殊暢，坐領春風氣不群。""坐隨蘭若幽懷暢，游及竹林躁氣清。""静坐不虚蘭室趣，清游自帶竹林風。""隨所遇時將静悟，老於文者不陳言。""得山水樂寄懷抱，於古今文觀異同。""放水流長觀其曲，爲文氣盛集於虚。""虚懷視水人咸悟，和氣爲春天與游。""將合萬類爲一己，每以内觀當外游。""知足一生得自在，静觀萬類無人爲。""大文間世有述作，至樂在人無古今。""山水之間有清契，林亭以外無世情。""虚竹幽蘭生静氣,和風朗月喻天懷。”“群然和者幽蘭曲,快哉當之修竹風。”“古與爲懷稽作者,興隨所引契天然。”“風人所咏托於古,静者之懷和若春。”“清風有信隨蘭得,激水爲湍抱竹流。”“室因抱水隨其曲,竹爲觀山不放長。”“亭間流水自今古,竹外春山時有無。”“山有此生未能至,竹爲一日不可無。”八言云:“畢生所長,豈在集古;閒情自托,亦不猶人。”“不次之遷,人同品峻;及時爲惠,情與春長。”“今古畢陳,趣生一室;人天興感,文可萬言。”“誕妄不生,虚無視事;幽閒自得,清静爲修。”“林氣映天,竹陰在地;日長似歲,水静於人。”“小有清閒,抱弦懷古;隨其時地,修己觀人。”“清氣若蘭,虚懷當竹;樂情在水,静氣同山。”“春水初生,係懷左右;清風惠及,盛領情文。”九言云:“今文與古文,期其一是;無極爲太極,化可萬殊。”

近吾鄉鄭雲麓觀察開禧有《知足齋集禊序楹貼》一帙,刻於粤東,董琴南爲之序,亦集帖中字。所稱“既極自然,又有生趣”者,信不虚也。兹擇其尤佳者録之云:“生當稽古右文日,老作觀山樂水人。”“人品清於在山水,天懷暢若當風蘭。”“世間清品至蘭極,賢者虚懷與竹同。”“時契幽懷同静氣,因觀流水悟文情。”“有時自向竹間坐,無事一至蘭若游。”“爲人不外修齊事,所樂自在山水間。”“隨時静録古今事,盡日放懷天地間。”“修己可知有樂地,作文自合舍陳言。”“作文每期於古合,寄懷時或與天游。”“萬類静觀咸自得,一春幽興少人知。”“世情豈盡能相合,賢者所爲固自殊。”“人品若山極崇峻,情懷與水同清幽。”“大賢自合爲九列,清風可以流萬年。”“信之爲言有諸己,文亦不外生於情。”“盡日山游得風趣,一生浪迹契天隨。”“老可情懷常作竹,少文樂事在游山。”“述古期同彭不作，臨風若遇惠之和。”“昔時嘗品惠山水，異日期爲少室游。”“自古在昔有述作，當今之世咸清賢。”

懷仁《聖教序》，本集右軍遺字而成。近復有集《序》中字作楹帖者，古雅可喜。五言云：“鹿門多大隱，花洞有長春。”“雲霞生異彩，山水有清音。”“波緑生春早，雲歸注雨遲。”“有雨雲生石，無風葉滿山。”七言云：“黄昏花影二分月，細雨春林一半烟。”“明月不離光宅寺，清風常渡出山鐘。”“清華詞作雲霞彩，典重文成金石聲。”“勝地花開香雪海，妙林經説大羅天。”“一藏梵聲濤在口，滿林花影月苞山。”“九萬里風斯在下，八千年木自爲春。”“天機清曠長生海，心地光明不夜燈。”“承恩湛露三春重，被體香羅九夏輕。”“機雲才學有天趣，王謝風流本性成。”“法雨慈雲窺色相，清池明月露禪心。”“萬里波濤歸海國，一山花木作香城。”“座攬清輝萬川月，胸涵和氣四時春。”“八體六書生奥妙，五山十水見精神。”“松濤在耳聲彌静，山月照人清不寒。”“紫薇華省承綸誥，金粟香風舞彩衣。”“書成花露朝分潔，悟對松風夜共幽。”“珠林墨妙三唐字，金匱文高二漢風。”“謝傅心情托山水，子瞻風骨是神仙。”“燈火夜深書有味，墨花晨湛字生光。”

歐陽率更書《醴泉銘》，字最方整，臨作楹帖尤宜。有集字成聯者，七言云：“月沼觀心清若鏡，雲房養氣潤於珠。”“德取延和謙則吉，功資養性壽而安。”“西清恩挹三霄露，東觀文成五色雲。”“一室圖書自清潔，百家文史足風流。”“巖前鍊石雲爲質，檻外流泉月有聲。”“爲學深知書有味，觀心澄覺竇生光。”“功深書味常流露，學盛謙光更吉祥。”八言云：“氣淑年和，群生咸遂；冰凝鏡澈，百姓爲心。”“良玉潤珠，精神流照；吉金樂石，左右交輝。”“甘露卿雲，於斯爲瑞；珠輝玉照，蓋代之華。""瓊質金相,當時之寶;頌經風緯,冠世而華。"近張瀣山方伯岳崧集字書聯見贈云:"鳳質龍文,光華相映;景風淑氣,仁壽同登。"

"室臨春水幽懷朗,坐對賢人躁氣無。"此姚姬傳先生鼐集《禊帖》字聯,以贈羅子信太史者。

卷之十二

雜綴諧語附

朱竹垞先生在京師，除夕署門聯云："且將酩酊酬佳節，未有涓涘答聖朝。"脱盡名士習氣，而未嘗不傳誦於時，所謂言以人重也。又罷官後，集句爲門聯云："聖朝無棄物，餘事作詩人。"其實"詩人"二字尚不足以盡先生耳。

彭文勤公自書京邸春聯云："門心皆水，物我同春。"日下士大夫頗以出語爲話柄："不過以'門心'二字強捏耳。"然古人此等句法甚多，唐賈島《題長江廳》詩有"言心俱好靜"之句，意境正與相似，則用之楹帖，有何不可？況對句甚渾成乎。後汪鋭齋儀曹德鉞仿其意云："臣心如水，王道猶龍。"則青出於藍，而不能青於藍矣。

京師宦宅所製春聯，每喜以本歲干支分冠於首。如"乙未"云："乙近杏花袍曳紫，未勻柳色綬拖黄。""丁酉"云："丁歲觀光慚國士，酉山探秘識奇書。"皆有湊泊痕迹，莫如"戊寅"歲一聯云"吉日維戊，太歲在寅"爲自然也。

《畫舫録》云："岳大將軍鍾琪以名將兼通文墨，嘗訪舊好蜀僧大嵒於揚州樂善庵，即席贈以聯句云：'有月即登臺，無論春秋冬夏;①是風皆入座,不分南北東西。'庵即譯經臺舊址也。"或以此聯爲李笠翁所撰。

英煦齋師曰:"余未諳習内典。臨摹古人所寫佛經,偶有會心,如'比邱尼',豈非尊我孔子乎?居馬蘭峪工次,時工人於舊寺中添建三教聖人殿,求作聯語,遂書與之云:'西域談經,心仰尼山思竊比;東周問禮,語傳柱史戒深藏。'"

吾鄉林樾亭先生喬蔭湛深經史之學,復工駢儷之文,有壽其姊夫李志漢封翁一聯云:"寶樹蔚彤雲,知諸出有陽元,望他日成吾宅相;華堂盈紫氣,溯厥初於聃耳,喜長生本自家傳。"封翁爲李研雲鴻瑞之父,蘭卿都轉之祖,"宅相"信不虚矣。

王夢樓先生贈蔣心餘聯云:"前輩典型,秀才風味;華嵩品格,河海文章。"汪劍潭端光亦有贈聯云:"沽酒近交鄉父老,解衣平揖漢公卿。"

阮梅叔亨爲芸臺先生介弟,文采風流,不愧難弟之目。曾撰《瀛舟筆談》十二卷,皆雜紀先生撫浙時事也。洪稚存先生亮吉於嘉慶戊辰八月十三日游曲江亭,始與定交,用篆書楹帖贈之云:"第五之名齊票騎,十三此夜訂心交。"梅叔甚喜,即附記於《瀛舟筆談》中。

張南山《松軒隨筆》云:"高要莫善齋廣文元伯以學行聞於時,馮魚山先生敏昌贈以楹帖云:'奉母《孝經》看在手,教兒《文選》讀從頭。'"

吴興包果峰敬堂有著作才,阮芸臺先生最賞異之,嘗贈

① "春秋冬夏",清乾隆六十年自然庵刻本李斗《揚州畫舫録》卷九作"春冬秋夏"。

聯云:“吴興山水,古來清遠;包咸《論語》,今尚流傳。”

李松雲先生少年科第,後頗偃蹇。年六十時,猶官成都知府。自壽聯云:“三館六曹十七科,競稱前輩;一官萬里二千石,遂老斯人。”

《秋雨庵隨筆》云:“‘子建之才八斗,我得一斗,天下共分一斗。’以斗論才,奇矣。有曹姓人爲彭澤令,其友人贈一聯云:‘二分山色三分水,五斗功名八斗才。’運典恰切。”

蘭州府城西火祖廟,元宵燈火最盛。余曾於公餘往觀,記得吴信辰一聯云:“鑽燧木先春,食德飲和,且自披星朝赤帝;觀燈天不夜,衢歌巷舞,何妨捧日待黄人。”

王孚遠方伯述:“爲滇臬時,每赴城外監視行刑,必就其地關廟行香。此廟僻在郊坰,且非有行刑事,直爲人迹所不到。寺僧乞製廟聯,因以意撰句云:‘度一切衆生於夢幻後,存千秋大義在天壤間。’”可謂不即不離。又言:“浙江桃花嶺有關廟,縉雲程教諭文淦撰聯云:‘當時諸葛大名,荒祠古柏,嗟回首萬牛,何如漢壽亭垂,遍開蘭若;此地洞天小有,絶壁修篁,肅臨風千纛,休比武陵源藐,空説桃花。’”據云此聯在浙東頗膾炙於人口。然上聯無端壓倒諸葛公,已屬無謂。下聯只敷衍得“桃花”二字,實非佳構也。

西湖詩僧小顛,有《萬峰山房稿》。預爲涅槃塔院。嘗於所居榜一聯云:“老屋將傾,只管淹留何日去;新居未卜,不妨小住幾時來。”

張南山爲余述武后廟聯云:“六宫粉黛無顔色,萬國衣冠拜冕旒。”武后何以有廟,廟亦不知在何地,而聯語則亦莊亦諧,精切不易矣。

李笠翁云:“李申玉賡文家有聲樂,余贈之聯云:‘門多桃李，案少簿書，别宦恐無此樂；前列生徒，後盈絲竹，今時復有其人。’又申玉之内子生於元旦，是日稱觴，即令家姬試演新劇。余亦有聯云：‘元旦即稱觴，鶴算龜齡齊讓早；歲朝先試樂，鶯歌燕語盡翻新。’”

笠翁芥子園門前二柳，門内二桃。桃熟時，人多竊取，因戲書一聯於户云：“二柳當門，家計逐陶潛之半；雙桃鑰户，人謀慮方朔之三。”人以爲謔而不虐。又題歌臺云：“休縈俗事催霜鬢，且製新歌付雪兒。”又題大門云：“孫楚樓邊觴月地，孝侯臺畔讀書人。”孫楚酒樓爲白門古迹，太白觴月於此。周處讀書臺，則與芥子園適相鄰也。

賈膠侯中丞有大園亭，棄而不居，改爲鄉館。凡山右名賢之客都門者，皆得寓焉。李笠翁贈之聯云：“未聞安石棄東山，公能不有斯園，賢於古人遠矣；漫説少陵開廣厦，彼僅空懷此願，較之今日何如。”

柯岸初居臺諫幾二十年，李笠翁贈聯云：“諫垣彌久望彌尊，看此際三公，都是當年等輩；封事愈多功愈懋，卜將來一擢，盡補往日淹留。”

笠翁有除夕贈程蕉鹿文宗一聯云：“世間桃李盡出公門，何須臘盡始芳菲，滿眼無非春色；天下魚龍都歸學海，不待時來方變化，啓口即是雷聲。”

嘗見劉文清公書楹帖云：“鏡裏有梅新晋馬，釜中無藥舊唐雞。”不知所謂。或云是錢東澗句。

《隨園詩話補遺》云：“對聯之佳者，或題禪堂云：‘無法向人説，將心替汝安。’佛座云：‘大護法不見僧過，善知識能調物情。’題虎邱畫春册店門云：‘一陰一陽之謂道，此時此際難爲情。’題戲臺後云：‘做戲何如看戲樂，下場更比上場難。’或見贈云：'天上何曾有山水，人間樂得做神仙。'"

秦澗泉學士請假南歸，卜居於武定橋畔，相傳爲前明何尚書汝寵故宅。取六一"瞻望玉堂如在天上"之意，①名其園曰"瞻園"。園中有東山樓，自爲聯云："辛勤有此廬，抽身歸矣，喜鳥啼花笑，三徑常開，好領取竹簟清風，茅檐暖日；蕭閒無個事，閉户恬然，對茶熟香温，一編獨抱，最難忘別來舊雨，經過名山。"

江寧董觀橋制府教增督閩浙時，愛西湖山水之勝，買宅於杭城之三搬營，擬解組後作平泉之墅。榜其門云："聖代即今多雨露，故鄉無此好湖山。"妙偶天然，人多誦之。後制府未及予告，而已歸道山矣。

京中宣武門外之方壺齋，本戲園，今改爲官宅。余叔父太常公首賃居之。公出視學廣西，余妹婿龔小峰豐穀居之，獻歲自題門聯云："家傳渤海箕裘遠，春到方壺雨露新。"一切姓，一切地，李芝齡宗昉亟稱之。

費西墉京兆錫章以召試舉人，歷登清要，中年興高采烈，晚乃漸識夷塗。嘗於書室中自撰一聯云："酒闌興倦，事往情遷，祇不忘游過名山，別來舊雨；此與秦澗泉學士語相同，近吴山尊自撰聯句亦用之，或皆襲學士語耳。春去仍歸，人老難復，更休詫殿前起草，海外題詩。"蓋京兆久爲軍機章京，以才望著名，及居諫垣，又曾奉命充册封琉球使者也。

《秋雨庵隨筆》云："葛秋生慶曾齋中懸一聯云：'書似青山常亂叠，燈如紅豆最相思。'語極清新。'青山'句，秋生自擬；'紅豆'句，則許滇生太史乃普所對也。"

---

①"六一"，原作"東坡"，據會文堂本改。

宣武門外上斜街趙象庵舍人家，菊花最盛，自號菊隱。花時過客如織。聞其初未著名時，來觀者率不通謁，[1]亦不問主人爲誰。一日劉金門先生同京朝官借其園亭賞菊，酒闌，主人出素紙求先生楹帖，且乞新製。問主人有何好，答云："無他好，惟愛菊如性命耳。"先生信手書云："只以菊花爲性命。"而未有對語，復問主人何姓，答云："姓趙。"乃一揮而就云："本來松雪是神仙。"一座嘆其工敏。

《秋雨庵隨筆》云："伊犁有過復亭，[2]蓋爲謫官而設，劉金門宫保過之，題一聯云：'過也如日月之食焉，復其見天地之心乎。'運用成語，天造地設。"

有以義園求劉金門先生撰聯者，先生集四書云："逝者如斯夫，掩之誠是也。"確切不移。吾鄉福州會館屋後，有野地一區，自前明即立義園，每春秋兩祭，同鄉之在京師者咸集。聞鄉老言，舊有小亭，前明葉文忠公有聯云："滿眼蓬蒿游子淚，一盂麥飯故鄉情。"淒婉動人。自余入京師，則亭久圮，聯亦不存矣。

余偶見一剃髮店中懸"整容堂"匾，旁有聯云："雖然毫末技藝，卻是頂上工夫。"雖巧而不傷纖。又《桃符綴語》中載一聯云："不教白髮催人老，更喜春風滿面生。"又《秋雨庵隨筆》中載一聯云："到來盡是彈冠客，此去應無搔首人。"皆頗自然。又牙行市肆通用聯云："其交以道，其接以禮；同聲相應，同氣相求。"亦顛撲不破語也。

大路邊茶亭或題一聯於柱云："四大皆空，坐片刻無分爾

① "時來"，原誤倒，據桂林署齋本乙正。

② "過復"，清道光振綺堂本梁紹壬《兩般秋雨庵隨筆》卷二作"見過"，清道光二十五年本王培荀《鄉園憶舊録》卷三作"復過"。

我；兩頭是路，吃一盞各自東西。”淺語頗有禪理。又杭州湧金門外藕香居茶室聯云：“欲把西湖比西子，從來佳茗似佳人。”集蘇句恰切，可入《西湖志餘》。

鄭板橋六十自壽聯句云：“常如作客，何問康寧，但使囊有餘錢，甕有餘釀，釜有餘糧，取數葉賞心舊紙，放浪吟哦，興要闊，皮要頑，五官靈動勝千官，過到六旬猶少；定欲成仙，空生煩惱，只令耳無俗聲，眼無俗物，胸無俗事，將幾枝隨意新花，縱横穿插，睡得遲，起得早，一日清閒似兩日，算來百歲已多。”

板橋解組歸田日，有李嘯村者，贈之以聯。板橋方宴客，曰：“嘯村韻士，必有佳語。”先觀其出聯云“三絶詩書畫”，板橋曰：“此難對。昔契丹使者以‘三才天地人’屬語，東坡對以‘四詩風雅頌’，稱爲絶對。吾輩且共思之。”限對就而後食，久之不屬，啓視之，則“一官歸去來”也，咸嘆其工妙。

厲樊榭先生鶚葬於杭州西溪王家塢，不久，遂爲榛莽。後四十餘年，何春渚琪游西溪，見草堆中有樊榭及姬人月上栗主在焉，因取歸，偕同人送至武林門外牙灣黄山谷祠中，掃灑一室以供之。按，月上姓朱氏，烏程人。王蘭泉先生題其楹云：“丈室花同天女散，摩圍詩共老人參。”見《蒲褐山房詩話》。

有集《四書》語爲典肆聯云：“以其所有，易其所無，四境之内，萬物皆備於我；或曰取之，或曰無取，三年無改，一介不以與人。”亦自穩切。

吴山尊有題友人某别業云：“淥水漾丁簾，增我輩閒中風致；名園依丙舍，祝君家看到雲仍。”雖無深意，而情文斐亹，自足動人。

聞吴山尊嘗於歲暮向孫淵如先生貸金,先生方自製室内桃符,謂山尊曰:"君能代我成一佳聯,便當如所請。"山尊應聲曰:"上相教除名士氣,至尊親許讀書人。"蓋上句乃董文恭公勖淵如之言,對句乃先生出試差復命時所親承天語也。先生喜其雅切,即如所請金數與之。山尊之善於譽人,皆此類也。

趙雨樓光禄與余同直樞地,同膺察典,而後余八年始出守鎮江。謁余於吴門,索書楹帖。余戲拈宋人句贈之云:"醉中擲筆金鑾殿,睡起鳴笳鐵瓮城。"雨樓甚壯其語,然出句有倨侮之嫌,雖成語亦不敢落筆也。

程春海侍郎最工作聯語,余守荆州之明年,即擢淮海監司,適侍郎奉使督學黔中,過荆時,手揮一聯見贈云:"南中喜得秦淮海,天下願識韓荆州。"人皆服其工敏。後余擢藩吴門,侍郎主白下講席,贈聯云:"名輩出樞垣,本杜斷房謀,陶甄南國;鴻才領詞坫,有歐書韓句,濡染東吴。"乙未之秋,余奉召,復出授甘藩。瀕行,侍郎贈聯云:"霖雨東興,樞密上才開遠略;好風西笑,湖山秀句帶邊聲。"次年余擢撫桂林,入覲時,侍郎復贈聯云:"洪容齋隨筆成書,實著作之淵海;范致能驂鸞有録,比宦游於神仙。"適余方以《退庵隨筆》呈正,故出聯云爾。時同覲入京者,有賀耦庚中丞。侍郎亦贈聯云:"以孝去,以忠來,到處蒼生望霖雨;是賢臣,是學者,一編經世出名山。"蓋耦庚由江藩告養回籍,此次亦奉召復出,次聯謂所撰《皇朝經世文鈔》也。

春海贈林少穆督部聯云:"理事若作真書,綿密無間;愛民如保赤子,體會入微。"少穆最工作小楷,故出聯自然闔合。次聯亦能酷肖其生平。

龔闇齋觀察麗正七十生辰，其子定庵儀部求壽聯於春海。春海信筆書與之云：“使君政比龔渤海，有子才如班孟堅。”余亦寄一聯云：“紥世紀群交，憶蘭省樞垣，齊向後塵趨軌范；傳家召杜譜，喜皖峰滬瀆，共聽兩地頌臺萊。”蓋觀察初由禮部入軍機，於余皆爲前輩。而余宦江南，又適值觀察由安慶守擢蘇松監司也。

余福州老屋在黄巷，唐校書郎黄德温先生璞故里，黄巢所稱儒者之宅，相戒勿犯者也。屋之對門爲酒壚。憶初入宅時，先叔父九山公手書杜句作門聯云：“座對賢人酒，門聽長者車。”後酒家酒漸不售，遂歸咎此聯，以爲“賢人”語含譏諷。公因復集杜句改署於門曰：“宅入先賢傳，門聽長者車。”乃不逾年而酒家歇業，有一傖父奄有其地，改换門庭。後四十年，余由蘇藩假歸，遂卜居焉。

黄巷新宅之西有小樓，余始葺而新之。黄巷中以此樓爲最古，因即榜爲“黄樓”，集同人作詩張之。近以詩稿示余小霞，爲寄題一聯云：“白傅早歸，一代福人居福地；蘇公再見，千秋黄巷重黄樓。”

余於五十八歲引疾歸里，有口號云：“擇里仍居黄巷宅；辭官恰及白公年。”李蘭卿以此十四字作分書楹聯相贈，時方得文衡山《芝南山閣》畫卷，余自書“芝南山館”扁於廳事，蓋寓知難而退之意。竝自製一聯云：“歷中外廿年身，宦海扁舟，萬頃驚濤神尚悚；就高低數弓地，儒宫環堵，三竿曉日夢初醒。”嗣於東園中葺藤花吟館，又製一聯云：“有客醉，無客睡，福簡簡吁可愧；長歌粗，短歌疏，詩平平聊自娱。”此二聯頗聞於時，江南僚友有以爲妒者。又有百一峰閣，爲園中最高處，余所手建竝題聯云：“平地起樓臺，恰雙塔雄標，三山秀拱;披襟坐霄漢,看中天霞起,大海瀾回。”客有誦此聯,決余必當復出者。

百一峰閣之左有樓三楹,余輯《全閩詩鈔》於此,因以爲樓額。其聯則集前人句云:“藏名詩酒間,竹屋紙窗清不俗;養拙江湖外,風臺月榭悄無言。”樓之下爲寶蘭堂,因庋褚蘭亭石刻於此,即集《蘭亭》字云:“隨遇自生欣,暖日和風入懷抱;静觀可娱老,崇蘭幽竹有情文。”

桂林太守興静山,以四月四日周甲初度,余以聯壽之云:“宜民頌起延年後,壽世筵開浴佛先。”一切其官,一切其時,同人咸以爲工巧。蓋顔延年曾居此官,聊借用二字以寓壽意,尚不覺吃力也。

廣西節署之東南隅有銅鼓亭,庋大銅鼓一,壁上嵌謝蘊山、錢裴山二先生銅鼓詩石刻。其上有樓,因呼爲銅鼓樓。地勢最高,宜於登眺。桂林千峰百嶂,盡在眼中。迄今七十餘年,樓漸剥陊,樓下榛莽塞徑,無過問者。余莅任之明年,始捐俸重修,並拂拭銅鼓。時幕府諸君皆能詩,因共和謝、錢韻張其事,僚寀亦以次繼聲,遂有《銅鼓聯吟集》之刻。樓既新,僉謂宜有聯,因憶前人有集山谷、東坡句云:“全以山川爲眼界,故應賓主盡詩人。”若移作此中聯語,情景俱合矣。因書而懸之樓楹云。

桂林棲霞山中有寺,由寺後穿山腹,可達七星巖。上有碧虚亭,爲范石湖舊迹。亭前兩石柱刻聯云:“先文穆風流宛在,家學士丘壑偶然。”款署范時崇。蓋康熙中曾爲粤西藩伯者,“先文穆”是石湖,“家學士”則不知所指,遍詢之都人士,並檢志乘中,皆不得其人,存以俟考。

《堅瓠集》云:“泉州府學某教授,南海人,頗立崖岸。一日設宴於明倫堂，演《西厢》雜劇，有無名子書一聯於學門云：'斯文不幸，明倫堂上，除來南海先生；學校無光，教授館中，搬出《西厢》雜劇。'某出見之，赧然自愧，故態頓除。"以下諧語。

《堅瓠集》又云："常熟桑民悦懌以才自負，居成均時，爲邱仲深所黜。後就教職，書對於明倫堂云：'文章高似翰林院，法度嚴於按察司。'"

又云："天啓中，一巡按爲逆璫造生祠，題楹柱云：'至聖至神，中乾坤而立極；允文允武，竝日月以常新。'有録其詞以獻魏忠賢者，忠賢讀之不解，問左右何事説到黄閣老。蓋黄立極者，同時宰相之名也，左右曰：'某御史與爺作對耳！'忠賢艴然變色曰：'多大御史，敢與我作對！'趣召緹帥拘之，左右爲之再三解晰，始喜。"

又云："吴郡吴文之，初名濟，方九歲，即工屬文。嘗自書對聯云：'移門欲就山當榻，補屋常愁雨濕書。'與同里張濟同塾讀書，客聞其才，出對云：'張、吴二濟聯牀讀。'文之應云：'嚴、霍同光間世生。'客善繪事，自撰句云：'畫草發生，頃刻工夫非爲雨。'文之應云：'筆花燦爛，須臾造化不關春。'客喜，即以爲畫室楹聯云。"

又云："吴門有富翁鄉居者，求楊南峰書門對。此翁之祖曾爲人僕，南峰題云：'家居緑水青山畔，人在春風和氣中。'上列'家'、'人'二字也，見者無不匿笑。"

董文恭公有族人某居京師者，廳事懸一舊人所書聯云："賢者亦樂此，卓爾末由從。"其字甚雄偉，寶之二十餘年矣。一日紀文達師偶過之，詫曰："此聯殆不可挂也。"某詰其故，師曰："上聯首著'賢'字，下聯首著'卓'字，非君家遥遥兩華胄耶!"某始爽然撤去。

京師戲園每演一劇,必分開數日,始了其緒。蓋勾留觀者,使不能中途而輟也。有集聯云:"把往事今朝重提起,破工夫明日早些來。"可稱工切。又鄉村戲臺聯云:"父老閒來消白晝,兒童歸去話黄昏。"又有集《四書》句云:"聞弦歌之聲,賢者亦樂此;見羽旄之美,鄉人皆好之。"上聯謂昆腔,下聯則亂彈武戲也。又一聯云:"或爲君子小人,或爲才子佳人,登場便見;有時歡天喜地,有時驚天動地,轉眼皆空。"語雖質俚,亦自隱括。近有集《禊帖》字云:"稽古昔,畢類其人,賢以生爲,趣由丑作;托清閒,咸臨此地,情隨事感,曲有文聽。"又吴立甫拔貢大本醉後爲人促作戲臺聯,因集句付之云:"古今人何遽不相及,天下事當作如是觀。"又有作戲臺後一聯云:"凡事莫當前,看戲何如聽戲好;爲人須顧後,上臺終有下臺時。"則幾於格言矣。

京師慶寧園戲臺聯云:"大千春色在眉頭,記當年翠暖珠香,曾游贍部;五萬鶯花如夢裏,念此日丁歌甲舞,重睡昆侖。"詞意在可解不可解間。或云是乩筆。大抵戲臺聯莊諧竝宜,但忌俗耳。或集經語云:"治世之音安以樂,君子有酒旨且多。"則莊重不佻,用於官廨尤宜也。

余紫松提戎步雲曰:"記得圓明園有一戲臺聯云:'堯舜生,湯武淨,五霸七雄丑末耳,伊尹太公,便算一隻耍手,其餘拜將封侯,不過摇旗吶喊稱奴婢;四書白,六經引,諸子百家雜説也,杜甫李白,會唱幾句亂談,此外咬文嚼字,大都緣街乞食鬧蓮花。'"似此大識力,大議論,斷非凡手所能爲。或以爲自大内傳出者,近之。

對聯有可解頤者。康熙時,廣東詩僧住海珠寺,交通公卿，寺塑金剛與彌勒環坐，對聯云："莫怪和尚們這般大樣，請看護法者豈是小人。"又楊蘭坡題倒坐觀音像云："問大士緣何倒坐，恨凡夫不肯回頭。"又江西某君題養濟院云："看諸君腦滿腸肥，此日共餐常住飯；想一樣鐘鳴鼎食，前身都是宰官身。"

乾隆庚子歲，二藏活佛來朝，供帳極盛，住雍和宫，遠近僧徒參謁者，日以千計。活佛高坐跏趺，無少動也。未幾以出痘死。有好事者送一挽聯云："渺渺三魂，活佛竟成死鬼；迢迢萬里，東來不見西歸。"時傳爲笑柄。

魏善伯徵士題范覲公中丞厠聯云："成文自古稱三上，作賦於今過十年。"厠不必聯，然如此雅切大方，亦自可喜。若《一夕話》所載："莫道輪回輪五穀，可儲筆札賦三都。"又："但願生民無殿屎，不慚宰相受堂餐。"又："官司不令多中飽，燕飲應知無後艱。"則又遜前語矣。

繆蓮仙《塗説》云："安徽無爲州老諸生得欽賜舉人，自作一堂聯云：'竝未出房，全虧得白頭髮秀士；[①]何嘗中式，倒做了黑耳朵舉人。'蓋俗以衙門中未上名而幫差者爲'黑耳朵'，故戲用之。又有一廩膳生，得欽賜副榜者，亦自書一堂聯云：'説甚功名，只免得三年一考；有何體面，倒少了四兩八錢。'末句蓋言廩禄也。"

袁簡齋先生云："或傳程魚門編修晋芳《京中移居》詩云：'勢家歇馬評珍玩，冷客攤錢問故書。'予笑曰：'此必琉璃廠也。'詢之果然。因記商寶意移居，周蘭坡與萬晴初訪之，見門對云：'豈有文章驚海内，從無書札到公卿。'萬曰：'此必商

① "全"，吕恩湛本作"只"。

君宅矣。’詢之亦果然。”

《續消夏録》云：“張明經晴嵐除夕前自題門聯云：‘三間東倒西歪屋，一個千錘百煉人。’適有鍛鐵者，求彭信甫書門聯，信甫戲書此二句與之。兩家望衡對宇，見者無不失笑。二人本辛酉拔貢同年，頗契厚，坐此竟成嫌隙。所謂凡戲無益，此亦一端也。”

魯亮儕觀察性粗豪，而所居屋狹，自署其門聯云：“兩間東倒西歪屋，一個南腔北調人。”見《茶餘客話》。

《堅瓠集》載：“漳浦趙從誼知獨山州，州城極荒涼，衙署尤陋，趙自題楹柱一聯云：‘茅屋三間，坐由我，卧由我；里長一個，左是他，右是他。’”

《柳南隨筆》云：“崑山歸元恭先生，狂士也。家貧甚，扉破至不可闔，椅敗至不可移，則俱以緯蕭縛之，遂書一扁曰‘結繩而治’。又除夕署其門楹云：‘一槍戳出窮鬼去，雙鈎搭進富神來。’其不經多此類，時人呼之爲‘歸癡’云。”

陳文恭《續訓俗遺規》内載一事云：“常州一老布衣，平時奸狡，自號清客。書門對曰：‘心中無半點事，眼前有十二孫。’有人續寫其下云：‘心中無半點事，半生不曾完糧；眼前有十二孫，十個未經出痘。’見者絶倒。”

有一縣令自題其署外大門云：“愛民若子，執法如山。”實非良吏也。他日有無名子續寫其後，成一長聯云：“愛民若子，牛羊父母，倉廩父母，供爲子職而已矣；執法如山，寶藏興焉，貨財殖焉，是豈山之性也哉。”記得宋漫堂《筠廊偶筆》中載：“一年老令君大書縣治之前曰：‘三不要。’下注：‘一不要錢，二不要官，三不要命。’次日視之，則每行下各添二字：‘不要錢’下曰‘嫌少’，‘不要官’下曰‘嫌小’，‘不要命’下曰‘嫌老'。"蓋與此同一惡謔也。

有某太守,清苑人,曾令涇縣,以貪酷聞。一日晨起,見廳事貼一《四書》集句聯云:"彼哉彼哉,北方之學者,何足算也;戒之戒之,南人有言曰,其無後乎。"

前明袁籜庵于令以荆州守罷歸,流寓金陵,落魄不得意。大書門聯云:"佛言不可説,不可説;子曰如之何,如之何。"亦自謂以經對經也。

明末有海中渠魁,至普陀山設齋一月,手題楹柱云:"自在自觀觀自在,如來如見見如來。"其字至今猶存。

公牘中字義多不可解。嘉應湯滋圃游幕南陽時,戲作聯云:"勞形於詳驗關咨移檄牒,寓目在欽蒙奉准據爲承。"亦所謂以不解解之也。

嘉慶間,粤洋有巨盜郭,忘其名,[①]乳名郭婆帶,雖剽掠爲生,而性頗好學。舟中書籍鱗次,無一不備。船頭一聯云:"道不行,乘桴浮於海;人之患,束帶立於朝。"在洋驛騷多年,官兵莫敢捕治。後爲百菊溪制軍招降,予以官,辭不受,於羊城買屋課子,以布衣終。

嘉慶間,周蓮塘大宗伯兆基薨,德州盧南石師代之。時費西墉爲京兆尹,與周至好,往弔日,一哭而殂。京師戲爲周作挽聯云:"一品頭銜讓南石,三聲腸斷失西墉。"

李艾塘云:"揚州虹橋東岸,有靈土地廟。其前爲過街亭,凡喪殯出城,廟僧輒有路祭,禮拜誠敬之意,如所親暱,以此爲終歲盂飯計。惟風雪苦寒不能出户時,但於枕上聞千百人履聲及笑語歌咢,不絶於耳,每生寶山空回之感。廟中有

---

① "忘其名",桂林署齋本、吕恩湛本作"學顯者"。

集聯云:‘到處雲山到處佛,當坊土地當坊靈。’上語爲金冬心農《登嵩雜述》詩句,對語爲鄭板橋題如皋土地廟聯,句云:‘鄉里鼓兒鄉里打,當坊土地當坊靈。’”

“青春鸚鵡,楊柳樓臺”,司空表聖《詩品》句也。陳曼生郡丞集二句爲對云:“緑綺鳳凰,梧桐庭院。”注云:“張子野詞。”請梁山舟學士爲書楹帖,學士愛其工麗,欣然書之。後遍考子野詞,竝無此二句,蓋竟屬郡丞杜撰也。

嘉靖末,宜興大疫,有二青衿俱死,同上閻王殿,一從東廊,一從西廊,各相眄以目。王察其籍,皆以無罪放回。從東者述所見柱上聯語爲:“天道地道,人道鬼道,道道無窮。”恨不見西柱對。從西者述所見云:“胎生卵生,濕生化生,生生不已。”其餘所見皆同。

福州鄉俗,每逢端午節,既於朔日懸蒲插艾於門庭,而五日午時,又必用紅箋書對句,貼於楹柱,謂之午時書。蓋自前明已然,亦桃符之别調也。相傳徐振烈即徐五自作門前午時書云:“門幸無題午,人慚不識丁。”曹石倉先生以此賞異之。近日通行之語,如“海國中天節,江城五月春”及“保艾思君子,依蒲祝聖人”,語尚近雅。時人又有自出新製者,未免纖佻,其用“艾旗招百福,蒲劍斬千邪”及“蒲帶榮封一品,艾旗捷報三元”舊語者,蓋十家而九,則墮入惡道矣。

程春海侍郎在京邸續娶,黄左田先生贈聯云:“調羹定識威姑性,灑翰應增吕子書。”陳石士前輩用光亦贈聯云:“博議書成臨月按,合歡酒熟對花斟。”皆自謂雅切續娶,時亦頗傳誦之。按,此沿用俗傳《東萊博議》成於新娶一月事,實未考也。本書自序,謂“屏處東陽之武川里,有從游者,談餘語隙,波及課試之文,乃取左氏書理亂得失之迹,疏其説於下。旬儲月積，浸就篇帙”云云。無一語涉及新娶者。又考吕公年譜，初娶韓元吉女，在紹興二十七年，時居信州，不居東陽。後乾道三年，持母喪，居明招山，學子有來講習者。四年已成《博議》。五年二月除服，乃繼娶韓氏女弟。則是書實成於喪制中，流俗所傳，不足辨矣。

楹聯續話

序

《楹聯叢話》之輯，始於桂林節署，閲二年而稿成。時遠近知好以佳聯録示者，猶紛至沓來。因前書已剞劂過半，無由羼入，姑存篋衍而已。辛丑仲春，防堵梧江，未遑從事鉛槧。夏初，奉量移蘇撫之命，由湘江放荆江，順流以達吴中。甫受事即提兵海上，勞勞軍事者四閲月。旋以病作，乞假解組，養病邗上者又四閲月。復緣海氛孔棘，倉猝南奔，從干戈擾攘中飛渡錢江，甫得卸裝南浦。合計兩年來往返奔波不下八千里。流連勝地，邂逅名流，所見所聞，輒有埤益，因復條舉而件繫之，仍依前編分門之例，編成四卷，題爲《楹聯續話》，遂付梓人。憶在桂林時，每得一聯，輒與陳蓮史、余小霞、陳海霞、桂舫諸君子賞析之。付梓時，又得小霞專任校字之役，故成書不覺其難。撫今思昔，時異境遷，老病日增，徒形兀兀，蓋不禁感慨係之也。道光癸卯夏至節，福州梁章鉅撰於浦城池上草堂。

卷之一

故事

余輯《楹聯叢話》前編，“應制門”所録《野獲編》中袁文榮撰嘉靖齋醮對聯“洛水元龜”云云，實當改入“故事門”。① 今考鈕玉樵琇《觚賸》亦載此事，云：“昆侖山人初入都，客淮南李公春芳所。時世宗齋居西宫，建設醮壇，敕大臣製青詞一聯懸於壇門。春芳使山人爲之。山人走筆題曰：‘洛水靈龜初獻瑞，陽數九，陰數九，九九八十一數，數通乎道，道合元始天尊，一誠有感；岐出威鳳兩呈祥，雄聲六，雌聲六，六六三十六聲，聲聞於天，天生嘉靖皇帝，萬壽無疆。’李以進呈，深加奬賞。由是公卿互相延譽，其本傳謂‘大臣應制青詞多假手山人’者以此。乃他人移之别氏，則以雕蟲爲山人諱也。”按，此與《野獲編》所載互異。前編所録“元龜”、“丹鳳”，此作“靈龜”、“威鳳”，尚可兩存。而前編作“雄鳴”、“雌鳴”，則係傳寫之誤，自應從此作“雄聲”、“雌聲”，以與“三十六聲”相應也。

周櫟園《書影》云：“坡公嘗言奉使西邸時，見書此數句，愛而録之，云：‘人間有漏仙，兀兀三杯醉。世上無眼禪，昏昏

① 按，前編中，此聯實在“故事門”。

一枕睡。雖然没交涉，其奈略相似。相似尚如此，何況真個是。’汴人劉酒者，無名字，人即以‘酒’呼之，己亦以自名，能畫人物，賣畫得錢，則與酒家。余見之七年，無夕不醉。醉中作畫，酒氣拂拂從十指間出。嘗乞余顔其草堂，余取坡公語題曰‘略似庵’，以‘人間有漏仙，三杯兀兀；世上無眼禪，一枕昏昏’爲楹聯。酒得之殊自喜。”

施愚山《矱齋詩話》云：“龍濟寺在吉水城東南，踞東山勝處。蘇長公初到嶺外，曾過此寺，題聯云：‘天上樓臺山上寺，雲邊鐘鼓月邊僧。’手書刻於柱，明末猶存。或曰：‘此坡老詩中一聯也。’惜未見其全篇。”

先資政公曰：凡著述一書，無論大部小種，皆須有益於世，有益於人，使讀者有所感發而興起，乃爲可貴。記得先四代祖司訓公諱珪《雪園雜紀》中有一條，真齊家寶訓也。其言云：“前明南京禮部尚書餘姚孫忠烈公燧殉宸濠之難。其子文恪公陞續娶楊夫人，花燭日，前妻三子鑨、鍾、鋌匿不出拜。文恪甚怒，曰：‘我家一門忠孝，今無禮若此，非吾子也。’使家人覘之，則皆在書塾中相持而哭。楊夫人親往塾中見諸子，喜曰：‘他日皆大器也。’文恪怒爲之解。文恪訓子嚴，尋常不得出書塾。每晨至門首，加鑰而去。一日，楊夫人偶至其處，自窗隙潛窺，三子皆不在其中，而門扃如故。乃開門入視。最後見壁上懸一畫，畫後一門通焉。察之，則並未外出，乃各與其妻聚談耳。楊夫人亦不語，惟手書一聯懸於壁云：‘愛惜精神，留此身擔當宇宙；蹉跎歲月，將何日報答君親？’諸子見之，皆發憤。後皆顯達。其季子鑛，楊夫人所出，世所稱月峰先生者，官尚書。亦母教也。”

周櫟園《閩小紀》云：“侯官林太守春澤，正德甲戌進士，爲户部主事。疏諫南巡，遷員外郎。以司藏失盗鐫秩。復歷南京刑部郎中，出知松番府，免歸。公生於成化庚子，至萬曆己卯，年百歲。有司建'人瑞坊'。子應亮，以户部侍郎侍養，亦年七十矣。起拜矍鑠如壯年。應亮子如楚，工部侍郎。公嘗率少司農、少司空田中觀耘，鄉人立碑紀之，一時以爲盛事。其大門有自撰楹聯云：'四十登科，甲戌還登甲戌榜；五旬生子，長孫又抱長孫兒。'至癸未十月卒，年百有四歲。其百歲時猶生一女，適雲南督學鄧原岳。三代進士，五代同堂，一時有'東西林'之稱。東林居林浦，即'三代五尚書'之家；西林居南嶼，即'人瑞'翁宅也。"

《雪園雜紀》云："林浦林家有'七科八進士，三代五尚書'之稱。林文安公瀚爲第一代尚書；子二：康懿公廷棉、文僖公廷機，文僖子文恪公燫及其弟烴亦俱接武爲尚書。祠堂中有一聯云：'國師三祭酒，宫保五尚書。'"

羅景綸大經《鶴林玉露》云："杜成己爲相，以日見賓客疲神妨務，無益於事，乃不復見客。但設青櫃於門，有欲言利害者投之。越旬日，並櫃撤去。有題一聯於府門者曰：'杜光範之門，人將望而去矣；撤暗投之櫃，我且卷而懷之。'夫題門者薄矣，而成己此舉亦未之思也。"

《陳白沙先生行狀》載："有李某，裹糧自嘉魚數千里從學白沙，凡二年，先生服食行纏待之如子弟。後築'楚雲臺'以居之。臺榜一聯云：'有月嚴光瀨，無金郭隗臺。'其欲來天下之善蓋如此。"

施愚山《矩齋雜記》云："董思白、陳眉公以詞翰相推重。董年八十五，臨終，索婦人紅衫絳繻爲服。陳年八十三，將逝之前，辟穀數日，盛爲詩歌，以書别親友，仍自題一聯云：'啓予足，啓予手，八十年臨深履薄；不怨天，不尤人，三千界魚躍鳶飛。'擲筆而逝。亦可謂了然於去來者矣。"

又《家風輯略》云："天啓丁卯間，余季父砥園公受知於督學使者賈侍御，[1]補邑諸生。先考述明公贈之楹聯云：'誦鼎上辭，長願景行正考父；任天下事，可能遥揖范希文。'其相勖之意深矣。"

陳眉公繼儒《見聞録》云："翟公鑾嘗自製對聯云：[2]'静亦静，動亦静，五臟剋消夫欲火；榮亦忍，辱亦忍，平生不履於危機。'常熟嚴公訥輔政時，封公尚在，其門聯云：'堂上雙親壽，朝中一品家。'申公時行解相印歸，其堂聯云：'無毁無譽，三代直道而行；知止知足，四時成功者退。'陸文裕公在京邸中，則榜世廟御撰一聯云：'抑人是自抑，揚人其自揚。'都城鄭宫保敬庵諱紳者，以工部尚書告老，其堂聯云：'世多君子扶皇極，天放閒人養太和。'翟中丞諱鵬者，其堂聯云：'徒有寸丹懸帝闕，竟無尺素達權門。'王中丞璣，更號六陽山人，嘗榜其堂曰：'偶爾謝上天富貴，歸來作平地神仙。'又有：'天上有人扶日月，山中安我老漁樵。'吾鄉包公節與弟孝，以兄弟進士爲南北兩臺。其門聯云：'兄進士，弟進士，一天雨露；南御史，北御史，兩地風霜。'湯東谷廳事春聯云：'東坡居士休題杖，[3]南郭先生且濫竽。'後廳曰：'片言曾折獄，一飯不忘君。'蓋東谷嘗從興濟伯楊忠定公奉迎鑾輿，故云。其東偏曰：'暫拄西山笏，閒開北海尊。'[4]其西偏曰：'長身唯食粟，

① "砥"，原作"祗"，據會文堂本、環碧軒本改。
② "鑾"，原作"欒"，據《寶顔堂秘笈》本明陳繼儒《見聞録》卷一改。
③ "休"，原作"林"，據吕恩湛本、會文堂本、環碧軒本改。
④ "海"，原作"濟"，據會文堂本、環碧軒本、醉六堂本改。

老眼漸生花。'豪俠之氣可以想見。"

前輯《楹聯叢話》中已采入周暉《金陵瑣事》。茲覆閲之，尚有三條可補入者。如云："太祖賜駙馬梅殷府門春聯云：'人間塵俗不到處，闕下恩榮第一家。'"又云："成祖殺方孝孺於聚寶門外。有門人廖鏞、廖銘檢其骨葬之，不封不樹，莫可認識。今諸搢紳立方祠於永寧寺後山，又聚土爲墳。上海徐鯨刻一聯於華表云：'十族遺骸埋聚寶，千年孤冢表長干。'"又云："有士人因病出神，入閻羅殿，記得殿中楹柱一聯云：'是是非非地，明明白白天。'"

《興化府志》云："正統間，東鄉王常字大經，以御史言事，左遷知莆田縣事，政務嚴明。嘗書聯署楹云：'牧民猶帶舊風霜。'見者咸以爲佳。其妻黎氏通書史，語常曰：風霜，御史職也。君今出牧，奈何專尚嚴乎？請易'猶帶'二字曰'無事'，何如？常欣然，遂改之。"

《寧德縣志》云："主簿丁大全，因旱，令人以銀瓶乞水於百丈龍潭。取之，得瓦瓶歸。大全疑之，復造銀瓶，躬往投之，又得瓦瓶。大全祝曰：'龍神有靈，若吾後當顯貴，幸示靈異。'潭中果露龍爪。大全後登宰府，奏封龍王。架石爲亭，題聯云：'龍從百丈潭中起，雨向九重天上來。'今亭址猶存。"

相傳明末倪鴻寶詣吕晚村，吕揭一聯於堂楣云："囊無半卷書，惟有虞廷十六字；目空天下士，只讓尼山一個人。"後吕詣倪，倪亦揭一聯於堂云："孝若曾子參，纔足當一字可；才如周公旦，容不得半點驕。"兩人之優劣見矣。

孫柳君孝廉衍慶《辛廬隨筆》云："前明嘉靖間，湖州潘時良司空季馴最敬關帝。督南河時，有二蛟爲患。公夢帝許助以神力，遂斬之。今蛟首一在高家堰關帝廟中，一藏公家。

每歲於毗山麓祀帝時必陳之。當毗山廟落成日，衆擬撰楹聯未就。忽一素不識字之田夫入座提筆，大書'漢壽亭侯廟'五字扁。又署楹聯云'悠悠乾坤共老，昭昭日月爭光'十二字，不署款而去。人或追問之，則自云'不知所爲'也。書體絶似虞永興，今猶存廟中云。"

王漁洋《隴蜀餘聞》云："劉以平字近塘，猗氏人。爲諸生時，夢入宫殿中，有王者命坐對弈。又至一所，石門懸聯句云：'鸜鵒能回千載夢，麒麟空卧萬年秋。'不解所謂。既登進士，爲潞王府官，王敬禮如賓師。遷陜西行太僕卿，過武后墓，墓上石刻一聯，即夢中所見也。"

又《香祖筆記》云："廣州城南長壽庵有大池，水通珠江，潮汐日至。池南有高閣甚麗，可以望海。其下曰離六宫。主僧某乞余製爲楹聯，余題句云：'紅橋映海三更月，石瀾通江兩度潮。'紀實景也。"

又云："康熙時，上駐蹕杭州。時山陰耆民王錫元同胞兄弟五人見於行宫。長、次係雙生，皆年八十歲，三者七十八歲，四者七十六歲，五者七十五歲。率子侄凡十七人，孫十八人。賜宴賜緞，又賜扁額云'一門人瑞'。皇太子賜聯云：'五枝錦樹榮今代，百秩仙籌萃一門。'"

鈕玉樵曰："苕中吴磐家饒於貲，工書博學。甲申後，絶意進取。學使者張安茂題其居爲'才人節士之廬'。然負氣甚高，未能韜晦。順治中，官方山備兵吴興，與之友善。因重修逸老堂，乞其長句一聯，鐫懸堂柱。吴走筆書云：'山川無恙，嘆前輩風流何處，但古道斜陽，冷烟衰碣，盡悲涼人物，止剩寒鴉；臺閣重新，問蒼穹英雄誰是，有補天巨手，回日雕戈，待整頓乾坤，再來杯酒。'詞既悲壯，書復蔚跂。有怨家潛録其語，以吴'陰蓄異謀'首之帥府，禍幾不測。方山知之，乘夜撤去，力爲回斡。費千餘金，事乃已。"

《秋燈叢話》云："夏太史力恕，孝感人。康熙庚子，夢謁關帝廟，帝諭之曰：'廟聯多不愜余意。如三分忠義等字，適足增余痛。好另爲作對，將元爾矣。'授以巨筆，夏書云：'英雄幾見稱夫子，豪傑如斯乃聖人。'帝稱善。醒而識之，遂謹鐫板而懸於廟。是科鄉試果第一。"按，"英雄"十四字熟在人口，而不知其出於夏也。

《茶餘客話》云："孫藩使含中太翁爾周宰浙時，獨行杭州城外荒村中，①一望土冢累累。見粉牆，即往索茶。一小婢舉竹椅出令坐，捧苦茶一盞飲之。須臾去，呼之不出。見門上一聯云：'兩口居山水之間，妻忒聰明夫忒怪；四面皆陰燐所聚，人何寥落鬼何多。'"嚴問樵曰："此歸元恭所自署聯，云：'兩口寄安樂之窩，妻太聰明夫太怪；四鄰接幽冥之地，人何寥落鬼何多。'"

鈕玉樵曰：故友王師石嘗言："嘉靖丁清惠公爲南畿操江時，巡視郭外。偶過刻字店，頤指左右呼其人來，而肩輿已行。閱三日，中軍押一人，投之階下，曰：'刻字店主到。'公已忘之，熟視良久，曰：'汝店所刻扁字筆畫有訛，呼汝令改耳，無他也。'其人自公呼，隨被鋃鐺鎖至軍府。迨三日後還家，中人之産已費其半矣。是知慎爾出話，爲民上者尤所宜慎。子他日學成而仕，尚其念之。"故余宰白水，題一聯於後堂云："丹毫一點，乃吾民利害攸關，須念悖出必將悖入；白日三竿，即爾室公私畢照，莫謂知顯不在知微。"念故友之箴言也。

---

① "荒"，原作"蔬"，據清光緒十四年本阮葵生《茶餘客話》卷十二改。

紀文達師《閱微草堂筆記》云:“明永樂二年,遷江南大姓實畿輔。始祖椒坡公自上元徙獻縣之景城,子孫繁衍,析居崔莊,在景城東三里。今土人以‘仕宦科第多在崔莊紀’,不過舉其盛耳。而余族則自稱‘景城紀’,不忘本也。椒坡公故宅在景城崔莊間,兵燹久圮,其址屬族叔櫱庵家。櫱庵從余受經,以乾隆丙子舉鄉試,擬築室移居於是。先妣安公爲預題一聯云:‘當年始祖初遷地,此日雲孫再造家。’後室不果築,而妣安公以甲申八月棄諸孤。卜地惟是處吉,因割他田易諸櫱庵而葬焉。前聯如公自讖也。”又云:“劉念臺先生官總憲時,題御史臺一聯云:‘無欲常教心似水,有言自覺氣如霜。’”

蔡佛田鴻逵《紫荆樹館雜著》云:“康熙間,蔡屏山王楨由内閣中書改四川仁壽縣令。[1] 當謁選之初,夢至一所,左右皆遭火毁。復歷荒草頹垣中,則關聖帝像在焉。肅拜畢,仰觀楹間有聯云:‘打開義利關,具見英雄過人氣概;參透天人路,便是聖賢行己工夫。’此壬辰春事。迨乙未莅縣事,一一如所歷。適士民修廟工竣,因書前聯以獻云。”

袁簡齋曰:“吴江徐布衣靈胎有權奇倜儻之名。余嘗訪之於吴下。年近八旬,語猶風生泉湧。所居鄰太湖七十二峰,招之可到。署其門云:‘一生那有真閒日,百歲仍多未了緣。’又預營生壙,自題其墓門云:‘滿山靈草仙人藥,一徑松風處士墳。’”

祖舫齋師曰:“前明葛屺瞻寅亮督學吾閩,士林頌之。官

---

[1] “楨”,原作“楨”,據醉六堂本、吕恩湛本、會文堂本、清乾隆元年刻本雍正《四川通志》卷三十一改。

至少司農。甲申後，樂浦城山水之美，避居於此。四方耆宿日來造訪。自署其門云：'豈有文章驚海内，漫勞車馬駐江干。'州府屢勸之入都，遂閉門不出。"

李劍溪太僕光雲曰："吾鄉京宦前輩有延師課子者，於本宅近處另闢精室一區，聽館師出入自便。乃其師好嬉游，無日不到城外戲園中聽劇。同鄉知好有訪之者，十有八九不得晤。因新歲换寫桃符，何念修少宰逢僖適知其事，因戲書一聯懸於門云：'園日涉而成趣，①門雖設而常關。'次日，館師見之，即襆被而去。"

應制

繆蓮仙艮《塗説》云："乾隆四十五年七旬萬壽時，聖製有'七旬天子古六帝，五代孫曾予一人'之聯。其時臣工之撰燈聯者，皆敬本此意以爲闡繹，誠千載一時也。"謹按，漢世宗孝武皇帝在位五十四年，壽七十一歲。梁高祖武皇帝在位四十八年，壽八十六歲。唐高祖神堯皇帝在位九年，壽七十一歲。唐元宗明皇帝在位三十二年，壽八十歲。② 六帝皆年逾七十。若五世同堂，則曠古帝王所未有矣。豈不盛哉！

朱緘三孝廉秉銘曰："聞乾隆五旬萬壽時，京師經壇有聯云：'四萬里皇圖，伊古以來，從無一朝一統四萬里；五十年聖壽，自兹以往，尚有九千九百五十年。'氣象高闊，設想奇創，對仗亦新而穩，與尋常楹聯蹊徑迥乎不同。相傳爲紀文達公所撰，否則必屬彭文勤公，他人無此手筆也。"

---

① "而"，吕恩湛本作"以"。
② 按，唐玄宗實際在位四十四年，壽七十七歲。

黄霽青太守安濤曰:“乾隆甲辰,高宗南巡至浙江。杭城人家有懸桃符者,句云:‘一歲雙春三月閏,六巡兩浙萬民歡。’又,五十五年,恭遇八旬萬壽,民間有頌聯云:‘自古罕聞聖天子八旬萬壽,於今方見大皇帝五代一堂。’兩聯語意雖質,卻極自然穩貼,可以見草野芹曝之忱。”

程春廬曰:“乾隆五十五年,恭值八旬萬壽。京中有一經壇燈聯極典麗,又極渾成,竟如天造地設者。句云:‘八千爲春,八千爲秋,八方向化八風和,慶聖壽八旬逢八月;五數合天,五數合地,五世同堂五福備,正昌期五十有五年。’相傳是河間紀文達公手筆。”蓋信非吾師不能也。

鄭仁圃太守瑞麒曰:“嘉慶己巳,恭祝五旬萬壽,福州經壇設在鰲峰書院。余曾擬一聯云:‘沙數恒河合十,佛稱無量壽;潮音大海呼三,聲協不周風。’又擬戲臺聯云:‘曲譜四詩,天保九如篇第一;舞分兩向,太平萬歲字當中。’時院課即以此命題。余此兩聯曾爲游彤卣師録用。至己卯,恭祝六旬萬壽,經壇亦設鰲峰書院。所有燈聯俱周蒼士廣文嘉璧擬作。如云:‘届二十四年,初周斗極;祝萬八千歲,遠紹天靈。’又云:‘如大海潮音,衢歌祝聖;比恒河沙數,壽宇添籌。’又云:‘呼萬歲者三,康彊逢吉;等百王而上,福禄來崇。’又云:‘帝命式九圍,俾緝熙于純嘏;皇斂時五福,用敷錫厥庶民。’又云:‘功既成矣,世既貞矣,參天貳地;鼚乎鼓之,軒乎舞之,蹈德咏仁。’”按,乾隆年間兩次慶典,經壇燈聯,聞俱係陳秋坪登龍、黄耦賓世發、張燮軒經邦及吾師鄭蘇年光策、林暢園茂春諸先生所擬。余少時尚見先大夫手録成本,極其壯麗喬皇。今此本不知何時失去。屢向他處訪覓副本,杳不可得。惜哉!

道光辛丑八月，吴郡紳士於元妙觀恭設經壇，祝六旬萬壽。時朱蘭坡侍講珔方爲紫陽書院山長，撰次燈聯數付，具見精思。如云："六位仰時成，六龍御世，六鳳儀廷，聖德備膺九五福；十華徵券錫，十賚孚恩，十全繼績，慈闈歡溥萬千觴。"此於每句分嵌"六"、"十"兩字也。又云："元符根太極，五百歲爲春，五百歲爲秋，春秋筭協福籌，八葉椿開無量壽；妙果證長生，三千年一花，三千年一實，花實數周星紀，九重桃獻大羅天。"此於首句分用"元"、"妙"兩字也。又云："大地歡臚殷庶，道統際重熙，六葉升恒，萬國萬年長拱極；清時盛譜和聲，光天歌復旦，十華糾縵，壽星壽宇遍騰輝。"此每句首一字合成"大清道光六十萬壽"也。又云："八音節，八風和，月輪正滿；十瑞臻，十章獻，日馭方中。"此兩聯中分用"八月十日"字也。

廟祀

蘇州泰伯廟中無佳楹帖，惟齊梅麓彦槐有題泰伯墓柱一聯云："志異征誅，三讓兩家天下；功同開闢，一坏萬古江南。"語殊壯闊。曾見近人筆記亦載此聯，脱卻"志異"、"功同"八字，又以爲齊眉樓所撰，殊可笑也。

安溪李文貞公爲直隸巡撫，祈雨於關廟，有應，謝以聯云："我意祈麥秋，澤隨地遍；公靈震華夏，日在天中。"按，此切事成文，而"麥秋"、"華夏"對仗自然工穩，語亦正大相稱。

常州荆溪縣有關帝廟，楹帖皆不佳。齊梅麓作宰時，易以新聯，云："威鎮雄州，野樹尚含荆浦緑；神游故國，夕陽偏照蜀山紅。"荆浦、蜀山皆縣中地，闕合亦尚渾成。又撰一聯云："志在《春秋》，孔聖人未見剛者；氣塞天地，孟夫子所謂浩然。"頗得意。然余終嫌"志在《春秋》"語非正史所有也。

黄右原比部奭曰："記得關廟聯尚有兩家可録者，忘爲何人所撰。一云：'王業不偏安，拒操和權，諸葛猶非知己；春秋大一統，帝蜀寇魏，紫陽乃許同心。'一云：'生蒲州，輔豫州，保荆州，鼎峙西南，掌底江山歸統馭；主玄德，[1]友翼德，仇孟德，威鎮華夏，眼中漢賊最分明。'"按，原本作"兄玄德，弟翼德"，近於《演義》。陳壽《志》雖有"義同兄弟"之語，並無孰兄孰弟主名。改本較爲妥協。

趙甌北有關廟聯云："乃聖乃神，乃武乃文，扶四百載承堯之運；自西自東，自南自北，如七十子服孔之心。"余於《聯話》前編偶遺之。

浦城西陽嶺上有關廟，邑人朱緘三孝廉有一聯云："至誠之動，孚及豚魚，雖阿瞞莫敢不服；大義所歸，堅如金石，惟使君乃得而臣。"孝廉之子春門茂才篪亦獻聯云："前杜氏而好《春秋》，仗義宣威，此老原非徒《左》癖；後岑侯而鎮荆楚，奉詞伐罪，彼蒼何忍聽彭亡。"詞氣並岸異不凡。

朱蘭坡曰："關廟聯多用生前事，遂成俗套。余曾擬製一聯，但言尊崇顯赫之意。云：'帝爽有昭明，當朝謚號增崇，奉戴儀同文廟肅；神功無代謝，亘古河山作鎮，靈長運過蔣侯奇。'"按，此與吾鄉龔海峰先生所撰命意正同，可謂異曲同工，不落窠臼者矣。

蘇鰲石廷尉廷玉曰："涿州張桓侯廟聯，多狀其雄糾語，究屬莽夫氣象，於尊崇之義未合。惟方葆巖維甸作直藩時有聯云：'使君乃天下英雄，誼同骨肉；壽侯爲人中神聖，美並勳

[1] "玄"，原作"元"，避清康熙帝諱而改字，下同，此條回改。

名。'以先主、關帝兩人夾出，恰稱身分。"按，帝曾封漢壽亭侯，"壽侯"二字似未協，尚應酌易也。

四川成都城外有丞相祠堂，楹聯林立。鄂潤泉督部鄂山聯云："望重南陽，想當年羽扇綸巾，忠貞扶季漢；澤周西蜀，愛此地浣花濯錦，香火擁靈祠。"又蔣礪堂節相攸銛聯云："曰宫曰殿，曰幸且曰奔，詩史留題，千古猶存正統；書吴書魏，書漢不書蜀，儒臣特筆，三分豈是偏安。"

四川寧遠府有丞相祠。戴羡門督部三錫聯云："籌筆在攻心，當年化洽賓幪，冠帶百蠻歸典屬；安邊曾叱馭，此日風清甌脱，雲霄萬古仰宗臣。"聞是湖南湘鄉令嚴麗生學淦代撰。嚴本才士，摇筆故自不同。又聞嚴麗生作湘鄉縣龍王廟聯云："春耕夏耘，秋收冬藏，萬物育焉，鬼神之爲德；雷出地奮，雲行雨施，百室盈止，膏澤下於民。"亦可謂"取鎔經義，自鑄偉詞"者矣。

蘇郡文昌宫之旁有太陽宫，向不入祀典，亦不在朔望行香之列。道光十一年，霖雨數十日，郡人士始請余詣禱。升香之日，旋即暢晴。後即定爲常祀。齊梅麓爲之聯云："光天開糾縵之祥，雨非恒雨，暘非恒暘，二十四氣成四時，群生並茂；化國衍舒長之祚，朝不廢朝，夕不廢夕，三百六旬有六日，庶績咸熙。"又撰風神廟聯云："龍虎忌爭行，廿四番花信吹餘，致雨興雲，勿張旗鼓；豚魚占利涉，七二候箕神簸後，飛芻挽粟，好送帆檣。"時以狂風匝旬，礙漕運，率屬虔禱，有應，故以此爲報云。又撰龍神廟聯云："九土足農田，但期膏不下屯，霖雨遍敷天下望；三吴稱澤國，更願流無旁溢，江河長向地中行。"

鄭仁圃喜爲楹聯，時見意匠。有題天后宫聯云："補天媧神，行地母神，大哉乾，至哉坤，千古兩般神女；治水禹聖，濟川后聖，河之清，海之晏，九州一樣聖功。”想見精心結撰，思與神通也。

楊飛泉郡丞鶴書曾知雲南師宗縣。後由浙省委辦銅差，復至滇中。題天后宫一聯云：“三十年宦海平安，旦夕焚香，惟求利濟；一萬里慈雲庇蔭，間關行役，重許瞻依。”

四川灌縣城隍廟有蔡佛田手題聯云：“聰明正直之謂神，清夜焚香，惟願斯民敦孝弟；雨暘寒燠以成歲，豐年報享，長期列部頌昇平。”①又成都府城隍廟戲臺聯云：“善惡報施，莫道竟無前世事；利名爭競，須知總有下場時。”恰是城隍廟戲臺，不能移易他處。

蔡佛田曰：“佛寺聯語極多，記得有二聯語極雋永。句云：‘願將佛手雙垂下，摩得人心一樣平。’又云：‘彈指聲中千偈了，拈花笑處一言無。’”

明邛州人余昂有題海會寺聯云：“終日解其頤，笑世事紛紜，曾無了局；經年坦乃腹，看胸懷灑落，卻是上乘。”按，此聯詞旨超脱，似比吾閩鼓山寺一聯較爲雅馴。

福州有慶城寺，中有鐵佛一尊，極其雄偉，係僞閩時所鑄。廟中有前明曾弗人異撰一聯云：“古佛由來皆鐵漢，凡夫但説是金身。”雋永有味。陳畏民《筆談》、徐价人《閩游詩話》並載其語。惜余未得見其聯。

蘇州光福有觀音大士廟，祈晴禱雨最靈。林少穆巡撫三吴時，題聯云：“大慈悲能布福田，曰雨而雨，曰暘而暘，祝率土豐穰，長使衆生蒙樂利；諸善信願登覺岸，説法非法，説相

① “平”，原作“乎”，據環碧軒本、吕恩湛本、會文堂本改。

非相，學普門功德，祇憑片念起修行。”又因督濬劉河，小憩劉河鎮之天后宫，題聯云：“八百年寰海昭靈，溯湄嶼飛昇，九牧宗風榮廟祀；四萬頃具區分派，喜婁江新濬，三吴水利沐神庥。”又題上元縣署中程明道先生祠云：“愛物爲心，一命於人亦有濟；得民以道，千秋斯統不虛傳。”又題福州文藻山朱文公祠云：“道統闡薪傳，洙泗真源今未墜；儒型垂梓社，滄洲精舍此重開。”又題嘉定縣歸震川先生祠云：“儒術豈虛談，水利書成，功在三江宜血食；經師偏晚達，篇家論定，狂如七子也心降。”

桂林城外有臨水文昌閣，極明瑟之致。朱勳楣觀察棨題聯云：“水月盡文章，會心時原不在遠；星雲燦魁斗，鍾靈處定非偶然。”

朱子生於延平之尤溪，故小字沋郎。沋，水名，即尤溪，縣亦因此得名也。後人皆誤以朱子字“沋郎”耳。其地有公山、文山，朱子誕生之日，兩山俱發火光，現出“文公”二字。今就其地建文公祠。周力堂學使學健撰聯云：“前公山，後文山，一氣蜿蜒，知天地精華所萃；始小學，終大學，真源脈絡，統聖賢體用之全。”

《塗説》云：“江南侯竹愚先生在粤時，嘗題韓文公祠楹帖云：‘蘇學士前傳謫宦，孟夫子後拜先生。’”殊工切。

漢口有桃花夫人廟，一聯云：“列女傳從劉向定，夫人心只息侯知。”議論自在言外。惜不知何人所作。

虞山有白、蘇二公祠。齊梅麓即集白、蘇語爲楹聯，云：“中有仙龕虛一室，更邀明月作三人。”上聯香山句，下聯東坡句也。跋云：“香山詩：‘近有人從海上來，海山深處見樓臺。’此海虞立白公祠之公案也。‘虛一室’，固待公也。自公言之，即謂待坡公也可。又坡公題樂天《身心問答》三詩後云：‘而今月下三人，他日當成幾佛。’以‘更邀明月’句移奉白、蘇二公祠，頗有根據，非同泛語也。”按，常熟縣之白、蘇二公祠，建於道光丁酉年，在昭明讀書臺之側，董其成者蔣伯生因培、楊芸士文蓀也。芸士爲之記。

齊梅麓宰宜興時，撰周孝侯廟聯云：“朝有奸黨，豈能成將帥之功，若教仗鉞專征，蛟虎猶非對手敵；世無聖人，不當在弟子之列，誰信讀書折節，機雲曾作抗顏師。”詞意激昂，可當一首《周處傳論》。

甘露寺中有三賢祠，不知建於何時，祀唐李文饒、宋蘇東坡、米海岳三公也。李蘭卿撰聯云：“溯後先三百載游踪，異代同堂，能結有情香火；冠今古第一流人物，文章事業，也如無盡江山。”

謝默卿曰：“無錫惠山之麓有張睢陽廟，額曰‘顯忠’。余莅任時，適邑人修建落成，請爲楹帖，因撰句付之。云：‘抗節濟時艱，論當年守禦聲威，實先郭汾陽、李臨淮，功存廟社；顯忠關世教，考兹土烝嘗舊典，當與伍子胥、陳武烈，氣壯湖山。’”按，張睢陽、伍子胥及隋司徒陳杲仁，其事皆不在錫山，而縣中皆有祠廟，香火甚盛，亦可見忠烈祀典出於秉彝攸好之同矣。

江西九江府有五顯廟，中有一集句聯云：“九江孔殷，以享以祀；五人爲伍，乃聖乃神。”詞義俱極穩愜。不知何人所撰，俟晤鄭仁圃時詢之。

蟂磯廟聯：“思親淚落吴江冷，望帝魂歸蜀道難。”人皆知爲徐文長所撰。惟繆蓮仙《塗説》謂此與采石磯李太白祠聯云“我輩此來惟飲酒，先生在上莫吟詩”，並傳爲徐文長手筆。

而余經過二地，得見二聯，皆無文長題款，惟署谷口鄭簠書。後聞蟂磯聯爲方茶山先生體感夢而作，仍疑莫能明也。按，方茶山年代甚近，而此聯熟在人口，實出茶山之前。後説恐仍是因文長事而誤演耳。

金龍四大王爲北方河道尊神，廟中楹聯鮮有傳者。惟齊梅麓一聯尚壯麗。句云："志節慕睢陽，憂國讀書，尚記金龍山在；英靈同伍相，飛芻挽粟，正須白馬潮來。"

錢梅溪曰："唐張旭曾爲常熟縣尉，故縣城南有草聖祠。今爲文廟土地之神，新立一祠於大成門之右。廣文屬余書一聯一額，余曰：'聯句尚易，額甚難也。'再四思之，總未題就。偶憶韓文公'優入聖域'四字，因書付之。並撰一聯云：'書道入神明，落紙雲烟，今古競傳八法；酒狂稱聖草，滿堂風雨，歲時宜奠三杯。'或嫌'三杯'字太涉廟祀套語，余應之曰：杜詩'張旭三杯草聖傳'，豈忘之耶？"

海州板浦爲濱海斥鹵地。自道光年間，陶雲汀宫保改行票鹽，民販趨之如市。蕃昌殷贍，[1]儼然一都會焉。宫保按部海州，兩駐其地。登雲臺山，並於山中建陶靖節祠。今商販居民又合詞籲建陶文毅公祠。謝默卿撰長句楹聯云："改鹺法，近悦遠來，試觀淮浦連年，浩浩穰穰，豈惟追齊相夷吾，府海功施稱再造；薦飶馨，春祈秋報，況對郁洲勝境，熙熙皞皞，真可繼晉賢靖節，名山祀典配三元。"

成都北門外歡喜庵，奉德將軍楞泰像，係乾隆金川凱旋時爲士民所建。楹聯云："萬里版開圖，雲棧星郵，往來下拜功臣像；百蠻碑在口，渝歌賨舞，歡喜常存故老思。"又："冠履

① "贍"，環碧軒本、會文堂本作"賑"。

肅丹楹，似丞相祠堂，柏鬱森森承雨露；聲威通紫塞，憶將軍幕府，旌揚熠熠壯風雲。”旁爲得勝庵，即阿公祠，同時所建。聯云：“纏井絡以界坤維，天府奥區，皇極會歸雄帶礪；控荆蠻而引秦隴，巖疆重任，臣心寅畏凛冰淵。”

朱蘭坡曰：“宛陵城内有東平王廟，祀唐張睢陽。余少年應試時至其處，見一楹帖云：‘禄山、慶緒悍然其無君父，當年即破孤城，效忠亂賊，曾邀富貴之幾時？令狐、尹奇不幸而有子孫，今日試登雙廟，下拜先生，將置祖宗於何地？’余最喜其詞氣激昂，今約五十餘年，猶識不忘，但不記爲何人所作耳。”

涇縣會館中奉朱文公木主。朱蘭坡爲題一聯云：“刪定贊修，直千古同功，較漢唐訓詁諸儒，仰高山而倍切；德性問學，原兩端並舉，任陸王紛紜異説，撼大樹以何能。”朱文公聯語亦多，無如此之沈着穩括者。

閩浙分疆之處爲楓嶺，俗呼爲五顯嶺，實即梨嶺，古稱梨岳。祀唐太守李頻。李蘭卿題聯云：“地是名山宜廟食，民思賢守本詩人。”五顯廟中楹帖極多，皆遜此之雅切也。

黄右原曰：“相傳藥王廟戲臺聯語，一切戲，一切藥，頗有慨乎其言。上聯云：‘名場利場，無非戲場，做得出潑天富貴；冷藥熱藥，總是妙藥，醫不盡遍地炎涼。’”按，“潑天富貴”，仍是從藥王廟生情，非泛泛戲臺語也。

吕月滄郡丞璜曰：“宋梅生觀察鳴琦撰桂林城隍廟聯云：‘地獄即在眼前，莫到犯了罪時方纔省悟；業鏡雖懸臺上，只要過得意去也肯慈悲。’又，齊梅麓撰宜興城隍廟聯云：‘時雨時晹，玉女銅官皆有慶；好人好事，橋蛟山虎總無驚。’宋作係仁人之言，齊作爲才人之筆。”

吾閩有石佛嶺，佛像係就大石琢成。陳望坡尚書未第時，將棄舉業，過此嶺求籤，詞意許其必遇。三過三問，皆一籤。貴後乃獻一聯於寺云："心到虔時佛有眼，運當亨處石能言。"信乎佛之能前知也。

嚴問樵保庸曰："吾鄉出痘謂之出果，種痘謂之種苗。余嘗撰痘神廟楹聯云：'一點心苗，汝那裏好生培養；十分善果，我者邊總肯周全。'"①

柳州柳侯祠聯句，前集已載數家，而愜心者殊少。近聞伍實生撫部長華觀察右江時，曾集柳文成句爲聯云："潔廉爲心，忠信爲仗；文章在册，功德在民。"十六字頗典重，而至今尚未懸挂，不知何故。②

---

① "周全"之後，吕恩湛本尚多出數句："若湖南則以天妃爲痘神，其靈赫奕。蔣維揚茂才瓌有集《毛詩》匾聯亦極自然，匾云'母也天只'，聯云：'恩斯勤斯，靡依匪母；長我育我，克配彼天。'"

② 此段之後，吕恩湛本尚多出一段："新田縣署有桂樹一株，蔭可數畝，蓋一二百年物也。樹下有土地祠，黄令應培題有'天香靈蔭'額，而楹聯迄無佳者。揭桐岡鳳喈令新田時，曾製楹聯云：'自在天宫無着相，如來金粟是前身。'極典雅，亦極渾脱。"按，以上吕恩湛本多出的兩部分皆事關湖南，疑爲吕恩湛補入。

卷之二

廨宇

徐州府爲古彭城，今爲河漕重地，專設監司管之，蓋兵備道而兼管河防者也。宛平張觀察鼎自撰道署楹聯云："地當黄運之中，水欲治，漕欲通，千里河流，涓滴皆從心上過；官作軍民之主，寬以恩，嚴以法，一方士庶，笑啼都到眼前來。"又武威孫太守治自作府署楹聯云："官有典常，任一日則盡一日之心，况兼地廣事繁，敢不夙興夜寐；民供正課，寬幾分則受幾分之惠，縱使時豐歲稔，常如怨暑咨寒。"皆不失仁人之言，勝於掞張形勝者矣。

揚州厲氏，舊族也。其宗祠柱聯云："二百載青氈，蟬聯八世；兩三間白屋，鶴隱千秋。"聯係史望之尚書所書，其句則未詳孰撰也。

戴菔塘璐《藤陰雜記》云："護國寺西先爲桐城張文和公第，後改西華門内，此第遂以賜溧陽史文靖公。余癸未出錢塘王文莊公門下，曾於此第謁見，有'江山勝地皆行部，臺閣崇班半屬僚'之聯。"

京師正黄旗官學中有楹聯云："業精於勤，修其孝弟忠信；學優則仕，以爲黼黻文章。"

蔡研田本俊曰:"安溪李文貞公宅有小園,自集句爲聯云:'有水園亭活,無風草木閒。'"

彭芝庭啓豐自訂年譜云:"余曾三任浙省學政,因在貢院題聯云:'蓉鏡重開,漫向湖山尋舊迹;桂枝擢秀,相期月旦識真才。'"

浙江學署面對吴山,右鄰郡庠,西出湧金門,即西湖也。劉金門先生題大堂聯云:"使節壯湖山,東南壇坫;文光拱奎壁,咫尺宫牆。"

黄右原曰:"有潤州太守新修廳事,執贄於吴山尊學士,求作楹帖。學士不假思索,即對客揮毫。上聯用'金山銀山'組織成文,云'山色壯金銀,惟以不貪爲寶',以譽太守廉能。觀者歡呼,亟請其下聯。學士率爾操觚,實未有以對也。適幕賓郭香生明經曰:想是'江流環鐵石,居然衆志成城'。蓋以鐵瓮城爲金陵石頭城門户,竟成強對。遂書以應。學士既服其敏,且有解圍之功,因以所得潤筆分贈之。"

揚州羅茗香士琳曰:"各省育嬰堂中有舊傳聯句云:'子不子,亦各言其子,委而棄之,是可忍也,孰不可忍也,先王斯有不忍人之政;幼吾幼,以及人之幼,比而同之,有以異乎,曰無以異也,大人不失其赤子之心。'集語頗能渾成貫串,惜不傳作者何人也。"

謝默卿曰:"清節堂始於吴下,由紳士捐建,以居嫠婦之貧苦無依者。經費漸充,規制盡善,各府州皆仿而行之。誠善舉也。曹艮甫比部楙堅主講泰州時,撰堂聯云:'任恤重周官,集一方秉穗餘資,門題行義;帡幪同夏屋,完幾輩冰霜苦節,臺築懷清。'"

齊梅麓,婺源人。嘗作婺源考棚聯云:"漬種必苗,爇蘭必香，千家茆屋書聲，定有幾枝大手筆；登高自下，陟遐自邇，萬里蓬山雲路，先從一邑小文場。”

嘉慶末，福州大修貢院，規製恢宏。適林少穆督部奉諱里居，所有楹聯悉出其手，亦極一時壯觀精思。吾鄉人多能口誦之。如云：“皇路許馳驅，舉孝興廉，海嶠人文羅福地；天門同詄蕩，蜚聲騰實，蓬瀛才望奮清時。”又云：“達四門四目四聰，我有嘉賓，莫負文章華國選；書六德六行六藝，烝哉髦士，要兼孝弟力田科。”又云：“初日照三神山，看碧海珊瑚，盡收鐵網；長風破萬里浪，喜丹霄銀榜，早兆珠宮。”又集杜句一聯云：“鄉賦念嘉賓，彩筆昔曾干氣象；持衡留藻鑑，文昌新入有光輝。”

王輔銘《練音集》云：“嘉定王丹思敬銘於康熙丁酉典試江西，以公慎自矢。嘗題試院協一堂柱云：‘三條官燭，棘闈辛苦廿年，苟以温飽負平生，斯誓有如江水；一介儒冠，玉署光榮兩世，能取文章報恩遇，此行方識廬山。’”

嘉慶戊寅恩科時，鄧嶰筠督部方爲西安太守，值貢院鼎新，曾撰楹聯數十對，皆極結撰之工，陝中爲之紙貴。如察院門云：“恩湛鸞坡，環海臚歡歌曼壽；名標雁塔，曲江高會洽群仙。”又云：“地是周京，廣進吉人歌引翼；制循漢室，特頒明詔選賢良。”大門云：“門對南山，看太乙峰高，華國雄文爭氣象；恩迎北闕，值長庚星朗，作人雅化頌龐淇。”東大門云：“左席羅珍，群仰星槎來左掖；東門籲俊，試看奎曜麗東垣。”西大門云：“運際右文，鳳起蛟騰連右輔；門迎西極，星輝雲爛照西京。”大觀門云：“科重西京，盛世作人徵壽考；躔逢南極，祥暉絢采接文昌。”連三門云：“地接龍門，多士須聯魚貫隊；恩開虎榜，嘉賓同拜鹿鳴歌。”明遠樓云：“地重棘闈，看雲裏翬飛，四面軒窗增壯氣；輪圓桂殿，聽月中舞羽，一番鼓吹接仙音。”又云：“樓起層霄，是明目達聰之地；星輝文曲，看筆歌墨舞而來。”至公堂云：“戊茂協菁莪，璧月圓時同壽宇；寅清收杞梓，璚雲多處朗文星。”又云：“恩被賢良，聽天語鸞銜，朵殿絲綸承北極；科聯甲乙，喜人文鵲起，辟雍鐘鼓振西京。”此以“戊寅恩科”四字冠首也。精白堂云：“函關東，玉關西，萃兩省人文，手提珊網；使星内，台星外，合一時宗匠，心澈冰壺。”又云：“精白一心，入手恍聽蠶食葉；丹黄萬卷，到頭佇看鹿銜苹。”衡鑒堂云：“典重求賢，簜節分持宣漢詔；堂開籲俊，輶軒親到采秦風。”監臨堂云：“地鎮中權，看露冕宣風，玉鑑冰壺同朗照；才登上選，聽霓裳咏月，祥麟威鳳共騰輝。”内簾云：“岌嶪龍門，雷浪可容輕躍過；分明蟾窟，霓裳未許竊聽來。”又云：“擔弛戴星，且共岑苔吟夜月；文披垂露，便看玉筍坐春風。”收卷所云：“稱心好句欣先睹，入手奇文豈漫藏。”彌封所云：“姓氏不妨偕豹隱，光芒終許看龍騰。”謄録所云：“絢采文疑堆錦繡，研朱筆合架珊瑚。”對讀所云：“顧誤辨訛須守黑，分章析句合塗黄。”按，此外尚有兩主考及提調監試各聯，皆各切其人之官階、科分、里貫言之，移地移時俱不適用，兹不俱録云。

林少穆督部總制兩廣時，海禁方嚴。督部於城外新建一演武廳，精選督撫兩標勁卒數百人，親往督操。自題廳柱一聯云：“小隊出郊坰，願七萃功成，淨洗銀河長不用；偏師成壁壘，看百蠻氣懾，烟消珠海有餘清。”

鄂城臬署有鄧嶰筠督部一聯云：“官要虚心，總能發伏釐奸，須識我得情勿喜；民宜守分，若到違條犯法，可憐汝無路求生。”仁人之言，出乎肺腑矣。

英觀察煥堂守登州時，構小園，既成，屬嚴問樵代撰楹聯云："願他十邑諸公清風扇野，容我一年四季明月鋤花。"

杭州北新關較各關尤爲嚴切，商民多裹足不前。阮芸臺師撫浙，兼管關務，自製一聯懸於關署大門云："上古關無徵，後世不得已而榷關，慎勿失其初意；本朝税有額，小民如其分以納税，何可使有怨言。"

四川成都將軍署中有阿文成公題聯云："拱北星辰兼上將，征西部屬半通侯。"

四川彭水縣有摩雲書院，在山半。陶文毅公任川東觀察時，道經其地，書聯贈山長云："化雨無私，憶往歲踏雪來過，曾話春風一席；摩雲有志，願諸生凌霄直上，勿忘燈火三更。"蓋公先曾以典試過此也。

蔡佛田撰各憲署官廳聯云："片刻聚談，此地無分賓主；一時摳謁，其間原有後先。"又撰巡捕官廳聯云："得月快爭先，共仰樓臺近水；望風齊向上，欣看冠佩如雲。"

齊梅麓居婺源之沖麓，有敦彝堂大祠，自題聯云："得氏營丘，溯李唐同朝二相，在野三公，下迄宋、元、明，代有文人光海國；卜居沖麓，看梅里排闥四山，環村一水，甲於皖、歙、婺，天開圖畫賽瀛洲。"又一聯云："大夫不敢祖諸侯，表海雄風，莫問遥遥華胄；途人其初本一體，敬宗收族，當思密密連枝。"

朱蘭坡曰："余曾爲同邑江氏祠堂撰聯，文云：'梁貴胄，唐遺忠，易姓前徽崇一本；歙僑居，涇奠宅，敦宗後嗣叙三支。'蓋江本蕭也，昭明太子之裔。復顯於唐末，以避難改姓居歙之黄墩。南宋徙涇，總稱黄泥灘江氏。稽其派，則有三焉。婺源江氏慎修先生實與同宗。人皆不知先生爲蕭姓，余聞諸江石生大令。又代製同邑王氏宗祠聯云:‘孝友著華宗,遠追竹港遷居,十三支共聯閥閱;牲盛隆毖祀,新仰松楹旅設,千百世長聚簪纓。’我涇曩有‘十三王’之稱。竹港者,其始居地名。先世曾以孝友聞。”又曰:“余先世本在蘇,唐末遷歙,復遷婺源。宋代始遷涇。嘗爲宗祠聯云:‘遷移自吴、歙、婺而來,氏族清嘉,斯地奠安稱梓里;裔嗣逾宋、元、明以後,詩書啓佑,幾人騰翥咏梧岡。’又云:‘茶院溯遥宗,傳三十世有奇,閭巷相聯,敦仁敦讓;李村鄰舊宅,閱百千年無替,歲時竝集,奉醴奉盛。’茶院公乃與文公同出之始祖也。初遷涇,居李村,其舊宅已六七百年,尚存。宗祠地正相近。又爲支祠聯云:‘追古寮六世遷居,中越十傳,森出喬支綿緒久;①歷昭代兩朝胥宇,②後垂千祀,蔚成盛族綰綸多。’案,古寮,即茶院公也。六世爲遷涇之祖拙翁府君,蓋文公之伯曾祖。復十世則支祠分祖用鑑府君子姓獨多,科名仕宦亦較盛。祠宇在本朝由順治至康熙間始建。數聯雖常語,然非他姓可以移置也。又云:‘春有心于露,秋有心于霜,遵戴記遺規,欽崇典祀;父之貴者慈,子之貴者孝,式文公懿訓,篤念倫常。’此出聯尚可通用,對語本文公家訓,固仍切合矣。”

吾鄉林青圃先生德性嚴重,所作楹帖亦不肯作尋常語。主鰲峰講席時,曾手書講堂一聯云:“坐里門内,夕而朝教,不忘就爾事;習君子言,尊以遍學,莫便近乎人。”此聯已載前編。後陳恭甫編修壽祺亦撰一長聯,意欲媲美前修,而兩小股墨

① “久”,原作“人”,據吕恩湛本、醉六堂本、會文堂本改。

② “胥”,原爲空格,據醉六堂本補。吕恩湛本作“奠”。環碧軒本、會文堂本作“構”。

卷時腔，[1]徒成話柄而已。今明倫堂頭門聯云："方千里育賢之地，第一重入聖之門。"亦青圃先生所撰也。

有集《文選》句爲祠堂聯者云："蹈德泳仁，發祥流慶；興廉舉孝，署行議年。"又一聯云："秩元祀，禮莫愆，繼禰繼祖繼高曾，孝思不匱；屢豐年，歲其有，奉牲奉盛奉酒醴，明德惟馨。"皆可爲家祠通用之楹帖。

朱蘭坡家有小園甚隘，僅栽桂一株。洪稚存題扁曰"金粟山房"。蘭坡自爲聯云："曲录三弓，庾信有園難拓地；連蜷一本，劉安之樹可留人。"

劉松嵐大觀爲州牧時，自題署齋一聯云："袍笏呼來先拜石，管弦麾去獨聽松。"爲翁覃溪師書。或云："即翁撰句以贈者。"新警逼削，使事無痕，殆非吾師不辦也。

蘭溪縣城中邑令署頭門聯云："明月雙溪水，春風滿縣花。"雅切蘭溪而有餘味，惜未詳何人所題。

余於五十八歲請假歸田，在福州黄巷新宅所撰楹帖已載入《叢話》前編。兹於壬寅秋復引疾得請，僑居浦城。因購得荒地數弓，縛茅架屋，暫爲受廛之寄。時異事遷，因就舊詞稍更新意，以存一時情事云爾。中堂聯云："歷宦海兩朝身，萬頃驚濤仗忠信；借他鄉一廛地，卅年此屋亦辛勤。"韓詩："辛勤三十年，以有此屋廬。"又云："安土而能敦，因寄所托；擇鄰焉得智，且住爲佳。"宅左有園，額爲"北東園"，以福州舊宅有"東園"也。園中有池有樓，池上草堂聯云："客來醉，客去睡，老無所事吁可愧；論學粗，論政疏，詩不成家聊自娱。"又一聯云："地價不妨多，明月清風本無價；物情何足校，近

---

① "而"，吕恩湛本作"乃鋪排門面腐詞，竟似"。

水遥山皆有情。"此聊紀近事，而借歐陽文忠及蘇子美詩語以解嘲也。又書室中一聯云："平地起樓臺，流寓依然吾土美；著書多歲月，退思未報主恩深。"

勝迹

閔鶴瞿叙《粤述》云："桂林七星巖下有壽佛洞，僅容旋馬。内有古壽佛石像，云土人有見老僧者，迹之，至此洞，得遺像，遂創爲庵。楚僧本符號渾融者，建爲棲霞寺，起藏經閣，其下爲静慧堂，旁爲聽月亭。余有'慰賢'二字題石，而集唐句爲聯云：'白雲回望合，青靄入看無。'"按，今棲霞寺座落與此所述互異。舊阯緲不可尋，志乘中亦未采此書，而題名與亭聯更無有能指其處者矣。

無錫北門外有皇甫墩，在芙蓉湖中，四面皆水，飛樓縹緲，極似西湖之湖心亭。窗户軒檻皆九龍山翠所涵演，登覽勝概甲於通邑。樓中聯榜尚多，惟孫平叔宫保聯云："燈火春星浮北郭，雲霞朝景攬西神。"秀整雅切，邑人盛稱之。西神，即九龍山也。

山陰石屋在香爐峰之半山，有楹聯云："花雨欲隨巖翠落，松風遥傍洞雲寒。"錢唐于謙題，見《小倉山房詩集》。

或傳梅關一聯云："不必定有梅花，聊以志將軍姓氏；從此可通粤海，願無忘宰相風流。"按，梅關即梅嶺，又名庾嶺。《史記索隱》謂"相傳以梅將軍名"，而《南康記》又云："前漢南越不賓，遣監軍庾姓者討之，築城於此，因之爲名。"則兩説皆可通。《南康記》又云："庾嶺多梅，亦曰梅嶺，高一千三百五十丈，唐張九齡奉詔開鑿。"按，張有《開嶺路序》，又有詩，故嶺巔有曲江祠。此聯穩括大意，面面俱到矣。

林少穆觀察杭州時，曾修孤山林處士祠。又葺梅亭，題亭柱一聯云："世無遺草真能隱，山有名花轉不孤。"

林少穆有集句題京師陶然亭聯云："似聞陶令開三徑，來與彌陀共一龕。"亭中楹帖當推此爲第一。

貴陽城外有圖雲關，不知誰氏一聯云："兩脚不離大道，吃緊關頭，須要認清岔路；一亭俯看群山，占高地步，自然趕上前人。"亦見道語也。

徐修梅茂才汝棶曾游黔中，[1]録憶數聯。有飛雲洞聯云："洞闢幾時，問孤松而不語；雲飛何處，輸老鶴以長閒。"爲天門龔學海所題。又鎮遠大王灘亭聯云："到岸猛回頭，聽潕陽第一灘聲，浪與篙爭，好仗神威資利濟；順流須努力，看黔國萬重山水，峰隨舵轉，全憑忠信涉波濤。"

聞福州永福縣之方廣巖奇景天開，余屢欲往游而不果。友人江心葵景陽爲述一聯云："石室天開，[2]見大地山河三千世界；水簾風卷，露半天樓閣十二闌干。"[3]心葵所居距巖甚近，余四十年前即有同游之約，每爲之神往云。

九江府庾樓爲一郡大觀，屹立郡署之後，前襟大江，後枕匡廬。樓額爲蘇齋師所書，江心即望見之。樓中聯語多不稱。郡守張子畏寅聯云："如此江山，何幸不才來領郡；亦談風月，每逢嘉興即登樓。"語稍穩貼。尚不如洪稚存先生亮吉一聯云："半壁江山，六朝雄鎮；一樓風月，幾輩傳人。"足與斯樓相稱。鄭仁圃太守以爲名下無虛，是也。

余初游平山堂在嘉慶元年，草草一過而已。後讀《曝書

---

① "棶"，醉六堂本、吕恩湛本同，會文堂本、環碧軒本作"埉"。
② "天"，清乾隆十九年刊本《福州府志》卷十六下收録此聯，作"雲"。
③ "天"，清乾隆十九年刊本《福州府志》卷十六下作"空"。

亭集》,中有《鄭谷口隸書平山堂扁長歌》,悔彼時不及留心賞玩。問之曾游平山堂者,亦俱若無睹。道光壬寅初夏,寄居邗上,重登此堂,則前後相距已四十餘年。堂中扁字係歐陽文忠公之款。疑款字甚劣,非歐公所爲,而鄭谷口所題亦渺不可得,不知何故。遍翻郡志,則不但無歐陽題扁事,並鄭谷口之扁亦未載。豈竹垞先生之詩欺人哉!頃與錢梅溪泳談及,梅溪乃言曾親見谷口原扁,後爲吴中徐友竹堅者易以歐款。記得是乾隆年間第六次南巡時所爲。梅溪今年八十有四,多見舊事,所言當不虛也。平山堂並無他扁,谷口所題又易爲歐款,可謂兩失,而伊墨卿隸書聯句遂獨出冠時矣。余前編所録墨卿句,誤"隔江"爲"過江",玆特正之。余亦新製一聯云:"高視兩三州,何論二分月色;曠觀八百載,難忘六一風流。"質之阮芸臺師,甚壯其語。朱蘭坡同年亦曰:"平山堂詩,以王荆公'一堂高視兩三州'首爲最;平山堂聯,以伊墨卿'隔江諸山'十六字爲最。今君此聯出,真可鼎立而三矣。"因亦用隸體書就,送懸堂楹。王荆公遠矣,未知墨卿空中笑人否耳。

張伯冶曰:"揚州大儒坊董祠之左近有集賢樓,下臨城河,形勝絶佳。記得有一集句舊聯云:'桃花潭水深千尺,明月揚州第一樓。'不知《畫舫録》何以遺之。"

前編所載揚州楹帖,多據《畫舫録》。比來寄居邗上,新有聞見,亦佳聯也。如陳曼生鴻壽題康山云:"春水緑波揚子渡,梅花明月狀元山。"洪桐生梧題東門城樓云:"風月天高,樓臺地迴;雲霞海曙,梅柳江春。"又題南門城樓云:"東閣聯吟,有客憶千秋詞賦;南樓縱目,此間對六代江山。"

相傳河南南陽府城樓舊有楹聯云:"真人白水生文叔,名士青山卧武侯。"對仗渾成,允稱傑構。或疑諸葛應稱忠武侯,但曰武侯,恐未盡善。然古人二字三字謚,後人止稱其一字者甚多。如衛之睿聖武公,只稱武公;貞惠文子,只稱公叔文子;楚之頃襄王,只稱襄王;秦之昭襄王,只稱昭王。諸葛之稱武侯,亦其例耳。

北固山甘露寺之左,舊爲多景樓。俯挹全江,最稱雄勝。樓址久荒,李蘭卿觀察曾捐貲重建。工甫竣,旋圮。觀察撰聯云:"天與雄區,欲游目騁懷,一層更上;地因多景,喜山光水色,四望皆通。"後曾文彀邑侯承顯就北固山之後麓建"江東勝概樓",重書觀察聯語懸諸前楹,而於後楹自撰一聯云:"形勢拓南徐,對秣陵樹色,瓜步江光,何處平分吴楚;畫圖開北固,有米老庵存,衛公塔在,依然映帶金焦。"樓之右又有小樓,正對金山,有南昌彭文勤師聯云:"兩點金焦,到山者不如望;一庵海岳,懷古者見其人。"蓋寶晋書院正當其前也。

九江府之南即廬山,其城南正對廬山之雙劍峰,歷朝皆於府治前建三層高樓以鎮之,名爲匣劍樓。樓前開二池,直丈餘,横數尺,名爲匣劍池。鄭仁圃太守初莅任,修濬一新,自製樓聯云:"排闥兩峰青,欣輪奂齊雲,環雉堞更上一層,盡見匡廬真面目;干霄千丈紫,恐鋒鋩過露,斂龍光深藏什襲,如羅星宿壯心胸。"

蘇州滸墅關北望亭,即入金匱縣境。河中舊有豐樂橋。齊梅麓宰金匱時,鳩工重修,蔚爲勝地。因題橋門一聯云:"水遠天長,萬古川原連泰瀆;年豐人樂,四時風景勝滁陽。"又,杭州城外之半山,桃花最盛。花時游船麕集,秋後紅葉亦極可觀。旁有小橋,橋門一聯云:"欲泛仙槎向何處,偶傳紅葉到人間。"皆橋門聯之極超脱者。

清江浦勝迹以河帥署中爲最。有方池甚寬,上爲荷芳書屋,擅水木之勝。時張芥航河帥得董思白大字挂屏十二幅,錢梅溪爲集屏中字作一聯云:“大隱寄淮壖,十畝芳塘涵德水;高懷擬緑野,滿園花木繡春風。”

成都府城外有諸葛丞相祠,旁有臺榭,爲大僚飲餞公所。蘇鰲石廷玉集杜句爲楹帖云:“諸葛大名垂宇宙,元戎小隊出郊坰。”按,此前明黄才伯所集,見朱竹垞《静志居詩話》。①

唐陶山仲冕有集唐句題陶隱居祠,云:“門前學種先生柳,嶺上長留處士墳。”

滕王閣中有裘可亭郡丞行恕聯云:“隔岸眺仙踪,問樓頭黄鶴,天際白雲,可被大江留住;繞闌尋勝迹,看樹外烟波,洲邊芳草,都憑傑閣收來。”

采石太白樓中有齊梅麓集句一聯甚偉。出語云:“紫微九重,碧山萬里。”即太白集中句。對語云:“流水今日,明月前身。”則司空表聖《詩品》中句耳。

黄右原曰:“揚州三賢祠,舊以王漁洋繼歐、蘇後,已不甚稱。後更奉伊墨卿太守長生禄位於旁,而議者益起。自裁撤鹽政後,湖上園林歲修無主,頽廢不堪。李蘭卿榷使獨能捐廉,重修江山文選樓、桃花庵各處,而别建載酒堂於祠側,以祀漁洋。於是香火始正。榷使並爲之聯云:‘晝了公事,夜接詩人,得句皆堪作圖畫;修禊虹橋,訪碑禪智,此才真不負江山。’”

自浙入閩,第一重嶺爲蘇嶺。嶺頂有關廟。殿後一亭,境極幽靚。有朱笥河先生手書一聯云:“雲石江將疑字浙,風

---

① “詩話”之後,吕恩湛本多出“鰲石固是襲舊也”。

篁嶺若誤髯蘇。”跋云：“過蘇嶺留句。乾隆庚子十二月廿日，笥河居士朱筠。”余每過此，必熟賞此聯。寺僧亦知寶之。寺中又藏有朱文正師詩卷，即爲此聯而作。和題者有譚藺楣光祥及吾鄉林樾亭先生、王蘭陔紹蘭中丞。中丞復作長跋紀之，謂“此聯句奇而筆遒，若有靈氣光怪，足以永鎮山門”者，洵不虚也。

黄州赤壁以坡公二賦傳耳，其實周郎用火攻處，在今嘉魚也。人皆議坡公之誤。朱蘭坡題聯云：“勝迹别嘉魚，何須訂異箴訛，但借江山攄感慨；豪情傳夢鶴，偶爾吟風嘯月，毋將賦咏概生平。”

雲南附郭之大觀樓中，有孫髯所製長聯，懸挂已久。道光初，阮芸臺師總制滇黔時，爲酌易數字，另製聯板懸之。滇人嘖有煩言。余曾於前編述之。昨接吾師來函云：“孫髯原聯，以正統之漢、唐、宋、元‘偉烈豐功’總歸一空爲主，豈不駸駸乎説到我朝。故改爲‘爨長蒙酋’，遞到吴三桂等人身上。所以扶正而消逆也。嘖有煩言者，‘蒙酋’未達耳。”按，原聯及改本，前編已並全録，今必須重録改本，以質觀者，使知吾師所以須改之故，以釋滇人之疑而已。改本云：“五百里滇池，奔來眼底，憑欄向遠，喜茫茫波浪無邊，原本作‘披襟岸幘，喜茫茫空闊無邊’。看東驤金馬，西翥碧雞，北倚盤龍，南馴寶象，原本‘金馬’作‘神駿’，‘碧雞’作‘靈儀’，‘倚盤龍’作‘走蜿蜒’，‘馴寶象’作‘翔縞素’。高人韻士，惜拋流水光陰，原本作‘何妨選勝登臨’。趁蟹嶼螺洲，襯將起蒼崖翠壁，原本作‘梳裹就風鬟霧鬢’。更蘋天葦地，早收回薄霧殘霞，原本作‘點綴些翠羽丹霞’。莫辜負四圍香稻，萬頃鷗沙，原本作‘晴沙’。九夏芙蓉，三春楊柳；數千年往事，注到心頭，把酒凌虚，嘆滚滚英雄誰在，想漢習樓船，唐標鐵柱，宋揮玉斧，元跨革囊，爨長蒙酋，原本作‘偉烈豐功’。費盡移山氣力，儘珠簾畫棟，卷不及暮雨朝雲，便蘚碣苔碑，原本作‘斷碣殘碑’。都付與荒烟落照，原本‘荒’作‘蒼’。只贏得幾杵疏鐘，半江漁火，兩行秋雁，一枕清霜。原本作‘兩行鴻雁，一片滄桑’。”

廣西宜山縣爲黄山谷先生謫居地。城中有山谷祠堂，查儉堂撫部守慶遠時重新之，並製聯云：“忠孝振綱常，黨籍編名，氣節宛如東漢；文章垂宇宙，詩家衍派，門庭别啓西江。”公誕辰在六月十二日。李蘭卿權守時，率諸生爲公設祭，如坡公生日故事。祠内舊有寶華亭、墨池諸勝，今已湮廢。蘭卿亦製聯云：“載酒爲公來，率儒服儒冠，仍似舊開詩屋宴；僦居無地住，占宜山宜水，卻教長祭墨池田。”

福州城外由江達海之路，以羅星塔爲關鍵。塔據山巔，四面皆波濤洶湧。其由閩縣達長樂，則必以羅星塔山下爲暫泊候潮之所。蓋海潮由此而分也。塔上舊有七字聯，不知何人所撰。其句云：“朝朝朝朝朝朝夕，長長長長長長消。”過客皆不知所謂。康熙中有一道人到此，讀而喜之。衆請其説。道人笑曰：“此山爲海潮來往之區。此聯出語第一、第二‘朝’字上平聲，第三‘朝’字下平聲，通作‘潮’字，第四‘朝’字亦下平聲，第五‘朝’字上平聲，第六‘朝’字又下平聲。對語第一、第二‘長’字平聲，第三‘長’字上聲，第四‘長’字是平聲，第五‘長’字是上聲，第六‘長’字又是平聲。如此讀之，自不煩言而解，不過是言潮汐長消而已。”言訖道人遂不見。或以爲純陽祖師現身也。

河南輝縣城外有古百泉，發源蘇門山中，匯爲巨池。詩所謂“泉源在左”是也。歷代名人多隱居其上。左有孫夏峰先生祠，程梓庭中丞題聯云："勝地集名儒，軼姚、許、趙、竇以抗宗傳，群仰夏峰作喬岳；熙朝開理學，繼濂、洛、關、閩而昌後裔，從教睢水得淵源。"謂姚雪齋、許魯齋、趙復、竇默及我朝湯文正公也。①

格言

道光癸巳，引疾里居。日向街巷舊書攤中搜求故紙，②忽得孫寄圃閣老楹帖一對。閣老手迹，余所認識，非他手所爲。而筆法腴潤，是作翰林時書，不如後此之蒼勁也。句云："甘守清貧，力行克己；厭觀流俗，奮勉修身。"款云："天池年伯大人製句命書，濟寧愚侄孫玉庭。"乃知此聯係爲先大父天池公所作。閣老與先叔父九山公爲乙未同年，此必係九山公同居館職時爲先大父索書者。因急購歸，重加裝裱。先代訓言藉兹不墜，當拳拳服膺，如日侍先大人嚴正之容，非僅作墨寶珍庋也。

《香祖筆記》云："余家自高曾祖父以來，文房正廳皆置兩素屏，一書心相三十六善，一書陽宅三十六祥，所以垂家訓、示子孫也。又各房正廳一聯云：'繼祖宗一脈真傳，克勤克儉；教子孫兩行正路，惟讀惟耕。"

余前編《聯話》，敬載先資政公常書楹帖云："非關因果方爲善，不計科名始讀書。"此吾鄉習傳之語，不知撰自何人，言極切近可守，渾然無弊。後閲亡友顧南雅蒓《思無邪齋遺集》一條云"嘗見陳句山先生所書楹聯，作'不關果報方行善，豈

① "公"字下，吕恩湛本有"斌"字。

② "攤"，原作"難"，據環碧軒本、會文堂本改。吕恩湛本作"堆"。

爲功名始讀書'二語,殊未了。古今果報之爽者十有八九,若此念未忘,其阻善機者多矣。至於'功名'二字,在三不朽之列,正讀書人所當念念不忘者,以爲立功立名之地,此殆誤以科名當之耳。兹爲人書楹帖,特改六字,云:'必忘果報能爲善,欲立功名在讀書。'其義乃圓"云云。其實"科名"、"功名"義各有當,未見句山之必誤也。

謝默卿曰:"虎邱山後女墳湖北,風景幽絶。岸旁一古刹,懸一聯於客堂云:'乾淨地常來坐坐,太平時早去修修。'語極冷雋。畫舫往來,笙歌鼎沸之外,忽聽此禪窟機鋒,真如暮鼓晨鐘,發人深省。"

桂林吕月滄掌秀峰書院,嘗擬題講堂一聯云:"先有本而後有文,讀三代兩漢之書,養其根,俟其實;舍希賢莫由希聖,守先正大儒之説,尊所聞,行所知。"甫欲製板懸挂,而驟歸道山。其門弟子尚有能述之者。

唐陶山家有果克堂,自題聯云:"克己最嚴,須從難處去克;爲善必果,勿以小而不爲。"

彭文勤公有集句堂聯云:"立身行道,揚名於後世;夙興夜寐,無忝爾所生。"

齊梅麓集《詩經》語作宗祠聯云:"凡今之人,不如我同姓;聿修厥德,無忝爾所生。"又敬思堂聯云:"《曲禮》蔽於無不敬,逸詩删以未之思。"又一長聯云:"士恒士,農恒農,工恒工,商恒商,族少閒民,便有興隆景象;父是父,子是子,兄是兄,弟是弟,門無乖氣,方爲孝友人家。"

丹徒張伯冶巡檢駅偕其嘉耦錢蓮因女史守璞並以詩畫擅名。論畫則伯冶爲精,論詩則蓮因尤健。粵西邊瘠之區,蓮因間關隨宦,能相其夫。甘於末秩,不以富貴利達薰其心,不愧女士之目。嘗因伯冶豪飲健談，爲手書楹帖於座右云："人生惟酒色機關，須百煉此身成鐵漢；世上有是非門户，要三緘其口學金人。"以閨媛能爲此格言，真不愧女士也。

揚州馬氏小玲瓏山館中有鄭板橋所撰楹帖，云："咬定幾句有用書，可忘飲食；養成數竿新生竹，直似兒孫。"以八分書之，極奇偉。後歸淮商黄姓，始擬撤去，復有愛其文義者，乃力勸留存。

黔中巡撫署齋有顏惺甫檢手題一聯，云："兩袖入清風，静憶此生宦況；一庭來好月，朗同吾輩心期。"殊有理趣，而措詞藴藉，不涉腐氣，故佳。

漢口有同善堂，所以施惠。新立規制，冀垂久遠。邑人乞朱蘭坡聯句，題云："同德即同心，從教救病嘘枯，體天意好生而布惠；善終如善始，願得提綱挈領，遵聖言思永以圖功。"又，銅陵大通鎮設救生船，亦爲其局中製聯云："博愛之謂仁，當知拯難扶顛，愷惻常同施補救；見險而能止，但願風帆浪舶，倉皇轉得報平安。"

太傅朱文正師視學浙中時，因原籍紹興，特榜其門楹曰："鐵面無私，凡涉科場，親戚年家須諒我；鏡心普照，但憑文字，平奇濃淡不冤渠。"

姚文僖公文田督學時，每試院輒題一聯云："科場舞弊皆有常刑，告小人毋攖法網；平生關節不通一字，誡諸生勿聽浮言。"又自撰堂聯云："世上幾百年舊家，無非積德；天下第一件好事，還是讀書。"語皆近質而實，足以訓俗。

張蘭渚先生喜書格言爲楹帖。爲閩撫時，嘗屬余書一長聯，云："戒之在鬥，戒之在色，戒之在得；職思其居，職思其外，職思其憂。"或疑先生此時何以尚須戒鬥？余曰："聖賢言語徹上徹下，可以自警，可以警人。且聖人所謂鬥，豈必在角膂力，逞戈矛，凡口給禦人，文字抵觸，皆與鬥無異。居高位者尤宜慎之，庶不招尤、不僨事耳。”

張仲甫中翰應昌，蘭渚先生哲嗣也。最恪謹守家法。近手録先生所集經語楹聯見寄，如云：“有忍乃有濟，無愛即無憂。”上句出《尚書》，下句則《四十二章經》中語也。又一聯云：“洗心曰齋，防患曰戒；循法無過，修禮無邪。”上句出《易繫辭注》，下句則《戰國策》中語也。

張仲甫齋中亦有自撰聯句云：“貪嗔癡即君子三戒，戒定慧通聖經五言。”自注：即定、静、安、慮、得。此以釋語爲儒書注脚也。又一聯云：“陰陽風雨晦明，受之以節；夢幻露電泡影，作如是觀。”此湊合《左氏傳》、《周易》語以對佛經也。蓋仍是蘭渚先生家法。又有一聯云：“掃地焚香，清福已具；粗衣淡飯，樂天不憂。”則純是儒家語也。

萬廉山郡丞承紀嘗製大篆一聯見贈，云：“仁仁義宜，以制其行；經經緯史，乃成斯文。”見者皆以爲寫作俱工。余嘗入其書室，讀其自集子部語作篆聯云：“凡避嫌者内不足，有爭氣者無與辨。”是極好格言。賀耦庚盛喜之。惜其字句未能匀稱，平仄亦尚未諧耳。

黎湛溪河帥喜拈“要辦事，莫生事，要任怨，莫斂怨”四語，嘗請節相孫季圃公作對語。公應之曰：“可興利，毋近利，可急功，毋喜功。”藥石之言，正河帥所宜省勉也。河帥即屬陳曼生郡丞分書爲聯，懸之署齋客位云。

黄右原曰：“有客贈聯云：‘每思於物有濟，常愧爲人所容。’又云：‘久病始知求藥誤，衰年方悔讀書遲。’又云：‘過如新竹芟難盡，學似春潮長不高。’皆格言中雋語。”

花曉亭曰：[①]"有贈宣刺史瑛一聯云：'辦事人多能事少，愛民心易治民難。'下七字獨沈著有味，真格言也。今人但從事其易者，已爲好官耳。又一聯云：'凡事總求過得去，此心先要放平來。'亦言淺意深，可銘座右。"

朱蘭坡家塾中有培風閣，自題聯云："仿君子懋修，志無怠，功無荒，箴游觀所其無逸；求古人陳迹，經有程，史有課，譬稼穡乃亦有秋。"又有志勤堂聯云："士所尚在志，行遠登高，萬里鵬程關學問；業必精於勤，博聞強識，三餘蛾術惜光陰。"字字沈實，足以型家矣。

林少穆自題廳事一聯云："海納百川，有容乃大；壁立千仞，無欲則剛。"名臣風矩，惟其有之，是以似之。按，近見一廳事有書此十六字爲聯，而兩句乃上下互乙，遂以對語爲出語。其意則同，但不應掩其名而用其句耳。

少穆卸兩廣督篆後，有引疾歸田之意。嘗豫撰書樓一聯云："坐卧一樓間，因病得閒，如此散材天或恕；結交千載上，過時爲學，庶幾炳燭老猶明。"寄書囑余爲作隸字。余謂此願未易酬，且俟他日把臂入山時再了此案可矣。

孫寄圃節相玉庭由湖北布政使入覲，睿廟有"爲守兼優"之諭。公於大堂敬題楹聯云："領三楚雄藩，來旬來宣，問何以推心赤子；承九重懿訓，有爲有守，要無慚對面青山。"

余陳臬山左，薦泰安令徐樹人宗幹爲卓異。聞其所至有政聲。其宰武城時，遇歲歉頻年緩征。又以病乞假，手製一聯懸之廳事云："惟貧病相兼，乃稱寒士；並錢漕不取，纔算清官。"復聞其宰任城楹聯云："老吏何能，有訟不如無訟好；小

① "花"，原作"化"，據吕恩湛本、環碧軒本、會文堂本改。

民易化，善人終比惡人多。”皆可以勸。①

陳家相明府桂齡爲河南襄城令時，建汜川書院。費耕亭太守庚吉聯云：“聞使君講院新開，説禮敦詩，名相風流推後起；願諸生賢關早闢，讀書論道，大儒理學有真傳。”蓋明府爲桂林陳文恭公後裔也。

嚴問樵曰：“余宰棲霞，每奉家君子手諭，諄諄以立身居官爲勖。蒙賜一聯云：‘職在地方，但無忘該管地方，即爲盡職；民呼父母，倘難對自家父母，何以臨民。’庸受而謹書之，懸之廳事，朝夕自勉。因復推廣其意，撰聯書於堂楹云：‘暗室中自有鬼神，倘鑒余少昧天良，甘爲一錢誓死；公堂上誰非父母，最憐爾難寬國法，苦從三木求生。’”又曰：“有一縣令自題其訟堂云：‘有一日閒，且種汝地；無十分屈，莫入吾門。’亦書一聯懸之。”

① “勸”下，吕恩湛本有“世”字。

卷之三

佳話

臨海王芝圃廣文世芳生於順治己亥，年一百十歲時入都慶祝，賜侍講銜。都人呼爲王壽星。扶侍者爲其第三子，白髮飄蕭，背轉傴僂。問其長子，曰：“不幸夭亡矣。”問夭亡之年，曰：“八十五歲。”當年屆七旬時，孫曾已盛；百齡外，孫曾復舉曾孫。壽星大喜，自題楹聯云：“身歷四朝沾浩蕩，眼看七代衍孫曾。”

《槐廳載筆》云：“崑山徐太翁，當明末，土寇竊發，擄婦女數十人，藏於徐氏。賊將他出，屬太翁：‘善守之，歸若少一，當取汝命！’賊甫去，太翁即各詢其夫家、母家，親送還之。婦女皆叩頭流血去，太翁亦自焚其屋而逃矣。國初定鼎後，土寇削平。太翁三子，長乾學，次秉義，三元文，皆鼎甲八座。其門對一聯云：‘侍郎尚書都察院，狀元榜眼探花郎。’皆太翁陰德之報云。”

沈椒園廷芳贈董恭公聯云：“著書臺迴名繁露，入畫山多學富春。”一切姓，一切地，又切其善畫也。

李雨村調元《制義科瑣記》云：“章孟端爲御史，多所彈劾，中貴忌之，罷歸。諸子連中進士，爲京官，同處一邸。書聯於壁云：‘四壁金花春宴罷，滿牀牙笏早朝歸。’人多羡之。”

桐城張文端公父子端揆。文和公自撰堂聯云：“兩世三公，太平宰相；一堂五代，富貴神仙。”或謂十六字中惟“神仙”二字落空，不知公家詞臣接武，神仙之福，較富貴之稱，尤爲可豔耳。

王楷堂比部廷紹，北直人，屢與春秋闈，分校所得，多南省佳士。陳蓮史三元即出其門。林少穆督部贈以聯云：“南士淵源承北學，秋曹門館坐春風。”又，張雲巢鹽政青選罷官後，就杭州買宅而居，適得其哲嗣館選之信。少穆贈以聯云：“清門甲第傳兒輩，舊部湖山屬寓公。”蓋雲巢曾久令於浙中也。

歙縣曹文正公贈吴崧圃參知聯云：“白髮盈簪，凡内外將相公卿，咸識三朝元老；黄河如帶，遍東南兒童父老，共欽六管宣防。”公曾三任東河，三任南河，本朝河臣中所未有也。龔季思尚書守正亦有聯云：“節制兩河，德水廿年瞻福曜；耆英七帙，恩綸初吉賁中樞。”蓋公官大司馬時，曾於二月初一日蒙賜壽云。

嘉慶乙亥二月三日，上命王蓮府少宗伯宗誠爲其父文僖公懿修豫稱八旬之觴。黄左田尚書鉞贈聯云：“謝恩孫代趨朝杖，上壽兒歸聽講筵。”蓋是日上御經筵，蓮府時以禮部侍郎職司典禮，而文僖公至景運門謝恩日，上先諭令率孫扶掖也。

戴羡門督部三錫七十賜壽，花曉亭時爲蜀臬，獻聯云：“帝壽股肱，九霄賜額；民歌父母，八座齊眉。”

陳望坡尚書七十賜壽，京邸知交祝聯甚多。惟曹文正公振鏞一聯云：“帝命汝作士，惟明克久；天錫公純嘏，俾壽而康。”最爲人所稱。又鄭仁圃太守一聯云：“望重達尊，北斗尚書南極老；恩承敬典，天朝耆舊地行仙。”

陶雲汀督部駐節金陵，六十賜壽，齊梅麓獻聯云：“八州都督，五柳先生，經濟文章，百代心傳家學遠；六甲初周，一陽來復，富貴壽考，兩朝身受國恩長。”蓋稱觴之辰，值黄鍾之月也。

諸城劉文清公之太夫人九十壽辰，阮芸臺師所製壽聯膾炙人口，已載前編。近晤黄右原，知吴山尊學士曾爲朱文正師代製一聯云：“夫作宰相，子作宰相，佇見文孫成宰相，古今一品太夫人，能有幾個；天許長生，帝許長生，更聞多士祝長生，富貴百年曰壽考，請增十齡。”與芸臺師句意相彷，似流麗有餘，而莊雅稍遜也。

鮑覺生侍郎桂星爲富陽董文恭公七十壽聯云：“聽履承家，秉鈞杖國；卷阿頌奭，嵩岳生申。”莊嚴典麗，蓋非文恭不足以當之。

浙江德清徐氏六世翰林，曹地山宗伯秀先有贈徐西灣楹聯云：“前生慧業摩麟角，六世清聲冠鳳池。”

吴玉松太守雲佢載辭官，①逍遥里社，所受業女弟子多至數十人。年届八十，其子藹人學士已乞養在家，②顧南雅通政蒓寄聯壽之云：“泉石衍箕裘，名心早淨雲封岫；翠鈿圍杖履，笑口常開雪避髭。”

錢梅溪《履園叢話》云：“莊本培學士培因少時自負才華，不作第二人想。乾隆己丑，其兄方耕少宗伯存與榜眼及第

① “佢載”，會文堂本、環碧軒本作“早歲”。

② “届八十其子藹人學士已乞養在家”，原作“八十有餘之天下學士臣之志之衆”，據環碧軒本、會文堂本改。吕恩湛本作“八十有餘一時才人學士咸宗仰之”。

時,學士猶未捷南宫。作詩調之云:'他年小宋魁天下,始信人間有弟兄。'後果中甲戌狀元。潘芝軒尚書未第時,與其兄樹庭中翰咸爲名諸生。其封翁雲浦先生索余楹帖,云:'老蘇文學能傳子,小宋才名不讓兄。'後芝軒中乾隆癸丑狀元。樹庭頗惡此聯,爲易去之。亦詩兆也。"

桂林陳蓮史方伯繼昌爲文恭公元孫,登嘉慶庚辰科三元。時繼蓮龕方伯繼昌適維藩粤西,手贈楹帖云:"高祖當朝一品,文孫及第三元。"語雖渾成,終覺太質而鮮味。後蓮史歷官中外,洊至直隸藩伯。潘芝軒閣老贈聯云:"畿輔爲屏,越五百里;科名蓋代,第十三人。"則傳誦於人口。按,歷代至今登三元者,唐有張又新、崔元翰,宋有王曾、宋庠、馮京、王巖叟、孫何、楊寘,金有孟宗獻,元有王宗哲,明有商輅,我朝則已有錢棨、陳繼昌兩人。趙甌北《賀錢湘舲三元》詩云:"累朝如君十一個。"是繼以錢、陳共十三人也。然其間如張又新,在當時實稱爲張三頭。謂進士狀頭、宏詞敕頭、京兆解頭。見《摭言》。崔元翰爲京兆解頭、禮部狀頭、宏詞敕頭,制科三等敕頭,則是四元。[1] 見《説儲》。王巖叟以明經科,鄉舉、省試、廷對皆第一,則是明經,非進士科。見《宋史》本傳。《金史·楊伯仁傳》謂孟宗獻發解第一,伯仁讀其程文,謂當成大名。是歲宗獻府試、省試、廷試皆第一,則當時稱爲孟四元。蓋金時尚多一府試耳。[2] 又見《歸潛志》及《中州集》。是三元故事,又各微有不同也。又按,《雞窗剩言》記:黄觀,洪武甲子,南京解元,辛未會試第一,廷對禦戎策,太祖擢置狀元。後殉

---

① "則是",吕恩湛本作"是則"。

② "蓋金",原作"孟洤",據環碧軒本、會文堂本改。吕恩湛本作"者孟"。

建文之難。亦見傅維麟《明書·忠節傳》。似洪武中已有一三元,不獨商文毅一人。然《明史·黄觀傳》但云以貢入太學,洪武二十四年會試、廷試皆第一。而《選舉志》亦謂三試第一者,明代惟商輅一人。則黄觀之三元,似又未確實,故趙甌北止云十一人。

程春海贈朱蘭坡聯云:"東壁仰儒風,正色卻邪蒿之簑;南天培士氣,高文扶大雅之輪。"蓋蘭坡曾侍學三天,又方爲吴中掌教也。

洛陽令鄒堯廷之太夫人九十壽辰,秦芩溪大守伯度屬陳東橋孝廉應元代撰一壽聯云:"愛日佇期頤,蘭階早釀十年酒;慈雲周海岳,萊彩猶栽一縣花。"蓋令之尊人石泉太守貽詩曾官閩中三十年,至今去思未艾,當時太夫人皆隨任也。

吴中有令長之母以三月三日六十壽者,嚴問樵製聯云:"衆母奉壽母,江南大母;三春祝千春,上巳長春。"

孟瓶庵師德配何太恭人七十壽辰,余伯兄虚白公際昌獻聯云:"人間賢母曾推孟,天上仙姑本姓何。"恭人素通詩禮,得之甚喜。

程梓庭總督閩浙時,其封翁九十壽辰,程春海侍郎以聯寄祝云:"六秩翁侍九重親,①況伉儷偕老子孫賢,問内外貴僚,誰同大福;七閩歌兼兩浙舞,合兖豫去思吴楚頌,願東南吉曜,直麗中台。"蓋梓庭曾旬宣山左,巡撫中州。楚南、吴下,封翁皆就養云。

道光辛卯,江南大水,文闈改期九月。時梓庭中丞爲監臨。中丞本徽産,即前此戊午年魁江南榜者,因於首場題一

① "重",吕恩湛本作"旬"。

聯於至公堂柱云："矮屋策高文，九天升，九淵沈，九轉丹凝，多士出身，在此九月九日；秋闈醒春夢，三藝競，三場竟，三條燭燼，一官回首，於今三十三年。"

周石芳侍郎系英視學江南，自榜一聯於堂上云："縣考難，府考難，院考尤難，四十八年纔入泮；鄉試易，會試易，殿試更易，二十五月已登瀛。"蓋自道其名場甘苦之味。然吾鄉陳望坡尚書，[1]以七月入泮，九月登鄉薦，次年四月成進士，得館選，前後不過十閱月登瀛，尤爲得意也。

程定甫同年贊清於道光乙未重游泮宫。時龔季思爲江蘇學政，贈以聯云："二分月下真耆宿，六十年前舊茂才。"是年余適過揚州，定甫招飲，遂即席書一聯贈之云："想當年發迹雞窗有餘味，是他日重歌鹿野之先聲。"此皆羌無故實也。定甫得之甚喜。

鎮江有某鹺商，欲求阮芸臺師書楹帖，師未許也，而某商愈欲得之。師令人語之曰："我有兩部舊書，應歸鎮江人刊行，如肯成此美事，必書楹帖以報之。"某商首肯。師即日以七字聯句獎之云："古籍待刊三十載，舊聞新見一千年。"跋云："嘉慶間，余得宋嘉定、元至順《鎮江府志》兩部，皆《四庫》未收之書。[2] 曾經進呈，得蒙恩鑒，因以底本貯之焦山，書藏三十餘年，無過而問者。歲辛丑，丹徒包怡莊學兄請付棗梨。鎮江之書，歸鎮江人珍護，甚善。不意歸田老眼，尚見此書之成，乃知書之行世及刊書之人，遲早皆有福命焉。因喜而記之。節性齋老人阮元撰並書，時年七十有八。"聞此書近已刻

① "坡"，原作"波"，據吕恩湛本改。
② "四庫"，吕恩湛本作"欽定四庫全書所"。

成一部，其一部亦已開雕矣。

陳仲雲藩伯嘉樹道光壬寅年正月初十日六十歲，膝下有八子，是年正月十三日立春，羅茗香祝以聯云："有才子八人，彩獻萊衣，林壬大備；先立春三日，鳌延柑酒，花甲初周。"巧思濬發，可謂獨出冠時矣。

葉小庚申薌守洛陽，自署儀門聯云："郡望舊京畿，金谷豪奢函谷險；物華真秀麗，伊川山水洛川花。"又客坐聯云："芸館忝題名，三紀聲華留日下；莎庭閒坐嘯，六年宦績在天中。"又一聯云："宦品宜適中，居職忝爲二千石；壯齡方筮仕，服官眴過三十年。"

潘榕臯奕雋以八十六歲赴瓊林重宴。萬浣雲邑侯臺贈聯云："泮藻重游，苹笙重聽，瓊林重宴；老子壽星，哲嗣德星，賢孫文星。"語質而確。時其子理齋農部世璜已請終養廿年餘，理齋之子新入泮宮云。

嚴問樵官山左時，寅好中聯對多出其手。如石耀卿大令尊甫官山右司馬，七十壽聯云："西人慈母，東人大父；北極湛露，南極壽星。"又侯理庭太守之母夫人，九月初十日九十壽聯云："開上壽初筵，九十曰耄；後重陽一日，八千爲秋。"又理庭之公子新婚曹氏，賀聯云："雀屏妙選今公子，鴻案清芬古大家。"又蔡仰齋州判夫婦五十雙壽，其門下士以七夕稱祝，聯云："屈指三秋，天上又逢七夕；齊眉百歲，人間自有雙星。"

百文敏公百齡總制兩廣，平定海氛，有世襲輕車都尉之賞。其時公子尚未育也。蔣伯生獻聯云："天子知從無事日，郎君貴在未生時。"文敏逢人輒誦之。

王愓甫芑孫將赴華亭教官之任，吴穀人先生以聯贈之云："儒以道得民，此官不賤；學而優則仕，如日之升。"又鄭六亭兼才自題學署云:"天子命之教,人才繫此官。"皆可爲司鐸閒曹吐氣也。

相傳有學署舊聯云:"漫道官閒,二十一史,繁難頻判案;誰云署冷,三五六經,鼓吹自排衙。"亦自新穎可喜。

挽詞

洪桐生掌教揚州之梅花書院,終於講席。時城内安定掌教吴穀人先生挽以聯云:"十載共皋比,舊夢荒涼梅嶺樹;諸兒蒙教澤,春風慚愧杏林花。"蓋先生諸兒皆肄業梅花書院,而西穀清鵬正探花及第也。

吴穀人先生亦終於安定講席,吴山尊挽以聯云:"仕隱追隨,頽景相憐如一日;師生骨肉,名山可許附千秋。"劉金門侍郎時寓居揚州,亦挽以聯云:"正味在文章,凡識字人同一哭;清風論出處,擬私謚者定何辭。"蓋先生詩文集名《有正味齋》也。

畢秋帆先生總制兩湖時,值剿捕流寇,未蕆功而薨。趙甌北挽以聯云:"羊祜惠猶留峴首,馬援功未竟壺頭。"此不但"峴首"、"壺頭"用典精切,而"羊祜"、"馬援"亦成佳對。且切合時事,開合俯仰,尤見情餘於文也。按,此聯甌北亦自得意,後衍成挽詩,編入全集内矣。

浙中錢東生學士林文筆敏贍,而古貌古心,毫無時俗態度。人皆知其能到陰司判事,而口絶不談。余嘗同扈從盤山者數日,行帳相接,每退直,必相晤語。微叩其端,皆笑而不答也。未及中壽而化去。戚蓉臺太史人鏡挽以聯云:"福慧並清華,能靜自兼仙佛意;死生都了徹,不談終是聖賢心。"足以傳學士矣。

游彤卣侍御光繹挽陳質齋侍郎云："對宇望衡，回首燕臺真似夢；素帷丹旐，傷心吴苑不成春。"蓋游與陳在京邸久爲鄰，陳奔喪歸，没於蘇州也。

詹鱗飛應甲挽石曉田煦之兄云："老淚我無多，數落落晨星，從此驊騮空冀北；雄才君未盡，嘆茫茫泉路，相隨鴻雁到荆南。"時曉田官荆州郡丞也。

陶雲汀宫保丁父憂，其座主陸平泉尚書以莊寄挽以聯云："能仕教之忠，有子詩書將食報；欲養親不待，類余風樹早銜悲。"

姚亮甫中丞挽章文簡公煦聯云："箕尾黯星躔，詔語天嗟遺老一；衣冠崇洛社，典型人失達尊三。"又挽張蘭渚侍郎聯云："奏賦共螭坳，譜誼同敦，感西湖四十七年爪印；寫經皈鹿苑，禪心早定，付南屏一百八下鐘聲。"出句謂乾隆甲辰同召試於西湖事，次句謂侍郎素耽禪悦，易簀時尚有南屏僧數十人環繞榻前，代宣佛號也。

有某公挽陳雪田聯云："志在名山，不作公卿緣好學；文能壽世，非求仙佛自長生。"此蓋襲用袁簡齋先生句而稍變其意者也。

翰林張某者，新婚甫兩月而病没，太夫人猶在堂也。其婦翁挽以聯云："逝矣修文郎，縱玉堂傳舍，金粟空花，回首能忘垂老母；傷哉薄命女，僅三日同牢，六旬嘗藥，斷腸永作未亡人。"語極沈痛。

常熟令某之父與蔣伯生因培山左同官舊好，後就養常熟，卒於官舍。伯生挽聯云："治譜付佳兒，感頻年惠愛吾鄉，白叟黄童都淚下；頹齡逢舊雨，嘆此日招尋勝迹，青山紅樹也魂銷。"

道光間,吴中耆舊以潘榕皋先生爲冠冕,曾重宴鹿鳴,重宴瓊林,受其侄芝軒尚書一品封誥,年登九秩始卒。龔季思挽以聯云:"九十年魯殿巍然,記曾同世父春闈,先公秋賦;甲乙榜鼎科籍甚,已重沐桂林燕賚,杏苑恩榮。"齊梅麓亦有聯云:"爲學爲修,爲恂慄,爲威儀,有斐爲文,九十年華,盡衛武一生之事;曰壽曰富,曰康寧,曰攸好,考終曰命,三千世界,集箕疇五福而歸。"

林少穆督部工爲楹帖,而於挽詞尤能曲折如意,各肖其人。如挽蔣礪堂節相攸銛云:"合兩朝宰輔封圻,第一流人終不忝;培四海賢才俊乂,在三師事有同悲。"蓋嘉、道兩朝諸巨公,好汲引人才、宏獎善類者,惟公一人。斯聯洵能舉其大也。又挽孫文靖督部爾準云:"海徼樹豐功,水利邊防,廿載宏宣經世略;宫銜隆晋錫,易名延賞,九原還切報恩心。"又挽盧敏肅督部坤云:"十年三建戎功,帝賴重臣,回犵蠻猺皆懾魄;九省七膺節鎮,人懷遺愛,山河嶺海總銘恩。"又挽陶文毅督部澍云:"大度領江淮,寵辱胥忘,美謚終憑公論定;前型重山斗,步趨靡及,遺章惡負替人期。"[①]自注云:"公遺疏有'林則徐才識十倍於臣'之語,讀之汗下。"又挽韓桂舲尚書崶云:"西曹法律,南紀封圻,溯三朝中外勳猷,范、富、歐陽同著望;閩嶠襜帷,吴趨杖履,憶卌載因緣香火,李、張、皇甫愧知名。"自注云:"公嘗提刑閩中,某爲諸生時,即以國士相待。又某官吴門,值公里居,尤欣親炙云。"又挽陳石士侍郎用光云:"德性秉盅和,兩入瓊林,稽古榮躋卿貳貴;文章崇軌範,七持玉尺,愛才群仰老成型。"又挽張蘭渚侍郎云:"感恩知己兩兼

① "惡",環碧軒本、會文堂本作"慚",吕恩湛本作"愧"。

之，擬今春重謁門庭，誰知一紙音書，竟成絶筆；盡忠補過今已矣，憶平昔雙修儒佛，但計卅年宦績，也合生天。”又挽顧南雅通政云：“風節樹朝端，鳴鳳聲高，爲感恩慈酬再造；文章驚海内，登龍望峻，更餘書畫重千秋。”又挽郭蘭石廷尉尚先云：“三十年人海才名，帝簡方隆天已召；六千里家山歸夢，親心難慰子誰依。”又挽陸心蘭藩伯言云：“臺館式前型，溯中外回翔，直節清嚴猶在望；藩屏聯宦轍，悵老成徂謝，名賢言行未終編。”自注云：“時公方輯名賢言行録也。”又挽俞陶泉都轉德淵云：“拯溺舊同心，才德兼資，如此循良曾有幾；籌鹺今盡瘁，設施未竟，畢生懷抱向誰開。”又挽李蘭卿都轉彦章云：“卌三年，才不虚生，帝簡方隆，誰料謫仙歸紫府；重五節，縷難續命，名心未瞑，應教詞客祀紅橋。”又挽廖竹臣郡丞鴻苞云：“卅年來，同譜同舟，忽魂歸縹緲峰前，轉悔量移空借箸；一門内，難兄難弟，竟望斷逍遥堂後，不教舊約踐連牀。”蓋郡丞爲儀卿觀察鈺夫尚書之兄，適調任太湖同知，即終於官廨云。又挽游春樊中翰興詩云：“薇省早抽簪，憶卅年鍵户獨居，清品咸推無玷玉；枌鄉常設帳，悵五集編詩未就，蕭辰忽折後凋松。”又挽吴和庭邑侯觀樂云：“遺愛遥傳三竺外，吟魂應在二梅間。”蓋和庭令浙中有善政，歸里時，卜居謝古梅學士之二梅亭也。又挽江石生邑侯之紀云：“去思何武留遺愛，死孝王戎本至情。”石生居母喪，以毁終云。

岳小瀛宗伯起以江蘇撫部引疾，旋晋少宗伯，嘉慶己巳薨于位。宗伯居官公正清廉，有伯道之慼，爲睿廟所知，特命公之夫人擇族人之子爲嗣。先是，宗伯因族人寥寥無當意者，具遺摺以聞。至是夫人亦不願，睿廟亦不之强，乃命大宛兩縣于春秋致祭以爲例，洵曠典矣。紀文達師以聯挽之云：

“剛峰原不隨流俗，孝肅何須有後人。”非此大手筆，不能相稱也。

孫寄圃相國挽黎襄勤河帥世序聯云：“隻手障狂瀾，立德立功，水土平成君不朽；八年聯舊雨，如兄如弟，芝蘭凋謝我何堪。”相國不以書名，而手寫此聯，大字如斗，莊嚴合矩，儼如其人。時余官袁浦，曾親見之。

史望之尚書與康蘭皋中丞紹鏞同年相好。中丞卒，尚書寄聯挽之云：“同譜最相親，憶白髮青燈，昨歲尚陪連夜話；名山期共往，嘆太行盤谷，此生無復並驂游。”

謝默卿曰：“陶文毅公之薨也，獻挽聯者以數百計，佳者不可悉數。最後聞人傳述一聯，獨能舉其大，徵其實，惜忘卻撰者姓名也。句云：‘答眷恩，智勇忠勤，凡如籌海運、策河防、改鹽政諸大端，皆我公力瘁封疆，事業稱三江柱石；持政體，和平寬厚，尤以培士氣、察民隱、勵官方爲先務，聽此日哀闐衢市，英靈仰萬古雲霄。’”按，齊梅麓挽陶文毅公聯云：“以寬厚孚民望，以忠誠結主知，敬賓朋，體僚屬，教育英才，二十年節鉞尊嚴，未改書生面目；爲畿輔急糧儲，爲東南興水利，拯災黎，化梟徒，恤慈孤幼，數千里帡幪蔭庇，何殊菩薩心腸。”亦傑構也。

陶雲汀、陳芝楣先後没於江南任所。龔季思挽陶聯云：“節署久宣勞，公爾忘私，盡瘁遽聞歌薤露；草廬留賜翰，賞延于世，印心好爲嗣芸香。”蓋公所居印心石屋，曾奉御筆親題也。又挽陳聯云：“廿載報君恩，真不負日下探花，江南秉節；卅年敦友誼，最難忘吴中分袂，漢上題襟。”陳爲季思典試湖北所得士，又季思視學江南時，陳維藩吴下，曾連日侍從游山云。

揚州羅茗香由大江溯流而上，訪陳仲雲藩伯於江西行省，而藩伯已先期歸道山。茗香哭以聯云："追思患難相依，感適館授餐，談經講學，薪傳已閱廿年，詎者番頻阻風帆，致我遲來，空展遺容成没世；可惜封圻未轉，算巡方煮海，陳臬維藩，棠蔭僅留三省，慟此際纔停露冕，值君小極，誤投蠲痹喪斯文。"蓋藩伯患臂痛，醫家誤用蠲痹湯十劑，[1]遂不起，故末語云然。

王文簡公引之丁其父懷祖先生憂去位，服闋還朝，署工部尚書，未幾即薨。英煦齋師挽以聯云："下筆已千秋，稽古共知尊漢學；還朝能幾日，《考工》惜未補《周官》。"

劉芙初同年嗣綰之夫人卒於七夕，適值立秋。齊梅麓挽以聯云："河漢隔雙星，可是仙家好離别；梧桐飄一葉，若爲詞客助詩懷。"

屠琴隖倬以儀徵令引疾家居，忽奉旨特授九江府，未赴，即客死揚州。齊梅麓挽以聯云："一病負殊恩，九派清江懷太守；十年成大覺，二分明月弔詩人。"

陳雲伯邑侯文述之母終於吴中，齊梅麓挽以聯云："丸熊助苦，封鮓資廉，有是母，乃有是子；隔幔傳經，居樓授史，聞其語，今見其人。"

王竹嶼都轉鳳生爲葑亭給諫之子，長於吏治，由丞倅驟晋監司，未竟其施，旋登鬼籙。齊梅麓挽以聯云："受寵轉愁顔，歷官河北淮南，濟世經綸殊未展；訂交從總角，重過三山二水，賞心詩句與誰論。"

萬小廉啓昀，廉山郡丞之子，甫由部郎擢御史，遽卒。遲

---

① "十"，原作"不"，據環碧軒本、會文堂本改。吕恩湛本作"一"。

一月而廉山亦逝。齊梅麓挽以聯云："三尺好頭銜，執簡無緣，報國空懷萬言疏；一家大手筆，修文有命，奉親先赴九重泉。"

郭韻泉文匯薨於粵西臬任，先十日，已擢方伯，韻泉不及見也。其易簀日時，悉與誕辰相合。余初囑余小霞代製一聯云："寅誼托苔岑，持平遠比于公獄；漢郭弘治獄平允，①人比東海于公。法星沈桂管，遺愛應刊有道碑。"下二語皆切其姓也。後數日而部行新命始至，復令改製一聯，云："來去有前因，遺範難忘聯襼日；寬嚴能並濟，新恩惜在蓋棺時。"則面面皆到矣。陳蓮史方伯聯云："知醫卻老，執法忘劬，看塵牘丹爐，晷影苦無清暇候；優許養痾，殊榮晋秩，緬匡廬庾嶺，星文竟墮碧雲間。"亦旁皇周浹之作也。

朱蘭坡挽顧南雅聯云："魏闕鑒誠衷，建議詞臣追汲黯；滇池施善教，酬恩祀典泣侯芭。"一言其在翰林，屢上封事；一言其督滇學時，教士如親子弟，滇人感之，爲力請入名宦祠也。又，周敬修督部天爵爲蘭坡所得士。其母封一品夫人，年逾九秩。督部緣事譴戍，將出塞，旋發往粵東軍營效力，在途聞訃，奉旨，准回家穿孝百日然後行。蘭坡寄挽以聯云："珈服寵榮多，上壽始教歸蕊府；墨縗軍旅亟，中途猶許泣萱幃。"

何玉田孝廉挽方茂才壯猷聯云："傷心酒國流光短，回首名場恨事多。"方好飲，人有抄其文登第者，故云。

齊梅麓有自題生壙詩，蔣伯生極爲嘆賞，謂可抵梅花萬樹。近二人同建白蘇祠，屬梅麓爲聯云："中有仙龕虛一室，

① "弘"，原作"宏"，避清乾隆帝諱而改字，此條回改。

更邀明月作三人。”甫書寄而伯生已逝矣。梅麓寄挽以聯云：“丹青遍鄧尉羅浮，繞墓植梅花，來去原從衆香國；俎豆傍白公坡老，作祠倚修竹，海天還有一仙龕。”蓋“仙龕一室”遂成讖語，亦奇矣哉。

近人孔孝廉傳金爲其庶母持三年服，集經語爲挽帖云：“慈母如母，貴父之命也；顧我復我，鬻子之閔斯。”字字如生鐵鑄成，可謂不刊之作。

鄭仁圃曰：“里黨中有林姓婦，素通文理，中年遽卒。相傳其自挽一聯，出語告夫，對語教子，悱惻動人，亦可傳也。其詞云：‘我别君去，君何患無妻，倘異時再叶鸞占，莫謂生妻不如死婦；兒隨父悲，兒終當有母，願他日得酬烏哺，須知養母即是親娘。’又，饒心耕有挽其妻聯云：‘本八字安排，以致累卿貧到老；作一番打算，自然先我死爲佳。’此合前一聯讀之，皆堪酸鼻也。”

鄭仁圃素工楹帖，里居福州時，凡親朋挽聯多其手製。知余欲續編《聯話》，因録其舊作相寄。中有曲折盡意者，如挽何玉田孝廉云：“君乃長於情者，爲戚友關心，終歲勞人草草；文固無如命也，以孝廉没世，當今天道茫茫。”又云：“閱歷名場，終竟才人無福命；消磨心力，只緣文債與親情。”又云：“人情欲贈方干第，天意原慳李賀年。”又挽許畫山邑侯作屏云：“披叔重舊文，馴雉歸來經笥富；溯旌陽遺愛，化鳧仙去口碑傳。”又挽林鈍村孝廉一桂云：“三千卷勤抄，耄學宛如沈麟士；八二齡老宿，典型頓失魯靈光。”又挽張洲山明經登瀛云：“吟成三影清詞，怛化竟同蝴蝶夢；謝卻九秋芳信，催歸忍聽鷓鴣聲。”明經時客光澤，因赴秋試，抱病歸，至家一日而卒。又挽言可樵邑侯朝標云：“千里銜哀，奉靈轝言邁，驚説莪詩初罷誦；廿年遺愛，悵弦歌遽息，慘教棠樹不成陰。”時邑侯正丁憂，將扶柩歸里也。邑侯常熟人，言子賢裔。又挽許子密茂才作楹云：“庚宿掩霜晨，黄菊叢中添淚雨；卯橋嗟月夕，紫藤庵畔景光風。”茂才家有紫藤花庵，即許甌香先生友舊迹也。又挽廖封翁云：“卿靄焕朱門，石奮郎君皆貴仕；仙風飄絳節，劉綱夫婦並歸真。”封翁夫婦，一月中相繼而逝，即鈺夫、儀卿二太史之父母也。又挽林母云：“教成諸子盡揚眉，咸使備賓興德藝；看入三場纔瞑目，不教遲哲嗣科名。”時有子四人皆應舉，母没於八月十四夜，則諸子皆入闈矣。

何仙槎尚書凌漢終於位，賜謚文安。謹考我朝謚“文安”，前此僅有兩人，一爲孟津王尚書鐸，一爲掖縣張閣老端。蓋百十年來易名之典所僅見也。汪少海仲洋挽以聯云：“踐道一身，兼貫乎言功者德；易名當代，少止於義理曰安。”又錢心壺給諫儀吉聯云：“淵雲大文，趙張爲政，奮建家風，時望兼漢廷數子；省臺故事，都邑謳思，門牆述訓，令名傳荆國家風。①”贈尚書挽聯者甚多，皆二三十字巨製，惟此兩聯更爲沈著耳。

潘雲浦封翁，芝軒相國之父也。相國以尚書乞養，十年而封翁始歸道山。張蘭渚中丞挽以聯云：“一品荷崇封，北斗尚書徵燕翼；八旬尊上壽，西方生佛想螺容。”

朱蘭坡曰：“余嗣母貞節汪太宜人棄養，同宗同年竇應文定公寄挽聯云：‘在女而貞，何異西山采薇，未仕抱爲臣之節；誨子能似，空令南陔萩黍，曰歸興失母之悲。’又同年李芝齡總憲挽本生母趙太宜人云：‘記事圖成，百日孤兒繃雪夜；陳

① “家風”，清咸豐六年刻本陸以湉《冷廬雜識》卷五收録此聯，作“先賢”。

情疏達，三年兩母痛泉臺。'此聯一謂余三月餘而孤，本生母鞠育之苦，嘗作《雪夜綳兒圖》以記其事；一謂在上書房遞摺告養，竝言兩母，仰蒙恩准。未至家，已聞貞母之訃。逾二載，而本生母又逝也。切當不易，讀之猶涔涔淚下。"

吴門陳竹士之室金纖纖，才女也。聲震一時，著有《瘦吟樓稿》，早卒。汪宜秋女士挽以聯云："入夢想從君，鶴背恐嫌凡骨重；遺真添畫我，飛仙可要侍兒扶。"人爭誦之。其繼室王梅卿亦工詩，合巹之夕，詩僧懶雲戲製一聯云："幾生修得到，一日不可無。"可稱雅謔。

嚴問樵有一妹，適余生。次年三月産一女，隨以四月八日亡。問樵哭以聯云："佛不慈悲，失乳忍聽遺女哭；兄兼貧病，傷心更恐二人知。"

嚴問樵有姬人没於清江，問樵哭以聯云："不合時宜，惟有朝雲能識我；獨彈古調，每逢暮雨倍思卿。"

卷之四

集句 集字附

羅茗香曰："朱竹垞先生舊有集句楹帖云：'人道君如雲裏鶴，自稱臣是酒中仙。'"惜未詳所贈何人。

劉金門先生自出塞至賜環，凡閲三載。歸後，集杜句作聯云："三年奔走空皮骨，萬古雲霄一羽毛。"所至皆懸於壁，見者無不稱其工妙。然次句究嫌其夸也。

萬廉山郡丞喜蓄奇石，大有米海岳之癖。嘗以"峨眉積雪"石自鐫此四字，贈唐陶山方伯。方伯集句爲聯以謝之云："何當報之青玉案，可以横絶峨眉巔。"

謝椒石曰："真州察院舊爲鹽政按部時掣鹽公所，内有戲臺。曾賓谷中丞燠有集句聯云：'粉澤大猷，元黄褘説；雲霞萬影，絲竹千聲。'戲臺聯之莊麗，無逾此者。"

阮芸臺師有别墅在邵伯湖之北，湖壖植柳三萬株，自額所居曰"南萬柳堂"，以别於京師之萬柳堂也。沿湖魚利，甲於江北，師嘗集句自題堂聯云："君子來斿貫及柳，①牧人乃

① "斿"，吕恩湛本作"游"。

夢衆惟魚。[1]”以《石鼓文》對《毛詩》，自然名貴。

黄右原比部索余撰句贈聯。比部博學好文，在淮商家爲别調。余集《韓詩外傳》及《漢書·河間獻王傳》語與之云：“虚己受人，彼其之子，殊異乎族；實事求是，夫惟大雅，卓爾不群。”邗上人多不知所謂，惟芸臺師以爲無虚譽也。

余前編《叢話》有輯漢碑句十餘聯，黄右原比部見之，以爲未盡，[2]因手録一帙示余。蓋余前據敝齋現藏搨本爲之，右原則從《隸釋》、《隸續》中推廣得之。今亦擇録如左，彌覺古香襲人也。其四字云：“令儀令色，允武允文。”《逢盛碑》、《魯峻碑》。“爲國楨幹，配曜岳嵩。”《范鎮碑》、《郭仲奇碑》。“敦詩悦禮，含謨吐忠。”《西狹頌》、[3]《孔霙碑》。“剛毅多略，文雅少疇。”《丁魴碑》、《郭仲奇碑》。“種德收福，幹國棟家。”《張公神碑》、《州輔碑》。“廣祈多福，博覽群書。”《孟郁碑》、《魯峻碑》。“姿兼申甫，德侔産奇。”《張納碑》、《劉熊碑》。“智含淵藪，絜如珪璋。”《度尚碑》、《唐扶頌》。“比踪豹産，膺姿管蘇。”《魯峻碑》、《范鎮碑》。“爲國楨幹，作主股肱。”《郭仲奇碑》、《樊安碑》。“行義高劭，體性温仁。”《費鳳碑》、《孟郁碑》。“文艷彬彧，風曜穆清。”《趙圉令碑》、《祝睦碑》。“翔風膏雨，左書右琴。”《孟郁碑》、《馬江碑》。“耽樂術藝，揅斂吉祥。”《丁魴碑》、《華山碑》。“剖演奥藝，恬忽世榮。”《校官碑》、《侯成碑》。“鈎河擿雒，奉魁承杓。”《史晨碑》、《石門頌》。“應運挺度，通神達明。”《郭究碑》、《祝睦後碑》。“篤禮崇義，抱淑守真。”《高彪碑》、《景君碑》。“天與厥福，世有令名”。《禮器

---

① “惟”，醉六堂本作“維”。

② “未”，原作“永”，據環碧軒本、會文堂本改。

③ “狹”，原作“陜”，據環碧軒本、會文堂本改。

碑》、《耿勳碑》。八字云:“躬潔冰雪,夷然清皓;性發蘭石,生自馥芬。”《祝睦後碑》、《帝堯廟碑》。“學爲儒宗,行爲士表;愛若慈父,畏若神明。”《魯峻碑》、《劉熊碑》。“内懷温洞,外攝強虐;功綿日月,名勒管弦。”《魯峻碑》、《帝堯碑》。“以義抑強,以仁恤弱;乃台吐曜,乃岳降精。”《唐扶頌》、《楊震碑》。“威隆秋霜,恩逾冬日;言合雅謨,慮中聖權。”《樊毅碑》、《譙敏碑》。十字云:“言不失典術,行不越矩度;威以懷殊俗,德以化圻民。”《楊統碑》、《費鳳碑》。

黄右原又録其集句、集字楹帖見示,因復擇其尤佳者如左。如云:“鵲笑鳩舞,大喜在後;麟子鳳雛,和氣所居。”“桂柏楝梁,麟鳳堂室;雍涼朱草,文山紫芝。”“達性任情,得其歡樂;布政施惠,拜爲公卿。”以上《焦氏易林》。“金石九莖,木禾六秀;明珠一寸,白玉四環。”鮑照《河清頌》、庾信《謝賜布啓》。“瑞林朋生,祥禽輩作;卿雲似蓋,甘露如珠。”鮑照《河清頌》、徐陵《勸進表》。“珠角擅奇,山庭表德;天球並價,日觀同光。”庾信《齊王憲神道碑》、李商隱《獻集賢相公啓》。“論史可聽,談元愈默;幽居少事,野性多閒。”宋之問《禊飲序》、王勃《游蓮池序》。“璣鏡照臨,山河容納;風質洞遠,儀止祥華。”庾信《齊王憲碑》、沈約《齊司空行狀》。“立行可模,置言成範;徽猷克著,聲績聿宣。”沈約《齊昭王碑文》、駱賓王《上崔長史啓》。“組織仁義,琢磨道德;楝梁華夏,舟楫江河。”劉峻《廣絶交論》、庾信《齊王憲碑》。“鏡文虹於綺疏,浸蘭泉於玉砌;握珠胎而冠月,振瓊樹而韜霞。”王融《曲水詩序》、王勃《上司馬書》。“玉樹以珊瑚作枝,珠簾以玳瑁爲押;赤雁與斑麟俱下,醴泉與甘露同飛。”徐陵《玉臺新咏序》、庾信《賀新樂表》。又集唐人句云:“四時最好是三月,萬里誰能訪十洲。”韓偓、李商隱。“金鈴玉佩相磋切,珠蕊瓊花鬥剪裁。”

李紳、王初。“黄金盒裏盛紅雪，碧玉盤中弄水晶。”王建、郭震。又集《蘭亭序》字云：“將相風和天地静，修齊事大古今同。”“契古風流春不老，懷人天氣日初長。”“今居古稽極樂事，外和内峻大賢風。”“流水長亭，春風静宇；幽蘭一室，修竹萬山。”“修竹抱山，春亭映水；幽蘭得地，虚室當風。”“遷固同文，惠列殊抱；管樂佐世，老彭引年。”“臨類咸和，取諸無妄；隨時觀感，咸與同人。”“合室能文，自是盛事；放生爲樂，可得大年。”“虚能引和，静能生悟；仰以察古，俯以觀今。”

鄭仁圃寄余集句聯數紙，中有可録者，如云：“左酒右漿，喜叠其室；伯歌季舞，福爲我根。”“合匏同牢，宴樂有緒；駕福乘喜，昏悦宜家。”以上《焦氏易林》。“小園新展西南角，和氣先熏草木心。”放翁、半山。“平生獨以文字樂，此日翛然水竹居。”宛陵、朱子。“烟樹遠浮春縹緲，風船解與月徘徊。”文潛、朱子。“深林閒數新添筍，殘燭貪看未見書。”放翁、山谷。“五畝自栽池上竹，一尊徑醉溪中雲。”東坡、誠齋。

道光改元，詔開孝廉方正科，吴江縣以翁君海村應舉，群稱公允。有以集句聯贈之云：“聖代即今多雨露，先生有道出羲皇。”

鄭仁圃嘗擬作軍機直房春聯集句云：“春爲一歲首，月傍九霄多。”同人皆以爲工，惜未懸挂。又嘗集句作閩浙分水嶺交界處聯云：“半嶺通佳氣，他鄉有勝緣。”亦擬而未挂。又於九江府天后宫牆外集句一聯云：“潮平兩岸闊，花滿九江春。”蓋牆外臨大江，牆陰則花圃也。

姚亮甫中丞由豫藩量移山右，時汪碧山方伯如淵集《詩經》句贈之，聯云：“既儆既戒，惠此中國；來旬來宣，至於太原。”中丞極稱其工切。

京師和春部戲館門外有集句聯云："和聲鳴盛世，春色滿皇州。"天然莊麗，云是張船山太守問陶所撰。

孫柳君録寄所集古樂府五七言聯，古雅可喜。如："晤言紛在矚，惠心清且閒。"《巫山高》、《日出東南隅行》。"端景緣直表，茂實偶英聲。"《上邪篇》、《永明樂》。"恪勤在朝夕，俯仰愧古今。"《蒲生行》、《猛虎行》。"金石響高宇，桂松比真風。"《遠期篇》、《白頭吟》。"智理周萬物，遠懷柔九州。"《伯益》、《鰕䱇篇》。"清川含藻景，丹華耀陽林。"《日出東南隅》、《子夜四時歌》。"春秋補小月，山水有清音。"《折楊柳閨月歌》、《子夜四時歌》。"語默寄前哲，邂逅承清塵。"《折楊柳行》、《定情篇》。"仁聲被八表，妙花開六塵。"《朱鷺篇》、《永明樂》。"含情結芳樹，[1]捻香散名花。"《芳樹篇》、《折楊柳行》。"平生懷直道，大化揚仁風。"《白頭吟》、《上邪篇》。"沙棠作舟桂爲楫，浮雲似帳月如鈎。"梁元帝《烏棲曲》、簡文帝《烏棲曲》。"凝華結藻久延立，彈琴鼓瑟聊自娱。"《白紵歌》、《白鳩篇》。"縈弦急調切流徵，迎歌度舞遏歸風。"《趙瑟》、《秦箏》。

余在桂林，習見陳蓮史所作楹帖，語多古異，閒詢之，始知其暇中輯有五七言舊句三百餘聯。手寫一帙見贈，兹擇其尤佳者録之如左。五言云："容光無不照，懷古亦何深。"張曲江、陶靖節。"衛門羅戟棨，遂性各琴尊。"韓退之、蘇東坡。"榮華肖天秀，談笑安邊隅。"韓、蘇。"天材任操倚，經訓乃菑畬。"蘇、韓。"文章自娱戲，忠義老研磨。"韓、蘇。"文章開窔奥，節制收英髦。"杜。"避人焚諫草，彈劍拂秋蓮。"杜、李。"遠意發孤鶴，恩波起涸鱗。"蘇、杜。"傳家有衣鉢，聽履上星辰。"蘇、

---

[1] "含"，原作"舍"，據吕恩湛本、環碧軒本、會文堂本改。

杜。"經綸皆新語，鸞鳳本高翔。"杜、韓。"上客能論道，虛懷只愛才。"右丞、杜。"奇書窺鳥迹，賜茗出龍團。"放翁、蘇。"高文有風雅，①新渥照乾坤。"右丞、杜。"肝膽不楚越，眉宇真天人。"李、杜。"塵襟諒昭洗，賢路不崎嶇。"朱子、杜。"雲霞成伴侶，冰雪淨聰明。"右丞、杜。"頃來樹佳政，時還讀我書。"東野、陶。"銘心對欹器，含笑看吴鈎。""萬化如大路，一字皆華星。"遺山、杜。"丹青不獨任，心迹喜雙清。"袁暉、杜。"風騷共推激，華實相芬敷。"杜、權載之。"荆州愛山簡，刺史似寇恂。"杜。"颯爽動秋骨，廉折配春温。"杜、蘇。"心在水精域，直如朱絲繩。"杜、鮑昭。"高才食舊德，流藻垂華芬。"蘇、子建。"桑竹垂餘蔭，珪璋滿清班。"陶、蘇。"計闊道愈密，實大華亦榮。"蘇、韓。"曠懷掃氛翳，公論懸日星。"杜、遺山。"春夏各有實，魚鳥亦相親。"杜、蘇。"朗鑒諒不遠，清言得未嘗。"韓、蘇。"時節不可玩，風期誰復賡。"韓。"文章有定價，邂逅得初心。"陸、韓。"即事已可悦，賦詩何必多。"杜。"所得靜而簡，其人勇且英。"陸、蘇。"放意弄晴快，叩奇獨冥搜。"蘇、東野。"唱妍酬亦麗，我適物自閒。"韓、蘇。"草聖秘難得，詩人思無邪。"杜、蘇。"得盡所歷妙，應緣不耐閒。"杜、蘇。"永路當自勖，清光應更多。"李、杜。"得句忍不吐，好古意所耽。"蘇。"量力守故轍，蕩胸生層雲。"陶、杜。"守道不封己，擇交如求師。"杜、韓。"且從性所玩，庶以善自名。"惠連、陶。"佳句喧衆口，古人惜寸陰。"韓、陶。"春耕庶秋穫，茶興復詩心。"曲江、薛能。"殊姿各獨立，素志庶可求。"杜、蘇。"發興自我輩，賞心惟良知。"杜、康樂。"達生幸可托，得句不妨清。"康樂、蘇。"藴真愜所遇，澄慮

① "雅"，原作"唯"，據吕恩湛本、醉六堂本、環碧軒本、會文堂本改。

觀此身。”杜、李。“與道本無隔,將詩莫浪傳。”李、杜。“自得高蹇嵯,永言銘佩紳。”韓、李。“始得觀覽富,特以風期親。”韓、李。“各勉日新志,能爲歲寒姿。”康樂、蘇。“力守非有黨,心清得奇聞。”陸、蘇。“爲學務日益,將詩待物華。”蘇、杜。“好語時見廣,此身良自如。”蘇、李。“未曾一日悶,猶有五湖期。”香山、義山。“或製閒居賦,新編雜體詩。”右丞、義山。“試吟青玉案,如登黄金臺。”杜、李。“士生要宏毅,情在强詩篇。”陸、杜。“堅姿聊自傲,素履期不渝。”蘇、權。“虚白道所集,静專神自歸。”蘇、《雲笈七籤》。“黄卷真如律,素琴本無弦。”杜、李。“騫騰坐可致,灑掃今其初。”杜、遺山。“幽人常坦步,稚子總能文。”康樂、杜。“掬水皆花氣,讀書此雲房。”方元英、朱子。“縈情無餘澤,揚論展寸心。”文通、杜。“逸氣感清識,良辰入奇懷。”杜、陶。“服理辨昭昧,秉心識本源。”遺山、杜。“興來每獨往,道集由中虚。”右丞、蘇。“新詩如洗出,好鳥不妄飛。”蘇、杜。“即事須嘗膽,論詩一解顔。”杜、韓。“大哉霜雪幹,得之烟山春。”右丞、浪仙。“偶值棲遁迹,何異清涼山。”杜、李。“兼入竹三昧,時有燕雙高。”蘇、義山。“餘心無采繢,對書不簪纓。”牧之、右丞。“鳥鳴時一再,家住水東西。”陸、右丞。“飛鳥逐前侶,好峰隱半規。”右丞、康樂。“石壁開精舍,瑶華振雅音。”曲江、盈川。“長歌白石澗,高卧香山雲。”蘇、遺山。“葦管書柿葉,瓦瓶擔石泉。”蘇、浪仙。“虚舟任所適,飛鳥相與還。”襄陽、靖節。“荷鋤覘泉脈,移石動雲根。”右丞、左司。“海石分棋子,江波近酒壺。”義山、少陵。“彈琴復長嘯,讀書仍隱居。”右丞。“逢人覓詩句,留客聽山泉。”遺山、右丞。“翰墨三餘隙,陂塘五月秋。”盈川、少陵。“疏峰抗高館,穩字入新聯。”康樂、放翁。“雲岫不知遠,花房未肯開。”東坡、義山。“詩眼自增損,德容自清温。”

東坡、朱子。“曬書因閲畫，[1]閒坐但焚香。”司空圖、右丞。七言云：“光芒六合無泥滓，濡染大筆何淋漓。”少陵、義山。“别裁僞體親風雅，遍謁名山適性靈。”少陵、夢得。“官職聲名俱入手，風崖水穴舊聞名。[2]”白、蘇。“回看屈宋猶年輩，遠追甫白感至誠。”義山、退之。“詩筆離騷亦時用，[3]文章爾雅稱吾宗。”蘇。“鐘鼎山林各天性，風流儒雅亦吾師。”杜。“詩情逸似陶彭澤，勳業終歸馬伏波。”夢得、少陵。“文學縱横乃如此，金石刻畫臣能爲。”山谷、義山。“守道還如周柱史，著書曾學鄭司農。”牧之、夢得。“憶事懷人兼得句，引杯看劍坐生風。”義山、東坡。“曲江山水聞來久，庾信文章老更成。”韓、杜。“數問舟船留製作，更無書札到公卿。”少陵、方元英。“亦能畫馬窮殊相，欲遣吟人對好山。”少陵、山谷。“自把新詩教鸚鵡，戲拈秃筆掃驊騮。”陸、杜。“但酌此泉勝酌酒，勸栽黄竹莫栽桑。”放翁、義山。“千首新詩一竿竹，牆西明月水東亭。”陸、白。“詩翁愛酒常如渴，草堂少花今欲栽。”蘇、杜。“重之不減錦繡緞，邀我共作滄浪篇。”少陵、永叔。“作詩賀我得石友，曲肱聽君寫松風。”石湖、山谷。“萬卷藏書宜子弟，一日過海收風帆。”山谷、少陵。“春工遇物初不擇，酒聖于吾亦庶幾。”放翁、牧之。“一家喜氣如春釀，小築幽棲與拙宜。”蘇、陸。“酒令雖嚴莫嗔虐，草書非學聊自娱。”山谷、東坡。“每聞佳士輒心許，不辨仙源何處尋。”放翁、右丞。“前身應是梁江總，百歲須齊衛武公。”義山、牧之。

---

① “畫”，原作“晝”，據環碧軒本、醉六堂本、會文堂本改。

② “名”，原作“石”，據醉六堂本、會文堂本改。

③ “離”，原作“雜”，據會文堂本、明成化本《蘇文忠公全集》之《東坡後集》卷六改。

楊芸士亦録寄所集古樂府楹聯，與孫柳君所録寄者，十有八九相同，殆皆有所本，故不複登。其集《易林》八字聯云："大福允興，主母喜舞；長樂受庇，使君延年。""歡喜堅固，保我金玉；福禄祺祉，樂以笑歌。""千歡萬悦，貴壽無極；五福四利，喜慶大來。"皆吉語也。又集古詩句五言云："典墳探奥旨，詩禮挹餘波。"錢起、盧綸。"知音在霄漢，時分占風烟。"郎士元、白居易。"聽琴知道性，避酒怕狂名。"姚合、李德裕。"李杜文章在，荀陳地望清。""鳳棲常近日，鶴夢不離雲。"錢起、盧綸。"文章負奇色，事業富清機。"陳子昂、杜少陵。"翰墨緣情製，山林引興長。"孟浩然、杜少陵。七言云："合沓聲名動寥廓，縱横逸氣走風雷。"杜、李。"功業須當垂永久，行藏爭不要分明。"牟融、李咸用。"花房露透紅珠落，桂樹風吹玉簡寒。"温庭筠、[1]曹唐。"雲生磵户衣裳潤，窗近花陰筆研香。"香山、黄庚。

張仲甫中翰應昌聞余續輯《聯話》，亦以舊時集句十餘聯録寄。如："静坐觀衆妙，端居味天和。"[2]太白、朱子。"松柏有本性，林園無俗情。"公幹、靖節。"結念屬霄漢，委懷在琴書。"康樂、靖節。"萬事已華髮，一身爲輕舟。"常建、東坡。"江湖萬里水雲闊，草木一溪文字香。"林景熙、汪元量。"入妙文章本平淡，逸群翰墨爭傳誇。"戴復古、僧惠洪。"玉琴瑶瑟倚天半，白波青嶂非人間。"誠齋、東坡。"文章清逸世少比，胸次廣博天所開。"潁濱、[3]半山。"園中草木春無數，湖上山林畫不如。"東

① "庭"，原作"廷"，據醉六堂本改。

② "味"，原作"咏"，據環碧軒本、會文堂本、《四部叢刊》影明嘉靖本《晦庵集》卷一改。

③ "潁"，原作"穎"，據明嘉靖四十三年杜晴江刻本柯維騏《宋史新編》卷一百十三《蘇轍傳》改。下同。

坡、和靖。“詩墨淋漓不負酒，江山雄麗洵宜人。”林景熙、①穎濱。“春能蘊藉如相識，風入襟懷只自知。”方岳。“寒香嚼得成詩句，新月邀將入酒杯。”方岳、張耒。又集得一聯云：“陰陽風雨晦明，受之以節；夢幻露電泡影，作如是觀。”亦以經對經，渾成可喜。

鄭仁圃曰：“曾見黄莘田先生有集句數聯，極工整。如：‘平生能着幾兩屐，長日惟消一局棋。’‘數點雨聲風約住，一枝花影月移來。’‘柳摇臺榭東風軟，花壓闌干春晝長。’‘勸君更盡一杯酒，與爾同消萬古愁。’”

蔡佛田工作楹帖，亦喜集成語爲之。今從《紫荆樹館雜著》中録其佳者。如集《詩品》云：“水流花開，晴雪滿竹；柳陰路曲，過雨采蘋。”“紅杏在林，如有佳語；碧桃滿樹，良殫美襟。”“落花無言，幽鳥相逐；可人如玉，清風與歸。”“明月雪時，金尊酒滿；風日水濱，碧山人來。”“紅杏在林，疏雨相遇；碧桃滿樹，清露未晞。”“脱帽看書，生氣遠出；杖藜行歌，妙造自然。”“流鶯比鄰，如有佳語；晴雪滿竹，泠然希音。”“如氣之秋，窈窕深谷；猶春于緑，荏苒在衣。”“畫橋碧陰，觀化匪禁；緑杉野屋，幽行爲遲。”“夜渚月明，所思不遠；柳陰路曲，妙造自然。”集元遺山句云：“且從少傅論中隱，擬問靈君乞上池。”《寄楊弟正卿》、《鵲山神應王廟》。“白雪任教春事晚，貞松惟有歲寒知。”《寄答飛卿》、《謝常君卿》。“空谷自能生地籟，吟毫端合染溪光。”《空山》。“七重寶樹圍金界，千里名山入酒船。”《應州寶宫寺》、《太白獨酌圖》。“世外原無衆香國，花陰真是小華胥。”

① “林景熙”，原作“林景書”，諸本皆同。按，“詩墨淋漓不負酒”句出自林景熙《書陸放翁詩卷後》（《霽山先生集》卷三，《知不足齋叢書》本），據改。

《雲巖》、《醉貓圖》。“摇筆尚堪凌浩蕩，題詩端爲發幽妍。”《明日作》、《野菊》。“撑腸文字五千卷，試手清涼第一篇。”《寶章小集》、《臺山雜咏》。“玉樹瑶林照春色，物華天寶借餘光。”《送仲梁出山》、《别幕府諸君》。又集宋人句云：“藏書萬卷可教子，買地十畝皆種松。”山谷、堯臣。“萬壑松風和澗水，十分烟雨簇漁鄉。”誠齊、和靖。“日消殘醉閒吟裏，夢入青藤古木間。”朱子。“盡捲簾旌延竹色，想銜杯酒問花期。”石湖、半山。“傍花行酒發新唱，解帶量松長舊圍。”君謨、放翁。“養氣不動真豪傑，居心無物轉光明。”放翁、朱子。“酌酒賦詩相料理，種花移石自殷勤。”韋齋、半山。“謨議軒昂開日月，文章浩渺足波瀾。”樂圃、半山。“吾山自信雲舒卷，片心高與月徘徊。”放翁、希文。“幾多怪石全勝畫，無限好山都上心。”詹中正、俞紫芝。①“林花經雨香猶在，芳草留人意自閒。”萊公、永叔。“林罅忽明知月上，竹梢微響覺風來。”放翁、真山民。“能招過客飲文字，亦把湍流替管弦。”半山、後村。“是處登臨有風月，略無踪迹到波瀾。”放翁、賈牧。“樓臺近水涵明鑑，琴酒和雲入舊山。”簡齋、半山。“已辦青鞋爲老圃，細傾白墮賦新詩。”朱子、簡齋。“舊書不厭百回讀，佳客時來一座傾。”東坡、道潛。“山泉釀酒香仍洌，芳草留人意自閒。”誠齋、永叔。“除卻讀書無所好，恍如造物與同游。”放翁、復古。“要知作詩如作畫，但願對竹兼對花。”復古、宛陵。“供家米少因添鶴，送酒人多不典衣。”放翁。

《紫荆樹館雜著》中又有集句一聯云：“積善云有報，在涅

---

① “俞”，原作“余”。按，“無限好山都上心”句出自俞紫芝《旅中論懷》，宋人吕祖謙編《皇朝文鑑》卷二十五（《四部叢刊》影宋刊本）收録此詩，據改。

貴不緇。”上句陶淵明《飲酒詩》，下句崔子玉《座右銘》。最爲名貴。按，此十字，余曾於紀文達師廳事見之，忘其署款何名，似不始於佛田。

何子貞太史紹基工書，無帖不摹寫，尤喜臨《爭坐位》帖。每集帖字作楹聯至百十付，兹擇其尤工穩者録之如左云：“心同佛定香烟直，目極天高海月升。”“美富文才傳左國，清微畫品數南宗。”“直諒喜來三徑友，縱横富有百城書。”“未須百事必如意，且喜六時長見書。”“真輔相才葵向日，大光明地月當門。”“聖業須參齊魯論，尚書並校古今文。”“校書得理目如電，直節能光心比金。”“今既見心即見佛，子安知我不知魚。”“知人其難九德貴，聞過則喜百世師。”“家藏古史存疑是，天與高文割愛難。”“畫本紛披來野意，文辭古怪亦天真。”“指麾文府才思盛，冠冕人倫道德尊。”“金臺名士高前席，紫府真人校異書。”“同心不隔一片月，時論惟高尺五天。”“兩京六朝富文史，三高八及挺才名。”“俯仰倩文今與昔，縱横論列直而和。”“心光明定得初月，畫本依微來晚烟。”“情文欲共尊彝古，志節應爭日月光。”“人傳三異真名吏，古者九能可大夫。”“正言須比魯宗道，高士爭如張志和。”“長官且喜傳三異，宰相還同論十思。”“人品比南極出地，此心如大月當天。”“無端開合電明野，不事安排月到天。”“月寮烟閣標清興，文府書城縱道心。”“身修天爵貴無比，心有菩提香益清。”“特立獨行有如此，進德修業須及時。”“悦心未厭無名畫，積行唯收有用書。”“友來輒入論文座，書就還思作跋人。”“入世須才更須節，傳家積德還積書。”“子瞻卻喜文與可，魯直深知李伯時。”“當如曾子日三省，更爲張公加半思。”“烟清忽見一勾月，人定微聞百和香。”“厭心悦目情文極，入地參天理數明。”“習勤不置能損欲，聞過則喜真得師。""居安思危介節見，積疑得悟清光來。""前席爭傳宣室對，等身唯守魯堂書。""五香佛海真無地，百尺書城半倚天。""愛道天開文府貴，無心月到畫堂深。""聞道何時常恐暮，置身有地未辭高。""事到從容能合度，路當逼側敢依人。""深堂有月同參佛，清晝無人自檢書。""聞道真人在姑射，願從古佛入菩提。""謹其常而權自足，深於情者才始真。""名書古畫不易得，月閣烟寮相與清。""卻爲今疑思苦悟，須從異論見同心。""書有魚傳人咫尺，門唯爵到地清高。""到從月地參真佛，且據書城作寓公。""清香滿堂佛應喜，明月出海天爲高。""才名挺出如東野，佛理清深是子瞻。""率意不知行徑晚，遂心時得異書藏。""尚論情深容竊比，清修道合悟真如。""九品論存中正意，六書理悟史皇初。""高士還如戴安道，鄉侯合置王無功。""功名蓋世不矜伐，道德積身惟敬誠。""誠存修省取諸震，德積高大貴能升。""置身古人敢不勉，美利天下終無言。""開尊忽見前身月，用世猶存半部書。""兩世勳名郭僕射，一家書畫李將軍。""才名震溢李供奉，畫理清深王右丞。""道心尚見今猶古，辭令能無抗與卑。""校理異文天祿閣，從容清績蓋公堂。""古文獨祖衛東海，八分特數師宜官。""高位尚須聞過友，美名不廢等身書。"

姜小枚明經皋有集蘇數聯，亦尚渾成。如："高懷尚友漆園叟，後學過呼韓退之。""仙心欲捉左元放，大草閒臨張伯英。""前身自是盧行者，伴直難呼孟浩然。""小詩試擬孟東野，款段曾陪馬少游。""且與揚雄説奇字，要令安世誦亡書。""書似西臺差少肉，詩如東野不言寒。""成佛莫教靈運後，作詩猶是建安初。""行樂及時惟有酒，無言對客本非禪。""元亮本無適俗韻，東坡也是可憐人。""沽酒獨教陶令醉，狂言屢發次公醒。”“萬事會須咨伯始,一班我亦愧真長。”“高會日陪山簡醉,題詩誰似皎公清。”

魏春松侍御成憲欲集一齋聯,先有杜句云“古來才大難爲用”,而難得對句,其侄滋伯廣文謙升用放翁“老去詩名不厭低”句足成之。

雜綴諧語附

《柳南隨筆》云:“馮定遠班嗜酒,適學使者歲試,扶醉以往,學使以後至詰之,蓋猶在酒所,不知所云也。學使大書一‘醉’字於卷面以授之。隸人扶入號中,據几酣睡,至放牌,聞炮聲,然後驚醒。《四書》題爲‘今夫弈之爲數,小數也’。定遠因作《弈賦》一篇,經文五篇,伸紙疾書而出。案發,名列六等。定遠大書一聯榜於中堂云:‘五經博士,六等生員。’”

鈕玉樵曰:“康熙中,顔方伯敏裁缺家居,久不得調。嘗語人曰:吾向在西秦,元旦假寐,夢乘官舫,舫中白榜青書,有‘月臨波作案,雲倚樹爲屏’之聯。① 出觀兩岸,紳士稠雜,皆云迎方伯公者,行已至廣西界矣。十年前曾有此兆,異時當補粤藩,他非所望也。② 未幾果然。”

蘇州府屬之崑山、新陽兩縣同城,而新陽本由崑山分出者。適有蘇邑侯於城隍廟内構舒嘯堂新成,曹地山先生爲題楹帖云:“縣析崑山,此地可名瑶圃;人來子美,有亭重問滄浪。”人皆稱其工切。

黄右原曰:“《楹聯叢話》前編載吴山尊題友人别業楹帖

---

① “屏”,原爲空格,據吕恩湛本、環碧軒本、醉六堂本、會文堂本補。
② “所”,原作“之”,據吕恩湛本、環碧軒本、醉六堂本、會文堂本改。

云：'淥水漾丁簾，增我輩閒中風致；名園依丙舍，祝君家看到雲仍。'按，别業即巴園，本與塋地相近，故對語有'丙舍'云云。園中牡丹最盛，原作'花節過丁香，喜我至剛逢穀雨；名園依丙舍，願君家看到仍雲'。蓋語語關照牡丹，而'丙丁'、'雲雨'，屬對尤爲工緻也。"

鄭仁圃曰："吴緒五邑侯久權九江府參軍，與余寅好最篤。復兩權德化令，遂實授。余贈以聯云：'十年庾亮樓頭，曾許登牀同玩月；兩度陶潛徑畔，未能愛菊且栽花。'緒五得之，甚喜其雅切。"

宋悦研侍郎鎔觀察皖中時，嘗書一聯，贈某上人云："看梅子熟時，個中人酸甜自得；聞木樨香否，[1]門外漢坐卧由他。"侍郎素奉佛，精通梵筴，用彼法語絶工。

黄右原曰："從來聯語，紙書居多，或刻以竹木，或用漆加雲母石，且有嵌牙玉者。至吴山尊學士，始出意製玻璃聯子，一片光明，雅可賞玩。惟字畫不能無反正之嫌。學士又運其巧思，使之表裏如一。其句云：'金簡玉册自上古，青山白雲同素心。'上製一横額，題'幽蘭小室'四篆字，又請孫淵如觀察以雙款篆書'山尊先生孫星衍'七字，正面反面，並是一樣，其巧不可階如此。"

羅茗香精於筭學，粤東黎見山應南贈以楹聯云："紹仁卿漢卿絶詣，兼曉庵勿庵苦心。"蓋中法之勝於西法，以天元四元爲最，其術始於宋元時李仁卿治《測圓海鏡》、朱漢卿世傑《四元玉鑑》。自明季筭事寖失，國初吴江王曉庵錫闡、[2]宣城

① "樨"，原作"穉"，據醉六堂本改。

② "闡"，原作"闌"，據環碧軒本、醉六堂本、會文堂本改。

梅勿庵文鼎犂幾探賾，絶學復昌。今惟茗香能治其書，故黎見山據實稱之。見山乃李四香高弟，皆數學名家也。阮儀徵師相亦贈茗香楹句云："推步大圜，立元以四；理董小篆，建一爲耑。"茗香近有《春秋朔閏異同考》，余曾讀而叙之。

彭春農學士邦疇六十壽聯，少當其意者，學士意欲切彭姓，並欲切江西。黄右原比部適在其門，①因考彭姓之非其先族者，惟前明彭先生公望最著，非但如本朝蘇州彭氏，僅以科名起家也。乃獻一聯云："詩集擅千秋，宰相祖風開八百；易堂宗九子，翰林鄉望邁尋常。"學士以杜詩"尋常"對"七十"，此聯寓望七之兆，得之甚喜。

謝椒石曰："'金瓶芍藥三千朵，玉軸琵琶四百弦。'此宋教坊大使袁裪句，見於《浩然齋雅談》。乾隆間，揚州游客有書作柱聯以謁某商者，商喜，遂厚贈之。想見彼時商家窮泰極侈，故於此等語獨有當也。若今時，則不然矣。"

有爲關帝廟戲臺聯云："顧曲小聰明，當日可憐公瑾；撾鼓大豪傑，至今猶駡曹瞞。"此的是關廟戲臺，若移向他廟戲臺，則不知所指矣。

楊蓉裳芳燦爲隨園老人弟子，最工倚聲。錢梅溪贈之聯云："百首新詞填白石，一枝妙筆補倉山。"

兩淮都轉署中戲臺聯云："新聲譜出《揚州慢》，明月聽來《水調歌》。"最爲雅切。移向他處，便無謂矣。

鄭板橋有贈焦山長老聯云："花開花落僧貧富，雲去雲來客往還。"今此聯墨迹猶存山中。

陶文毅公贈錢次軒先生栻聯云："人言此老古開士，我生

① "右"，原作"又"，據吕恩湛本、醉六堂本改。

之初新翰林。”蓋錢爲戊戌翰林，而公適生於戊戌也。

蔡佛田當四十九歲時，集宋句爲聯云：“四十九年窮不死，三百六日醉如泥。”語意曠達。其實佛田家不甚貧，飲酒亦未嘗及亂也。

英煦齋師集蘇句贈廖儀卿鈺夫昆弟聯云：“高才何必論勳閥，壽骨遥知是弟兄。”殊工切。

吴門滄浪亭畔有大雲庵，六舟上人主之。六舟名達受，海寧人，精於金石篆刻之學，收藏甚富。雲臺相國以“金石僧”呼之。兼工書畫。陳芝楣中丞延主斯席，齊梅麓太守贈以聯云：“中丞教作滄浪主，相國呼爲金石僧。”嚴問樵邑侯亦爲撰一聯云：“商彝周鼎，漢印唐碑，上下三千年，公自有情天得度；酒膽詩腸，文心畫手，縱横一萬里，我於無佛處稱尊。”

長洲沈玉生基庶上舍齋中懸一聯云：“願與不解周旋客飲酒，難爲不識姓名人作書。”乃壽光李寉生所書。錢唐江秬香跋云：“此桂未谷集史書中語也。”

元和黄觳原貳尹均工書畫，嘉慶間，供奉内廷有年。後出官湖北，淡於進取，引疾歸里。小有園林，日以筆墨自給，有“辭官賣畫”小印。嚴問樵嘗製一聯爲贈云：“關心夜雨疏簾，費半盞寒鐙，爲來日謀朝齏夕韭；回首春風上苑，剩一枝秃管，與諸君寫近水遥山。”觳原大喜曰：“此即余賣畫招牌也。”

涇縣包順伯邑侯世臣擅美才而有狂名。余在江南數年，獨闕延攬，僅讀其所撰《中衢一勺》，皆治河之崇論宏議也。近聞其齋中自題一聯云：“喜有兩眼明，多交益友；恨無十年暇，盡讀奇書。”其胸次可想。

朱朵山殿撰昌頤未第時，見其叔父虹舫閣學侍兒名多多者，心悦之，未敢請也。適此婢索書楹帖，因信筆製一聯云："一心只念波羅蜜，三祝難忘福壽男。"爲閣學所見，欲以婢賜之，婢謂："九郎若中狀元，吾當歸焉。"明年朵山果大魁，閣學爲成其事。當時傳爲佳話云。

貴陽譚太守光祜有詩名，又善吹鐵簫。程春海學使贈聯云："赤手拔鯨牙，卅載詩名傾海内；深心托鳳口，九天簫響落人間。"又鄭夢白祖琛由兩淮都轉擢江西廉使，春海贈聯云："玉敦主詩盟，正東閣梅開，墨花全濕；篠驂迎使節，適西山雲起，甘雨重來。"蓋夢白方輯録乾嘉詩，又曾任江西守令也。

石曉田煦官楚北，有循聲，適喪其兄，悲戚形於色。皖江卓振清贈聯云："至性至情，得天者厚；實心實政，感人也深。"後俞陶泉德淵在蘇奉諱歸，①軍民攀戀不忍舍，平樾峰翰録此聯以贈。賀耦耕中丞曰："此兩人皆不愧斯語也。"

張伯冶曰："記得從前移居，得一楹聯云：'到門莫問姓名，花草一庭欣有主；入室自分雅俗，圖書四壁可留人。'"又曰："陳曼生嘗書一聯見贈，云：'冷澹古梅如老衲，護持新筍似嬰兒。'蓮因絶愛之，即仿其意擬得一聯云：'古梅蓋屋多盤錯，新筍出林自展舒。'余和之云：'佳卉移栽如選色，異書借録抵徵歌。'又云：'奇書貪録如增產，佳卉分培當樹人。'意皆相類。"

嚴問樵曰："嘗習見書春聯者云：'槐爲奕世承恩樹，杏是春風及第花。'"不知此乃王夢樓先生自署門聯也。原句作"槐爲王氏傳家樹，杏是唐人及第花。"先生又構一樓，題曰

① "淵"，原作"潤"，據環碧軒本、醉六堂本、會文堂本改。

“夢樓”，爲演家樂之所。集句聯云：“人世難逢開口笑，老夫聊發少年狂。”前輩風流，發人遐想。

花曉亭方伯有贈人一聯云：“騎驢尋梅，一天風雪；對竹思鶴，萬古雲霄。”俊語可喜。

蔡鴻遵選官桂林，挈妻赴任，道出湘江。其伯岳嚴麗生邑侯手書一聯贈之云：“我所思兮雙引鳳，君之出矣小驂鸞。”自然雅合，不愧才人之筆。

蔡鴻遵本莆陽人，宋忠惠公後裔，明末遷吴中。自署門聯云：“家藏東漢傳經字，世守西山講學編。”又云：“字體琴聲，中郎世業；茶箋荔譜，學士家風。”

齊梅麓有女弟子張雲裳襄，張麗坡參戎之女也。歸湯价人觀察之子，才貌雙優。事梅麓如父，梅麓贈以聯云：“幾生修到梅花骨，一代爭傳柳絮才。”又一聯云：“前身來自衆香國，佳句朗如群玉山。”雲裳屢爲余題畫册、畫卷，余亦爲雲裳題其鄧尉探梅玉照，並報以聯云：“清才足敵黄崇嘏，生世都疑萼緑華。”

徽商以木植生意爲最盛，故各省皆别建木商會館。大抵皆傍長江大河爲之，以便於發運也。館中有一聯，頗雅切，句云：“桑梓同敬恭，伐木歌詩求我友；波濤仗忠信，涉川占卦利同人。”

季時庵廣文恩沛文筆瀟灑，教授蘇州時，自撰大堂一聯云：“掃雪呼僮，莫認今朝點卯；轟雷請客，都知昨日逢丁。”凡司鐸者，皆當爲發一笑粲。

孫柳君言：其鄉有一縣令，王姓，其名寅，性極貪鄙。有夜題其門一聯者，句云：“王好貨，不論金銀銅鐵；寅屬虎，全需雞犬牛羊。”見者無不囅然。①

董文恪公未第時，游京師，甚困，偶於剃髮店中書一聯云：“相逢盡是彈冠客，此去應無搔首人。”一日，某親王過而見之，大加嘆賞，延之入邸，遂以書畫聞京師。又相傳有一剃髮店，乞聯於狂士者，大書云：“磨厲以須，問天下頭顱幾許；及鋒而試，看老夫手段如何。”數日間，客皆裹足不前，其店頓閉。

余里居，聞人述王莘華都轉耀辰客座中自題一聯云：“君子之交淡如水，大夫無故不殺羊。”初不之信。時余方引疾，不入州府，亦無由與都轉周旋。嗣因奉召復出，都轉餞余於官廨，則此聯實在楹間。詰其命意，笑而不答。

嚴問樵曰：“道光初元，江南有嘲舉孝廉方正者，大書於其門云：‘曾是以爲孝，惡能廉；可欺以其方，奚其正。’”雖涉輕薄，實工切也。

廣陵有鄭醫者云：居杭州時，嘗由瓶窑入山，三十里許，至一觀，榜云“清真殿”，供老氏像，門楔有一聯云：“䨺靆雲内神仙府，𡿺𡿺山中道者家。”不識上四字，見一羽士，年近百齡，詢之，云：“出句上二字，音‘沽’、‘都’，雲厚貌；下句上二字，音‘吃’、‘磍’，山多貌。”按字典：“靆，徒罪切，音憝。𡿺，所急切，音接，又音都。磍，音巽。”餘二字亦無考，姑録之，以俟博雅君子。

道光辛卯，歷下城中新建江南會館落成，鄉人公觴於此，乞戲臺對語於嚴問樵，援筆立書云：“東土徵歌，問表海雄風，今樂何如古樂；南宫奏曲，聽遏雲高響，雅音原是鄉音。”大爲

① “囅”，原作“輾”，據環碧軒本、會文堂本、醉六堂本改。

劉眉生方伯所賞。

王楷堂老於曹郎，家計甚窘。宅邊馬棚，門臨大道，自撰一聯懸於門柱云："馬骨崚嶒，吃豆吃麩兼吃草；車聲歷碌，拉人拉馬不拉錢。"過者見者，無不囅然。

吴江仲子湘秀才爲壽板鋪春聯云："夢且得官原瑞物，呼之爲壽亦佳名。"温雅可誦。

嚴問樵曰："道光癸未、甲申間，余以會試留都，暇日輒製新曲，付梨園歌之，傾動一時，彼中人多有以師事者。余嘗有句云：'偶緣我作逢場戲，竟累人爲舉國狂。'紀實也。一日逢余初度，群優畢集，同人戲以'桃李門牆'四字書扁爲祝。余笑曰：'既有扁，可無對乎？'因大書一長聯云：'儒爲戲，生旦淨丑外副末，呼十門脚色，同拜一堂，重道尊師大排場，看破世情都是戲；學而優，五六工尺上四合，添兩字凡乙平，共成七調，唱余和汝小伎倆，即論文行已兼優。'同人爭賞之，歡宴竟日。後爲長懋亭協揆所糾，何戡雖在，不敢復唱渭城矣。"又曰："余所製《紅樓雜劇》中有《巾緣》一折，叙花襲人嫁蔣玉函事。詰旦，將登場矣，曲師來請云：'場上鋪設新房，尚少一扁對。'乞書之。余即書'玉軟花嬌'四字爲額。對語屢思不屬，正躊躇間，忽見雛伶二人翩然而至者，則其徒也。一名天壽，字眉生；一名仙壽，字月生。即同習此劇者。意有所觸，即成一聯云：'好兒女天仙雙壽，小團欒眉月三生。'"

昔歲余初編《聯話》時，吾鄉某生有録寄其師某明經聯句者，余嫌其詞太俚，未之録也。兹復有《續話》之輯，某生知之，復丐人來探，似以前聯爲必應采入者。蓋某明經本一村學究，乾隆末，頗有文名，授徒甚衆。某生尤篤信其説，其表章師門之意亦甚勤。兹不忍重違其意，姑附於《諧語》中，俾覽者如見其人，且資談助也。其自題齋室兩聯，一云："架一把茅，不過些些風月；闢半弓地，也成小小軒窗。"一云："不成農，不成工，不成商，並不成士；未能琴，未能棋，未能畫，亦未能書。"憶余爲諸生時，曾與明經同肄業鰲峰書院，日接其言論風采。又嘗同應經古之試，明經居然冠軍，遂餼於庠。是秋復報舉優行，傯得而復失。一日，忽揚言於衆曰："我近於齋室新製一聯云：'何以廪，何以優，自問不知所謂；也無愆，也無孽，還須再看將來。'諸君以爲何如?"旁有爲之擊節稱工者。然匿笑者，亦不知凡幾輩矣。此則某生所未及録寄者。因並存其語，而特隱其名云。

京師有某主事，家中失竊，鳴官控追。後經訊出，乃其家丁從内作弊。有其同鄉好事者，特製一聯贈之云："主事何堪爲事主，人家切莫信家人。"

紀文達師府中屢爲庸醫所誤，恨之次骨。適有爲醫家求題扁者，公立書"明遠堂"三字與之。或私詰其説，公曰："不行焉，可謂明也已矣；不行焉，可謂遠也已矣。此醫只當祝其不行，便是無量功德耳。"或曰："萬一彼復來求題聯，又將何以應之?"公曰："我有撰成五七言兩聯。一係乙轉孟襄陽詩字云：'不明才借作財字主棄，多故病人疏。'一係集唐人詩句云：'新鬼煩冤舊鬼哭，他生未卜此生休。'"

鄭仁圃曰："閩縣義嶼鄉，正月燈聯最盛，每以諺語相嘲戲。有户族某，調停某事，衆疑其受私，某力辨其無。適賽神作燈聯，某即以吾鄉諺語解嘲焉。其聯曰：'燭問燈云，靠汝遮光作門面；鼓對鑼曰，虧儂空腹受拳頭。'"

嚴問樵曰："金德輝工度曲。向曾供奉景山，以老病乞退。粗通翰墨，喜從文人游。一日，請於余曰：'某老矣，業又賤，他無所願，願從公乞一言，繼柳敬亭、蘇崑生後。'余感其意，爲書一聯云：'我亦戲場人，世味直同雞棄肋；卿將狎客老，名心還想豹留皮。'"又曰："邗上徽商某，荒於色。嘗製一牀，備極華麗。牀柱上懸一小聯，摘'卿須憐我我憐卿'之句。榜諸其門，曰：'有能屬對者予千金。'或以'色即是空空是色'對之，立攫其金以去。"按，此語不但工切，兼寓箴規之義，千金非倖獲也。又曰："嘗過揚州一妓館，見小室中懸一聯云：'雪月梅花三白夜，酒燈人面一紅時。'嘆其天然雋妙，亟詢姓名不得，至今耿耿。又於某處見一集句云：'明月自來還自去，暫時相賞莫相違。'亦致爲雅切。"

吴青士曰："秦淮河房中有一才士，集句爲聯云：'千種相思向誰説，一生愛好是天然。'上句用《西厢記》，下句用《牡丹亭》，銖兩恰稱，側艷無比。"

《塗説》云："有項某自署其門聯云：'一門三學士，四代五尚書。'過客見之，疑近代顯宦中無此姓，意其先世或居是官，因造門而問焉。項對曰：'吾家父子三人，並弟子員，各占杭州、仁和、錢唐一學。且祖若父生前曾舉明經，合四代皆習《尚書》。故曰一門三學之士，四代有五人習《尚上聲書》耳。君無讀破句别字也。'問者大笑而退。"①

---

① 按，南京圖書館所藏一道光癸卯年刻本于此段後多出一則聯話，全文如下："道光壬寅冬，靖逆將軍奕山、揚威將軍奕經皆以剿辦夷務坐失機宜，奉旨鎖拿入京，擬以重辟。東南民氣爲之一伸，中外聞之，無不感頌朝廷賞罰之公。傳聞浙中有私製一聯懸於撫署頭門者，句云：'逆不靖，威不揚，兩將軍難兄難弟；波未寧，海未定，一中丞憂國憂民。'蓋是時寧波、定海尚未收復，浙民之痛恨兩大帥如出一口，而於劉玉坡撫部顗珂感之至而望之深如此也。"